잘가거라 용생, 어서와라 이생

GOOD BYE,
DRAGON LIFE.

나가시마 히로아키
Hiroaki Nagashima

9

목차

바스트렐

마도 결사 오버 진의
총사이자 최고봉의 마법사.
대마도사라는 이명으로
두려움을 사고 있다.

알렉산더

시원의 일곱 용 중 일좌인
알렉산더가 인간화한 모습.
드란에게 시비조의 태도를
취하지만……

드라미나

여섯 개의 신기를 계승하여
지고의 존재가 된
뱀파이어의
전대 여왕.

레니아

신조마수의 혼을 지니고 있는
「파괴자」로서 두려움을 사는
소녀.
드란을 아버지로 따른다.

크리스티나

인간을 벗어난 신체 능력과
검법을 겸비한
절세의 미인 검사.
「용 살해의 인자」를
계승한다.

드란

최강의 고신룡 「드래곤」이
전생한 모습.
가로아 마법 학원에 다니면서
고향 베른 마을의 발전에
힘쓴다.

세리나

반인반사의 라미아.
드란과 사역마 계약을 맺고
마법 학원에
동행한다.

서장　대마도사

아크레스트 왕국에서 북서로 멀리 떨어진 땅에 하토리아라는 작은 나라가 있다.

일찍이 이 땅에 강림했던 사신에 의해 꿰뚫린 큰 구덩이를 여신이 청정한 대지로 메워 넣음으로써 막았다는 전설이 남아 있는 것이외에는 딱히 눈길을 끄는 특색이 없는 나라이다.

험준한 산맥과 큰 강의 사이에 있는 국토는 비록 좁아도 비옥한 대지의 혜택을 누리는 덕에 농업과 낙농이 번성했고, 국민들은 대체로 온화한 기질을 지니고 있다.

이 나라는 공격하기가 어렵고 또한 침략한들 그에 걸맞은 이익을 얻을 수 없다는 지리 조건으로 오래도록 평화를 누려왔다. 하지만 지금 그 역사가 끝나려 하는 참이다.

당대 하토리아 왕국의 제1왕녀 에라리나는 하토리아라는 나라의 온화한 풍속을 고스란히 인간으로 만들어 놓은 것처럼 정숙하고 사랑스러운 소녀였다.

국민들이 에라리나야말로 하토리아의 꽃, 하토리아의 보배라며 칭송하고 사랑하며 친애했던 이 공주가 바로 조국의 역사에 막을 내리게 된 원인이다.

주위 산맥에서 잘라 낸 회갈색의 석재를 가옥이며 길에 사용한 왕도 오토하의 중앙 광장에 살기등등한 민중이 가득 몰려들었다.

그들은 막 설치한 단두대의 위에 구속된 소녀에게 핏발이 선 증오의 눈빛을 쏟아붓고 있다.

에라리아의 꽃의 줄기를 연상케 하는 가느다란 목은 곧 강철의 칼날에 베일 처지에 놓여 있었다.

광장으로 모여든 족히 수천에 달할 민중에게서 자칫 색깔이 묻어날 것같이 짙은 증오를 한 몸에 받으면서도 에라리나는 행복한 꿈에 잠긴 사람처럼 미소를 짓고 있었다.

언젠가 신랑을 만나 따뜻한 가정을 꾸릴 것이라 모두가 — 분명 자기 자신도 — 믿고 있었던 소녀가 한 남자를 사랑한 것이 모든 일의 발단이었다.

그 남자는 왕도의 바깥으로 나와서 꽃을 따고 있었던 에라리나의 앞에 변덕쟁이 바람처럼 나타나 소녀의 마음을 빼앗아 가버렸다.

그날 이후로 불현듯 에라리나는 변했다.

이제까지 한창때의 소녀답지 않게 외모에 대한 관심이 비교적 적었던 에라리나가 남자의 관심을 끌기 위하여 스스로를 아름답게 치장하기 시작했다.

이러한 변화에 측근 시녀 및 어머니 등은 처음에는 물론 기쁨을 표시했었지만, 가엾게도 짧은 시간에 불과했다.

머지않아 에라리나의 행동은 서서히 상궤를 벗어나기 시작했다.

이따금 찾아오는 남자의 시야에 자신이 아닌 여성이 들어가는 것을 용납하지 못하게 되어 이전에는 전혀 흥미를 갖지 않았던 호화로운 의상 및 장식품, 미모를 유지하는 데 주효하다고 알려진 희소한 기호품에 아낌없이 거금을 들이부었다.

아버지와 어머니가 나무라거나 교육 담당자 및 친구들이 충고해도 에라리나는 전혀 태도를 바꾸지 않았으며 심지어는 부왕을 폐한 뒤 스스로 옥좌에 앉아버렸다.

국정의 실권을 쥔 소녀의 만행은 점점 더 가속하였다. 그녀는 국민에게 유례가 없는 과중한 세금을 부과했고, 온 나라의 젊은 여인들을 투옥하는 폭거마저 저질렀다.

이에 복종하지 않는 인물은 신분의 귀천을 따지지 않고 왕명에 대한 반역으로 간주하여 처형을 명령하였다.

끌려가는 딸에게 매달리는 늙은 부모, 혹은 남편이나 어린아이가 현장에서 가차 없이 죽어 나가는 사태가 온 나라에서 일어났다.

무력도 마력도 지력도 딱히 우수하지 않은 에라리나가 하룻밤 새에 왕좌에 앉을 수 있었던 데는 소녀가 사랑에 빠진 남자의 조언과 조력이 큰 보탬이 되었기 때문이었지만, 처참한 폭정에 시달리는 백성들은 사실을 알지 못했다.

남자에 대한 연모만을 따라 움직임으로써 양심의 가책을 내버렸던 에라리나의 압정은 불과 1년 사이에 일만 명이라는 시체의 산을 쌓아 올렸다.

그리고 당연한 귀결로서 국민과 살아남았던 귀족들에 의한 모반이 발생했다.

정신을 놓아버렸다는 말밖에 나오지 않는 에라리나의 행동에 반감을 품지 않는 인물은 있을 리 없었던지라, 소녀의 신변을 지켜야 할 근위대마저 모반에 가담했다. 결국 에라리나는 기막힐 만큼 간단하게 구속된 뒤 변호의 목소리 하나도 없이 단두대의 이슬로 사라지게 될 운명을 받기에 이르렀다.

광장에는 에라리나를 죽여라, 가족의 원수다, 목을 잘라라, 외치며 보복을 갈망하는 절규가 메아리치고 있다.

그러나 하토리아라는 나라의 역사 중 백성에게 가장 큰 증오를 받고 공포를 느끼게 했던 에라리나는 정작 민중의 말에 조금도 마음이 동요되는 기색이 없었다.

이렇듯 드레스가 몰수되어 조잡한 옷차림으로 단두대에 목을 고정당한 처지에서도 아직껏 소녀의 마음에 있었던 것은 한눈에 마음을 빼앗아 갔던 남자의 면모뿐.

지난 행동들 전부가 남자를 위해서였다.

에라리나는 남자를 위해서라면 일만 명이 아니라 십만 명의 국민 전원을 바치더라도 아무런 후회가 없다고 생각했다.

남자를 위해 무엇인가 할 수 있다는 것이 얼마나 행복했던가. 에라리나는 남자와 만난 이후로 줄곧 행복한 꿈속에서 살아왔다.

사랑을 앎으로써 모든 것이 눈부시게 빛을 발했다. 선명한 색을 띠게 된 세계 속에서 남자는 한층 더 진한 색채로 존재했다.

남자가 눈빛을 보내주고, 말을 건네주고, 품에 안기는 자신을 상상하면 에라리나는 그저 행복했다.

또한 소녀는 믿었다. 분명 남자가 나타나서 자신을 구출해주리라고.

싸늘한 단두대의 칼날이 자신의 목을 잘라서 떨어뜨렸을 때도, 데굴데굴 돌바닥을 구른 목에서 흘러내리는 피가 부근을 붉게 물들이기 시작했을 때도 에라리나는 미소 띤 얼굴이었다.

에라리나의 목이 떨어지고 약간 뒤늦게 광장에 모인 사람들은 환성의 목소리를 터뜨렸다. 갑작스럽게 변모했던 폭군이 마침내 거꾸러졌고 드디어 평온이 돌아올 테니 사람들은 진심으로 기뻐할 수 있었다.

그런 광장의 소란을 종루의 지붕 위에서 서늘하게 바라보고 있는 인영이 하나.

바람에 실려 날리는 흑발을 가만히 둔, 이 나라의 왕족이라도 손에 넣지 못할 최고 품질의 비단으로 짠 품이 넉넉한 의복이 몸의 선을 덮어서 가려주고 있는 젊은 남자다.

보는 각도를 달리하면 절세의 미녀라고도 여겨질 불가사의한 남자는 불길하리만큼 붉은 입술에 조롱의 미소를 머금은 채 에라리나의 몸을 창으로 꿰찔러 세워 내걸고 있는 민중을 바라본다.

목을 베이고도 끝끝내 에라리나가 사랑해 마지않았던 남자— 그의 이름은 바스트렐이었다. 바스트렐은 이 인영의 정체이자, 동시에 마도 결사 오버 진의 총수이며 인류 최고의 대마법사였다.

그의 재력과 지력, 마법의 수준을 감안하면 이 나라에 바랄 것은 애초에 없었을 텐데 구태여 에라리나에게 흥행을 사주했던 이유는 모종의 노림수가 있었기 때문이다.

광장의 민중이 환희와 안도의 바다에 잠겨 있던 때, 바스트렐이 살짝 눈웃음을 짓더니 중얼거렸다.

"자, 여기까지는 예정대로입니다만……."

그 말에 자극을 받은 것처럼 갑작스럽게 왕도 일대를 강렬한 직하형 지진이 덮쳐들었다.

광장에 잔뜩 모여들었던 사람들은 예외 없이 쓰러졌고, 온 왕도의 건물들 역시 잇따라 균열이 발생하며 허물어지고 있다.

유일하게 바스트렐이 선 종루만이 흔들리지 않고 우뚝 서 있었다.

혹시 이 지진은 에라리나의 저주가 아닌가, 일부 사람들이 마음에 거뭇한 불안감을 품는 와중에 돌바닥의 아래에서 붉은 점액이 둑을 무너뜨리는 기세로 분출되기 시작했다.

사람들이 어리둥절하여 본인들의 발밑을 쳐다보는 틈에 점액은 잇따라 사람들을 습격하여 집어삼켰다.

사람들의 고통의 표정을 지으면서도 순식간에 분해되어 흔적도 없이 사라져버렸다.

숫제 왕도를 통째로 집어삼킬 규모의 초거대 식인 슬라임이 출현하는 사태가 발생한 것이다. 하지만 이 정도로는 바스트렐이 몸소 움직이지는 않는다.

차례차례 점액에 잡아먹히는 사람들은 극한의 고통과 함께 자신들의 나라가 고대의 사신(邪神)을 봉인했던 땅에 건국되었다는 사실을 떠올리며 죽어 갔다.

"이런, 이런. 여신의 가호를 계승하는 왕가의 인물을 민중이 직접 살해하게 만들어서 그 피를 대지에 바친다……. 이런 게 봉인을 해제하는 수단인 터라 꽤 수고를 들이게 되고 말았군요."

머지않아 온 왕도의 인간을 모조리 잡아먹은 점액은 아직껏 부족하다고 말하는 것처럼 왕도 자체를 집어삼키기 시작했다.

회갈색의 돌을 쌓아 올린 다리 및 집, 성은 물론이고 일찍이 사신을 봉인했던 여신을 기리기 위한 신전마저도 점액에 삼켜져서 형체를 잃고 만다.

불과 한 시간이 지나기 전에 왕도 전체의 생명과 왕도의 구조물 자체를 싹 먹어 치운 점액은 그제야 겨우 만족감을 느끼는 기색이었다.

왕도의 교외까지 퍼져 나가고 있는 거체를 에라리나의 목이 잘려 나갔던 광장을 중심 삼아 한데로 모은 뒤, 측두부에서 활처럼 굽은 두 개의 뿔이 자라난 거대 해골로 변화한다.

종루에서 뛰어내린 이후에 공중에서 비극을 지켜보던 바스트렐은 제 모습을 되찾은 저것에게 기쁨이 담긴 미소를 흘렸다.

이 상황은 전부 남자의 의도에 따라 이루어졌다. 에라리나를 사랑에 미치게 만들었던 것도 하토리아의 만을 넘는 사람들을 제물로 바쳤던 것도 전부가 다…….

"하토리아의 지하에서 줄곧 잠들어왔던 사신 네스타시아. 일찍이 이 땅에 현현했던 분령(分靈)일지라도 신은 신. 나와 이 검이 첫 활약에 나설 상대로 딱 괜찮군."

바스트렐은 하토리아의 사람들 및 에라리나에 대한 죄책감 따위 티끌만큼도 담기지 않은 목소리로 중얼거리더니, 망토를 휘날리며 오른손에 쥔 장검을 태양의 빛 아래에 꺼내 들었다.

코등이의 중앙에 원형 거울 비슷한 물체를 박아 넣은 우아한 조형의 검.

이것은 아득한 태고 시절에 지극히 고위의 용을 처단했던 최고위의 신기(神器)와 동등하거나 더한 위력을 간직하고 있는 가공할 만한 검이었다.

현현한 네스타시아는 분체이기 때문인지 아니면 수백 년 동안 이어졌던 봉인의 영향인지 거의 짐승과 다를 바 없는 지능밖에 지니지 못한 모습이었지만, 바스트렐이 소지한 검의 위험성은 알아차린 듯 점액으로 형성된 텅 빈 눈구멍으로 머리 위쪽의 바스트렐을 올려다봤다.

악의가 가득 깃든 네스타시아의 시선이 바스트렐의 전신과 혼을 뒤덮었다.

고위 영적 존재의 가호나 마법에 의한 수호를 갖추지 않았다면 그 자리에서 오체가 터져 나가서 혼부터 발광하게 될 시선에 노출되었음에도 불구하고 바스트렐의 천연덕스러운 얼굴에는 변화가 없다.

한여름에 산들바람을 쐬는 것처럼 상쾌해하는 인상마저 있다.

"얼마 뒤 신기 보유자를 상대하게 될 예정이 있어서 말입니다. 당신은 마침 적당한 대상이었습니다. 이것저것 시험하고 싶은 게 많아서요, 조금은 힘을 내주셔야 합니다? 신님."

만약 네스타시아에게 바스트렐이 한 말의 의미와 사악한 의도를 깨달을 만한 지성이 있었다면 신들의 피조물에 불과한 인간 따위가 신을 연습 상대로 점찍었다는 발언에 이 어찌 불손하냐며 미쳐 날뛰었을 것이다.

지성은 없을지라도 모멸의 감정은 느낄 수 있는지 네스타시아는 하늘을 우러러서 자신을 내려다보고 있는 바스트렐을 더욱더 격화되는 악의를 담아 주시했다.

"이런, 이런. 인간 따위가 감히, 마음에 들지 않는다고 말하고 싶은 겁니까. 그러나 당신의 봉인을 풀기 위해서 제법 큰 노력을 치른 사람이 바로 저입니다. 약간의 보상을 바란다 한들 도리에 크게 어긋나지는 않는다고 생각하는데 말입니다."

바스트렐은 떼쓰는 어린아이를 타이르는 듯한 말투로 선언한 뒤 붉은 점액이 변형한 해골 사신에게 달려들어서 검을 휘둘렀다.

인류 최강이라 불리는 자신의 마력에 대한 자신감과 그 이상으로 검에 대한 신뢰가 바스트렐의 온몸에 가득 흘러넘치고 있다.

"자, 몸체를 토막토막 자른 다음에 당신의 혼을 구성하는 마력을 받아 가도록 하죠. 분령이라도 마력의 양은 방대하잖습니까. 우리들 오버 진의 비원은 초인종에 의한 세계 통일, 그리고 인간이 아닌 진정한 『사람』으로 진화하는 것이죠. 그것을 위한 실험에 보탬이 되어주십시오."

사신마저도 자원에 불과하다고 단정 짓고 바스트렐은 검을 내리 휘둘렀다.

바스트렐 본인의 방대한 마력과 그가 계약한 무수히 많은 사신들의 가호, 아울러 오른손에 든 검이 발하는 상궤를 벗어난 강대한 힘이 융합하여 네스타시아가 발출하는 사악한 신의 기운과 격돌한다.

다음 순간, 마치 태양이 그곳으로 떨어진 듯한 빛이 열기와 폭풍을 동반하여 주위에 사납게 번쩍였다.

그리고 그날, 하토리아의 왕도는 소멸했다.

인영이 없는 폐허로 전락했다는 뜻이 아니다. 파편 하나도 남기지 않은 글자 그대로의 소멸이다.

훗날 상황을 보러 온 왕도 부근의 마을 주민은 일찍이 왕도가 존재했었던 장소에 고대 사신의 봉인 전설을 재현하는 듯한 거대한 구덩이가 뚫려 있는 광경을 보고 아연실색하여 우두커니 서 있을 수밖에 없었다.

남겨진 하토리아의 사람들은 이웃 나라에 스스로 병합을 요청했고, 하토리아라는 이름은 이 지역을 나타내는 명칭으로 바뀜에 따라 국가로서 쌓아온 역사에 종지부를 찍게 되었다.

검의 시험 사용과 사신의 마력 확보라는 목적을 달성했던 바스트렐은 에라리나의 불행도 하토리아라는 나라의 불운도 기억의 저편으로 내버린 채 떠나갔다.

제1장 시원의 일곱 용

　미소녀 라미아 세리나와 함께 베른 마을로 귀성했던 나— 드란은 엔테의 숲에서 사는 친구들의 초대를 받아 그들의 도시, 디프그린을 방문했었다.

　도시에서는 세계수의 활성화를 축하하는 제전이 개최되었고— 도중에 무례한 악마들이 끼어드는 불상사도 벌어졌다만— 우리는 이번 방문을 대단히 만끽할 수 있었다.

　마을 사람들 모두에게 줄 선물도 잔뜩 샀겠다, 이제 베른으로 돌아가려던 때에 우리는 뜻밖의 상대에게 배웅을 받게 되었다.

　엔테의 숲의 최중요 인사이자 내가 다니는 가로아 마법 학원의 수장인 올리비에 학원장과 또 한 사람.

　"드란 님, 또 내키는 때 찾아와주세요. 저는 언제라도 당신을 환영하겠어요."

　그렇게 말한 뒤 내게 미소를 짓는 가련한 소녀는 엔테의 숲의 세계수— 엔테 위그드라실이다.

　하늘을 뒤덮을 듯이 큰 나무가 이렇듯 사람의 모습을 본떠 우리의 앞에 현현했다만, 저 소녀는 숲의 주민들에게 있어 신이나 마찬가지인 존재이다.

　그런 소녀가 몸소 배웅을 나온 상황인지라 내 옆쪽에 있는 우드엘프 피오와 조그마한 요정 마르는 너무나 놀란 나머지 눈만 끔뻑

거린다. 흑장미의 정령 디아드라는 이미 익숙해진 듯 신경 쓰는 기색이 없다.

"세계수님께서 이리 말씀해주시니 더할 나위가 없는 영광이야. 엔테의 숲 사람들과 좋은 관계를 쌓아 나가고 싶은 생각을 늘 가졌던 만큼 고마운 말씀이군. 그나저나 우리를 배웅하러 나와도 괜찮은 건가? 아직 축제가 계속되는 와중이니 무녀 공주님과 한창 동조를 해야 할 텐데."

"염려 마셔요. 드란 님과 일행분들을 배웅하는 데 지장은 없답니다. 게다가 그 아이는 지금 휴식 중인걸요."

엔테는 귓가를 간질이는 맑은 웃음소리를 내더니 아무것도 들리지 않은 두 손을 내밀었다.

그러자 그곳으로 세계수가 방출하고 있는 것과 동일한 빛 입자가 집중되며 하얀 구체에서 비취색의 긴 잎사귀가 뻗어 나가는 주먹 크기의 물체가 나타났다.

"아무쪼록 이것을 가져가주세요. 이전에 사이웨스트와 이번 건, 두 번이나 저희를 재난에서 구출해주신 도움에 대한 답례예요. 그리고 앞으로도 드란 님은 물론 태어나 자란 고향의 분들과 신의 및 우애를 근본으로 교류가 이루어지기를 바라는 마음을 담아 이것을 선물해드리겠어요."

받아 든 물건을 들여다보던 때 그것이 무엇인지를 깨달은 디아드라가 숨을 죽였다.

세리나는 사안(蛇眼)에 마력을 넣어 이 물체의 분석을 시작했다.

"으응~ 뭘까요? 깜짝 놀랄 만큼 풍부한 마력이 담긴 식물의 모종 같기는 한데 말이에요. 엔테의 숲에서 자라나는 고유종일까요?"

가로아 마법 학원의 대도서관에 있는 온갖 식물 관련의 도감에도 게재되지 않는 모종을 앞에 둔 세리나는 꼬리의 끝부분과 고개를 갸웃거리며 아리송하다는 표정을 띤다.

흠, 여전히 보여주는 몸동작 하나하나가 다 귀엽군.

"이건 세계수의 모종이야. 엔테의 분신이라고도 말할 수 있겠지. 지상 세계를 다 찾아봐도 수목 관계의 소재 중 이보다 더 나은 물건은 없군. 엔테보다 많이 성장한 세계수의 모종은 물론 제외해야겠지만."

내가 이 모종의 정체를 알려주자 세리나는 눈이 휘둥그레지며 놀랐다.

"넷? 엔테 씨의 모종이라고요?! 세계수의 모종이라는 말은 들어본 적도 없는데요!"

"후후, 약소하게나마 제가 드리는 선물이에요. 비록 모종이어도 세계수거든요. 심어서 키우면 마나를 방출해줘요. 그 효과로 토지는 서서히 정화되고 생명력이 가득 넘쳐나게 되겠죠. 작물과 수목의 생육에도 한 몫, 두 몫은 할 거예요. 게다가 묘목이 되어 자라면 가지를 잘라 마법 지팡이나 마법 도구의 재료로 쓸 수도 있답니다. 성장하는 데 시간이 많이 걸리는 건 어쩔 수 없지만요……."

"고맙게 받아 가도록 하지. 그나저나 세계수에게서 모종을 직접 선물 받는다는 것은 전대미문이군."

"후후, 드란 님께서 기뻐해주신다니 정말 다행이에요."

그렇게 말한 뒤 엔테는 천진난만하게 웃었다. 저 모습에서는 한

점의 흐림도 없이 오로지 우리에게 도움이 되어주고 싶다는 바람만을 찾아볼 수 있었다.

나의 정면에 선 엔테의 얼굴 위치가 마침 적당한 높이였던지라 나는 웃는 얼굴에 이끌려서 소녀의 머리를 가볍게 쓰다듬었다.

"그래, 무척 기쁘구나."

내 손이 엔테의 머리카락에 닿을 때마다 소녀의 웃음은 더한 기쁨의 빛을 띤다.

흠, 고신룡이라는 가공할 만한 옛 존재인 까닭인가. 나는 귀중한 연장자이자 격상의 존재가 되어 엔테와 같은 아이들이 곧잘 어리광을 부리는 경향이 있다.

내가 이러한 아이들의 어리광을 마냥 다 받아주는 성품이라는 까닭도 원인 중 하나라지만, 뱀파이어 퀸 드라미나와 수룡황 류키츠에 이어서 이번에는 세계수인가…….

뭐, 이번에는 내가 먼저 머리를 쓰다듬었다만, 지난 경험을 돌아보면 엔테와 만날 때마다 어리광을 받아주게 될 미래가 쉬이 상상되는군.

"에헤헤, 줄기랑 가지를 쓰다듬어주는 손길은 많이 받아봤지만, 머리를 쓰다듬어주시는 건 처음이에요. 이렇게 마음이 따뜻해지는군요."

"기뻐해주니 다행이군. 이 모종은 고이고이 키우도록 할게. 마지막의 마지막에 깜짝 놀랄 선물을 받아버렸구나."

엔테의 머리를 쓰다듬어주고 있는 나를 본 디아드라가 옆쪽의 세리나에게 묻는 목소리가 들려왔다.

"세리나, 또 「끙끙끙 얼굴」로 바뀌지는 않는 걸까?"

"뭔가요, 끙끙끙 얼굴이란 게. 뭐, 마음이 술렁이지 않는다고 하면 거짓말이 되겠지만요, 엔테 씨는 굳이 말하자면 아버지나 오빠한테 응석 부리는 여동생으로 보이니까요."

"그러게 말야. 위그드라실 님은 천진난만하고 무구한 분이니까 드란과 특히 상성이 좋은 성격의 본보기가 되려나."

나는 엔테의 머리를 쓰다듬던 손을 거둔 뒤 마법으로 수납공간을 만들어 놓은 그림자의 안에서 천 주머니를 꺼내서 그 안에 모종을 넣었다.

다른 선물과 함께 그림자 속에 보관하기보다 이렇게 손에 들고 움직여야 엔테의 성의를 더욱 잘 받아들이는 형태가 될 테지.

그러자 이제까지 묵묵히 우리의 행동을 지켜보고 있었던 학원장이 한 걸음 나와서 살짝 머리 숙였다.

"드란, 당신 덕분에 위그드라실 님과 이 숲에서 살아가는 사람들 다수가 구원받았습니다. 이 숲의 주민으로서 진심으로 감사드려요. 그건 그렇고 당신이 용의 전생자라는 말을 들었을 때도 놀랐습니다만, 설마 고신룡이라니……. 학원장의 입장으로 입에 담아도 될 말은 아니겠습니다만, 이렇게 말할 수밖에 없겠네요. 드란, 경마제(競魔祭)에서 다른 학교의 학생들과 시합할 때는 되도록 적당한 힘만 써주면 좋겠어요."

경마제란 왕국에 있는 다섯 마법 학원의 대항 시합이다.

"물론이죠. 평상시에도 인간의 범주를 벗어나지 않게 처신하고자 유명하고 있습니다."

다만 상황에 따라서 고신룡의 힘을 주저하지 않고 발휘하겠다는 것은 말할 필요도 없겠다.

"당신이 생각하는 「인간의 범주」가 어디까지 뻗어 나가는지가 걱정입니다만, 그 말을 믿도록 하죠. 그저 당신의 진짜 내력을 알게 된 다음은 레니아와의 관계가 한층 더 신경 쓰입니다만⋯⋯."

흠, 레니아가 신조마수(神造魔獸)의 혼을 가지고 있다는 사실까지 알면 학원장의 두통거리가 또 하나 늘어나버리겠군.

"필요하다면 레니아가 먼저 이야기하겠지요. 게다가 알 필요가 없는 사실은 알지 못한 채 넘어가는 것이 여러모로 더 좋을 겁니다."

그렇게 우리는 즐겁게 손을 흔들어주는 엔테와 살짝 수심에 젖은 학원장에게 배웅받으면서 베른 마을을 향해 귀환했다.

†

자, 천진난만한 엔테에게 정체를 폭로당했던 것을 계기로 삼아서 나는 일찍이 동포들과 함께 만들어 냈던 용계(竜界)에 귀성하기로 마음을 굳혔다.

쇠뿔도 단김에 빼라는 말이 있겠다. 베른 마을로 돌아온 나는 인간 모습의 분신체를 마을에 남긴 채 본체만 움직여서 용계로 향했다.

일단 이 별이 둥긂을 보고 파악할 수 있을 만큼은 높은 고도로 전이한 뒤 혼의 정보를 추출해서 백룡이 아닌 고신룡의 육체를 재구축한다.

다만 역시나라고 말해야 할까, 전생의 영향으로 혼이 지니는 정보도 열화된 탓에 고신룡의 육체가 전세와 비교하여 다소 초라하게 보였다.

"알렉산더 녀석은 지금의 나를 본다면 포복절도하겠군. 바하무트와 리바이어던은 불쌍하게 봐줄 듯싶기는 한데, 그런 반응은 또 제법 씁쓸하지 않으려나."

거의 확실한 미래 예상도에 절로 한숨을 토한 다음에 나는 영적 지각의 손을 고위의 차원으로 뻗었다.

천계 및 대마계, 정령계 및 명계 등 지상 세계와는 차원을 달리하는 몇몇 세계가 나의 지각에 점점 들어오는 가운데 베른 마을과 마찬가지로 고향이라고 부른들 지장이 없는 — 아니, 베른 마을 정도는 아니다만 — 용계의 존재를 포착했다.

"여전히 잘 지내는 듯하니 일단 다행이로군. 그러면 오랜만에 형제들과 재회하도록 할까."

천계 및 마계와 마찬가지로 용계는 다른 세계의 허가 없는 침입을 거절하는 결계가 설치되어 있지만, 나는 고신룡이기에 당연히 문제없이 통과 가능하다.

다른 차원에 존재하는 용계로 이동하기 위하여 나는 주위의 공간에 간섭하며 차원축을 용계와 동일하게 조정했다.

일단 이렇게 용계로 전이가 가능해졌다.

이제 용계의 어느 위치로 전이하는것이 좋을까……. 역시나 가장 처음은 실질적으로 용계를 통괄하는 바하무트에게 얼굴을 보여주는 것이 좋겠지.

분명 바하무트는 용계의 중심부에 거처를 마련해 놓았던가.

찰나의 부유감과 아침 해를 연상케 하는 포근한 빛에 감싸인 뒤 내 눈에 밀려닥친 광경은 어디까지나 이어지는 푸른 하늘과 하얀 구름, 칠흑의 어둠 속에서 무수히 많은 태양과 별의 반짝임이 퍼져 나가는 밤하늘, 그리고 더없이 맑고 투명한 바다가 얼기설기 맞닿아 구축된 장소였다.

　이곳이 바로 용계이다. 수많은 별과 부유 대륙이 존재하는 것은 대마계와 크게 다를 바 없다만, 용종을 위한 세계인 만큼 나는 가만히 있기만 해도 대단히 마음 편안해지는 장소이다.

　흠, 의도한 대로 바하무트의 거처와 가까운 위치에 전이가 완료됐군.

　주위를 살펴보면 기운차게 하늘을 날아다니는 신룡이며 대해를 주유하는 용신들의 모습이 드문드문 보인다.

　그러던 중 나를 알아본 자들이 말을 건넸다. 대부분은 살짝 놀랐다는 반응이다만, 이제야 돌아왔냐는 어감도 분명하게 섞여 있다.

　"어라, 드래곤 님, 오랜만이네요!"

　"드디어 돌아오셨습니까~. 이제 바하무트 님께서도 부담을 조금 덜겠습니다~."

　"드디어 다시 시원의 일곱 용이 복귀하는군요."

　"어서 알렉산더 님에게 가서 얼굴을 보여주셔요. 당신께서 인간에게 숨이 끊어졌다는 소식이 전해졌을 때는 정말로 보통 난리가 아니었답니다……. 바하무트 님과 리바이어던 님께서 붙잡아 두고 말리는 데 온갖 고생을 다 하셨어요."

　모두 삼용제, 삼용황보다 높은 경지에 있는 용들의 말에 하나하나 대답해주면서 나는 바하무트의 보금자리를 향해 날았다.

흠, 역시 용계의 주민들은 친밀하게 대해주는군.

숭경의 마음마저 느껴지는 류키츠의 그 태도는 오래도록 용계와 동포들 사이에서 교류가 두절되었던 데서 비롯되었음이 분명하다.

"다른 세계에서 사는 입장이라지만, 같은 종족에 같은 겨레이니까 너무 과하게 격식을 차릴 필요는 없잖은가. 이 부분은 조만간에 개선해야겠군."

류키츠는 리바이어던 계열의 용종이니까 리바이어던에게 상담하는 것이 괜찮을지도 모르겠다.

혹은 류키츠 이외의 삼용제, 삼용황의 거처로 다른 시원의 일곱 용들과 함께 찾아가서 얼굴을 보여주는 것도 묘안인가.

그리운 용계에 와서 마음이 들뜬 까닭인가, 저런 생각을 차근차근 떠올리는 사이에 바하무트의 기척이 느껴지는 거대한 부유섬이 눈에 들어왔다.

내가 바하무트의 기척을 느끼듯이 바하무트도 역시 나를 감지한 듯싶다. 강이 흐르고 나무들이 무성하게 자라난 부유섬에서 하나의 그림자가 날아올라 내가 있는 곳으로 바짝 다가들었다.

광택이 있는 검은 비늘, 두 장의 날개, 은빛으로 빛나는 두 개의 눈, 꼬리는 하나. 일반적인 용과 비교하면 사지가 인간형에 가깝고, 목도 별달리 길지는 않다.

발톱 끝부터 비늘 한 장 한 장에 이르기까지 가득 넘쳐나는 힘의 밀도와 질은 동포로서 자랑스럽고 뿌듯할 만큼 강대하다.

이 흑룡이야말로 우리 시원의 일곱 용과 모든 용종의 실질적인 수장, 바하무트.

내가 마지막으로 보았던 때와 비교가 되지 않도록 강해졌음을 느낀다.

마음속에 그리움이나 기쁨과 같은 감정이 흘러넘치기에 나는 저러한 감정을 음미하면서 바하무트에게 말을 건넸다.

"오랜만이군, 바하무트. 나의 동포여."

바하무트는 나의 정면에 멈춘 뒤 아득한 하늘에서 울려 퍼지는 먼 천둥소리를 연상케 하는 묵직함 힘이 가득 찬 목소리로 대답했다. 이 목소리를 듣는 것도 오랜만인지라 내 가슴속에서 적잖은 감개의 감정이 다시 깨어난다.

"참으로 오랜만이구나, 드래곤이여. 그대가 죽음을 맞이하였을 때는 얼마간 놀랐다만, 언젠가 다시 만나게 될 줄은 알았다. 설마 인간으로 바뀌어 태어난 것은 의외이다만."

바하무트가 살짝 웃음을 짓는 모습이었기에 나 역시 쑥스러움을 느끼며 웃음으로 답했다.

과연 우리들 시원의 일곱 용 중 맏형에 해당하는 고신룡. 전세의 육체를 재구축한 내가 인간으로 바뀌어 환생했다는 것을 한눈에 간파하는구나.

"나 역시도 제법 의외였어. 명계에 가게 되리라 생각했는데 인간 여성의 배 속이더군. 정녕 신선한 체험이었지."

"어머니의 배 속인가. 나를 포함하여 그대 이외의 형제들에게는 미지의 경험 아닌가. 꽤 흥미롭군."

"마음 편안해지는 곳이었지. 오로지 보호를 받는 처지에서 성장의 시간을 누리기만 하면 되었으니까 필요 이상으로 오래 머물렀다간 타락해버릴까 염려되는 것이 결점이군."

진지하게 중얼거리는 내게 바하무트가 재미있어하며 슬쩍 웃음 짓는다.

"그나저나 드래곤이여. 이곳에는 자신의 의사로 찾아온 듯한데 이대로 용계에 남을 셈인가? 아니면 또다시 지상 세계로 귀환하려는가?"

"이왕 용계에 온 만큼 다른 형제들의 얼굴도 보고 갈 마음이야. 특히 리바이어던에게는 할 이야기도 있고, 내가 죽은 이후에 다시 환생할 때까지 중간에 어떤 변화가 있었던가 듣고도 싶군."

"리바이어던에게 말인가? 그 녀석이라면 자기의 바다에서 평소처럼 헤엄을 치고 있군. 일부러 그대의 얼굴을 보러 올 만한 성격이 아님은 달라지지 않았으니 그대가 먼저 만나러 가야 할 것이다."

"……그러한가. 뭐, 나의 자매가 예전과 변함없이 강녕함을 기뻐해야 할 테지. 히페리온과 요르문간드, 브리트라와 알렉산더는 어떤가?"

지상에서 많은 시간을 보냈던 나와 연중 언제나 이곳저곳을 비상하며 돌아다니는 브리트라 이외는 내가 죽어서 부재하던 동안에 이주하지 않았다면 지금도 이곳 용계에서 살고 있을 것이다.

"그대가 굳이 걱정해야 할 필요는 미래영겁 없을 것이라 단언할 만큼 기운이 가득하다네. 골칫덩이 짓이 여전하기에 약간 힘겨울 지경이지."

마침 그때 바하무트에게도 필적하는 힘을 보유한 그립고도 시끌

시끌한 기척이 가까워지는 것을 느꼈다.

거참, 말허리를 끊을 시기를 노리기라도 했나?

나와 바하무트가 동시에 바로 위쪽으로 시선을 돌리자 하늘 저편에 작은 점이 떠오르더니 그것이 순식간에 이쪽을 향해 가까워지며 커졌다.

그 정체는 나의 여섯 형제자매 중 하나, 십익일두이미(十翼一頭二尾)에 금안은린(金眼銀鱗)의 고신룡 「꿰뚫지 못할 것 없는」 알렉산더였다.

시조룡의 어금니에서 태어난 이 고신룡은 어느 정도 가까워지는 지점에서 열 장의 날개를 커다랗게 펼치더니 금색의 눈동자에 나를 비추어 냈다.

"알렉산더인가. 시끄러운 녀석이 왔군."

"온당한 순번이지 싶군. 드래곤, 오랜만에 얼굴을 마주하는 여동생이다. 성의껏 상대해주는 것이 좋겠군. 저것은 이러니저러니해도 우리들 중 그대를 가장 잘 따르는 녀석이 아니었던가."

바하무트의 고마운 충고를 뒤로하고 나는 무겁게 느껴지는 몸을 일으켜서 알렉산더에게 날아올랐다.

은빛 비늘과 금빛 눈동자라는 호화찬란한 외형을 지닌 알렉산더는 공간 일부를 고정시켜서 발판을 만들고, 그 위쪽에 서서 내 모습을 머리 꼭대기부터 꼬리 끝까지 뚫어져라 쳐다봤다.

"알렉……."

"크, 크하하하하하하, 뭐, 뭐냐, 이 꼬락서니는! 어쩌다가 이리 초라해졌나!!"

"……산더……."

우선 인사부터 나누고자 이름 부르려던 내 말을 알렉산더의 시끌벅적하게 소음 비슷한 폭소가 가로막는다.

나 역시 대지모신(大地母神) 마이라르나 바하무트의 눈에 전생한 이후의 혼을 드러내는 데 수치심을 느꼈었다만, 아무래도 만나자마자 대뜸 웃음을 터뜨리면 썩 기분이 좋지는 않다.

알렉산더는 본래는 금방울을 천상 세계의 악사가 울리는 것처럼 아름다운 목소리를 갖고 있지만, 그런 음색으로 이렇듯 시끌벅적하게 웃음소리를 터뜨리면 귀여움― 아니, 아름다움이 지나쳐서 얄미움만 가득 느껴진다.

"너는 아직껏 여전하구나. 얼굴을 마주하자마자 대뜸 동포를 비웃는 막된 성격이 전혀 고쳐지질 않았어."

"큭큭큭, 뭐냐, 빈정거리려고 하는 말인가? 그렇다 한들 웃으면 안 된다는 말이 오히려 가혹하다고, 드래곤. 스스로의 어리석음으로 인간에게 **살해당해주었을** 뿐 아니라 본인도 인간으로 다시 태어나서 이리도 초라한 꼬락서니로 전락했다는 것이 웬 희극이냐는 말이야. 도대체 누가 안 웃을 수 있겠나?"

바하무트와 마이라르, 카라비스는 웃지 않았단 말이다― 마음속으로 짧게 푸념한 뒤 나는 알렉산더를 쏘아봤다.

"오오, 무서워라. 바하무트가 웬일로 서둘러서 움직이나 싶었는데 네가 이곳에 얼굴을 비추러 왔더라고. 뭐, 용서해라. 웃은 건 사과해주마. ……흥, 뭐냐, 드래곤. 눈빛에 불만이 꽤 묻어 나오는군?"

"당연하다. 태어난 당초부터 가까이 지낸 사이이니 네가 변함없이 강녕하다는 것은 진실로 기쁘다만, 그러한 언사는 상대에게 필요치 않은 불쾌함을 주기 때문에 고치도록 거듭거듭 충고했던 것을 잊어버렸나."

"내가 굳이 따라줄 의무는 없지. 우리는 동포일 뿐 누군가가 위이고 누군가가 아래에 있는 관계는 아니니까 말이야. 다만 넌 전생을 겪은 까닭에 꼬락서니가 무척 안쓰러워졌다만."

"흠, 못 하는 말이 없구나. 그러면 지금의 내 힘을 한번 겪어볼 텐가?"

"큭큭큭, 괜히 위세나 부리는 말은 내뱉지 마라, 드래곤. 네가 우리들 중 최강을 자랑했던 것은 육체를 잃기 이전의 시절이잖나. 지금의 네게 도대체 얼마나 되는 힘이 남아 있다는 말이지?"

"너의 잘못된 인식을 고쳐줄 만한 힘은 남아 있다고 자신하지. 나의 여동생아."

"재미있군. 지금의 네 힘이 어느 정도인지 나 알렉산더에게 증명해봐라, 나의 형제여!"

"그만두지 못할까. 둘 모두 어째서 시비질이나 벌이려고 하는가."

불꽃이 튀기 시작하는 우리들을 바하무트가 기막히다는 심정을 가득 담아낸 목소리로 제지했다.

바하무트는 사뿐히 부드럽게 날개를 움직여서 나와 알렉산더의 사이에 끼어들더니 이의 제기를 용납하지 않는 굳건함이 가득 찬 눈동자로 우리를 번갈아 쏘아봤다.

"거참, 잘 상대해주라고 했건만 곧장 이리되는가. 드래곤이여, 과히 성미가 급하구나."

"아니, 면목이 없군. 알렉산더와 티격태격하는 것도 오랜만이라 무심코."

바하무트에게 막 당부를 들은 참이었는데 덜컥 다 잊어버렸기에 나는 면목이 없는 심정만 가득 차올랐다.

일찍이 용계에 있던 시절에는 사소한 일로 알렉산더와 다투었던 터라 당시를 떠올리며 무의식중에 시비며 싸움을 받아주고 말았다.

"방해하지 마라, 바하무트. 가장 어리석은 동포에게 가르침을 베풀어줘야 하지 않겠나."

알렉산더가 짜증을 드러내고 바하무트는 별반 신경을 쓰지 않은 채 또다시 말로 제지했다.

"알렉산더여, 오랜만에 오라비를 만나 기뻐하는 마음은 잘 알겠다만, 적당히 선을 지키도록 해라. 어렵게 다시 만남을 이루지 않았더냐. 조금 더 원만하게 대화를 진행해야겠다는 생각은 들지 않는 것인가? ……뭐, 되었다. 나와 드래곤은 리바이어던이 있는 곳에 가련다. 너도 따라올 테냐?"

흥, 알렉산더는 고개를 휙 돌렸을 뿐 명확하게 부정은 하지 않았다. 동행하려는 마음인 듯하다.

그나저나 새삼 살펴보면 알렉산더는 심홍룡 바제처럼 구시렁구시렁 말은 많아도 관심을 받고 싶어 하는 성격이구나.

물론 바제보다 월등히 강한지라 썩 쉽게 꿀밤으로 입을 다물릴 수 없다는 결점이 많이 다를뿐더러 바제는 그래 보여도 솔직하고 귀여운 구석이 있지만 말이다.

"바하무트여. 너야말로 무엇인가 꺼내려 할 말이 있지는 않나?

봐라, 이 녀석의 초라한 꼴을. 이것이 정말 일찍이 우리 중 최강이라 칭송을 받은 드래곤인가? 물론 이러고도 아직 천계며 마계에서 신을 참칭하는 패거리들은 발끝에 미치지 못하지. 그러나 과거의 모습과 힘을 잘 아는 우리들의 눈으로 보면……. 도대체 웬 꼬락서니란 말인가!"

알렉산더는 다시 꿍얼꿍얼 불평을 늘어놓는다.

"슬슬 자중하거라, 알렉산더. 게다가 드래곤의 사정을 감안하면 약해진 것도 무리는 아닐 터인데."

"결국은 전부 다 드래곤이 하필 인간 따위한테 패배를 한 탓이 아닌가. 모든 것은 이 녀석의 자업자득이니까 비웃든 말든 비난을 받을 이유는 없군."

당당하게 가슴을 펴고 일절 주눅 들지 않은 채 자신의 의견을 제시하는 알렉산더를 보면서 정말 이 녀석은 변함없구나— 싶었기에 나는 기쁨과 기막힘이 뒤섞인 목소리로 답했다.

"너는 우리들 중 가장 성격이 안 좋구나, 알렉산더. 밉상일수록 세상에 나가 활개를 친다는 말도 있겠다, 우리들 중 네가 가장 오래 살겠군, 흠."

"흥! 드래곤, 우리들 중 네가 예외였을 뿐이다. 너를 제외한 형제가 스러지는 광경 따위 나는 티끌만큼도 상상이 되지 않는구나."

"흠, 그 부분은 나도 같은 의견이군. 나를 제외한 형제들은 심지어 시간의 흐름이 멎은 이후에도 무탈할 테지."

얼마간 내게 푸념과 타박을 늘어놓은 뒤 겨우 직성이 풀렸는지 알렉산더는 입을 닫았다.

자, 이제 가려는 곳은 리바이어던이 거처로 삼은 바다다.

용계의 안쪽에는 무수히 많은 바다가 전부를 점유하고 있는 혹성이 다수 떠올라 있고 개중에서도 리바이어던이 기거하는 바다가 가장 거대하다. 용계에서 단지 「바다」라고 말할 경우는 리바이어던의 거처를 가리킨다.

그곳에 도착하기까지 별반 긴 시간이 걸리지는 않았다.

리바이어던의 거처는 거대한 원반형의 바다다.

맑고 푸르른 바다 안쪽에 산호 대륙이 있고, 바닷물을 빨아들여서 자란 수목과 꽃들이 바다의 표면과 속을 가리지 않고 흐드러지게 피어올랐다. 참으로 화려하고 색채가 가득 넘치는 바다다.

방대한 양의 바닷물은 결코 주위의 공간에 유출되지 않은 채 줄곧 둘러서 순환하며 하나의 완결된 세계가 되어 성립하고 있다.

리바이어던뿐 아니라 같은 계보에 속한 수많은 용신 및 진룡들이 함께 살아가는 것은 변함없기에 무수히 많은 동포의 생명력과 숨결이 느껴진다.

리바이어던은 우리들 일곱 용 가운데서도 바하무트에 이어 용계 전체에 강한 영향력을 보유했고 딸린 권속의 숫자도 많다.

터무니없이 광대한 바다를 내려다보는 나를 알아차린 리바이어던이 바닷속에 몸을 담근 채 염화로 말을 건넸다.

그리움에 저절로 눈웃음이 지어졌다.

『이리 반가울 데가. 오래도록 얼굴을 볼 수 없었던 방탕한 형제가 돌아왔구나.』

놀림조의 말 안에 정말로 친한 존재에게만 담아내는 친애의 정이 섞여 있다.

만약 리바이어던의 음성을 귀로 듣는다면 지상의 시인은 감탄하며 스스로 읊었던 시를 모조리 버릴 테고, 악사는 이 목소리보다 아름다운 소리를 연주하기가 불가능한 탓에 절망할 테지.

하늘과 땅과 바다 전부를 지배하는 대여제라고 표현해도 통용될 위엄을 보유하는 동시에 분명 절세의 미녀임을 목소리만으로 이해시키는 존재가 리바이어던이었다.

『마치 어머니인 양 발언하지 말도록, 리바이어던이여.』

『겨우 돌아오자마자 곧바로 알렉산더와 열을 올리다가 바하무트에게 핀잔을 듣는 악동이라면 어린애 취급을 받는 게 타당할 테지.』

『그렇게 말하니 반론도 못 하겠군.』

『아무튼 이런 악동이어도 나의 소중한 형제라는 사실은 변함없구나. 제법 긴 시간이 걸렸다만, 그대와 다시 만나게 된 이날을 기리도록 하지. 나는 알렉산더와 달리 꾸밈이 없는 성품이니.』

그리 말하는 리바이어던의 사념은 아무리 마음이 격해졌던 인물이어도 편안한 기분이 드는 거대한 포용력이 깃들어 있었기에 무한한 모성을 느끼게 했다.

바하무트가 우리 용종의 아버지라면 대강 리바이어던은 어머니가 되려나. 알렉산더가 심통 사나운 막내 여동생이고 나는 자유분방한 차남 비슷한 역할인가.

『나를 어머니에 빗대어 생각하는군, 드래곤이여.』

『뭐지, 독심술이라도 쓴 것인가?』

『그대는 우리 중 가장 솔직하고 거짓말을 못 하는지라 얼굴만

봐도 어떠한 생각을 하나 대강은 알 수 있다네. 거참, 실례되는 녀석이로고.』

『분명, 아무리 형제자매의 사이라 하나 여인에게 적잖이 배려가 부족한 생각을 떠올렸군. 기분이 상했다면 사과하지.』

『되었네, 되었어. 그리 비좁은 마음을 지니지는 않았어. 여하튼, 무엇인가 내게 하려는 말이 있을 터인데? 어지간한 물음에 화를 내지는 않을 테니까 솔직하게 말해보거라. 아니면 발언하기가 어려운 사안인가?』

그야말로 자기 아이가 실수를 고백하도록 달래는 어머니와 같은 리바이어던의 말이었다.

리바이어던이 눈치 빠르게 말을 재촉해준 만큼 지금은 고분고분 따라줘야겠지.

『흠, 실은 말이다. 그대의 자손 중 지상에 내려갔던 인물 중 류키츠라는 여룡이 있더군. 내가 최근에 류키츠와 인연을 맺었지.』

『오오, 류키츠 말인가. 잘 알고말고. 그 녀석은 지상에 내려갔던 나의 권속들 중에서도 피와 힘을 짙게 이어받은 계보에 속하지. 마지막으로 보았을 때는 아직 비늘도 단단하게 굳지 않은 어린아이였다만, 지금은 제법 아름다운 여룡으로 자라났을 테지. 그러고 보니 류키츠는 어릴 적 그대와 만났던 적이 있었던가. 전생한 이후 인연이 있었다는 게 약간 놀랍다만, 그대와 아는 사이가 되었다면 해마(海魔) 패거리와 생긴 분쟁은 걱정이 필요 없겠군.』

『해마의 건은 최근에 막 결말을 지었다네. 뭘, 이야기란 게 딱히 어려운 부류는 아니야. 류키츠는 내가 드래곤임을 알고 최대한의 예의를 다해주고 있다만, 그게 적잖이 과해서 말이야. 다른 시원의 일곱 용과 지상의 동포들과의 교류는 어떻게 됐나 조금은 신경이 쓰이더군. 내가 살아 있었던 시절과 여전히 변함이 없나?』

말을 나누는 동안 눈 아래에 펼쳐져 있는 바다 수면의 중심부에 리바이어던의 그림자가 희미하게 떠올랐다.

우리는 몸의 크기를 자유롭게 바꿀 수 있어서 별 의미가 없다지만, 그럼에도 보통은 자신이 지내기에 편안한 크기를 취하고 있다.

리바이어던은 머리 꼭대기부터 탐스럽게 자라난 털에 감싸인 꼬리 끝까지가 대충 산을 한 바퀴 감을 수 있을 만한 크기를 선택했다.

투명한 물방울을 전신에 두른 채 파란 비늘을 찬란하게 반짝거리면서 리바이어던은 내게 얼굴을 향했다.

"그렇군. 특별한 볼일이나 화급한 사태에 처하지 않는 한에야 우리들이 지상에 나가보는 일은 없었지. 네가 살아 있었던 시절과 달라지지 않았다네."

"그런가. 그대들도 가보면 아마 알 테지만, 아무래도 지상의 동포들은 용계에서 사는 우리들을 과하게 미화하는 경향이 있더군. 그런 오해나 인식의 차이는 어서 해소하는 게 좋지 않겠는가 생각이 들었어. 적당히 시기를 가늠하여 바하무트나 그대가 한 차례 지상에 내려가서 동포들과 직접 만나보면 어떻겠나?"

"오호, 지상의 동포들이 사는 곳 말인가. 오래도록 지상에 간 적이 없었다만, 어떻게 바뀌었나 가서 확인하는 것도 여흥이 될 수 있겠군. 바하무트여, 너는 어떠한가?"

"나는 상관없다. 드래곤이 있는 이상 지상의 주민들이 위기에 처하는 일은 없을 터이나 동포들이 우리를 어떻게 생각하는가 확인하는 게 나쁘진 않군."

바하무트와 리바이어던이 뜻밖에도 쾌히 승낙해준 것은 기꺼운 오산이었다.

그러나 둘의 대답에 뒤이어서 알렉산더까지도 대화에 슬쩍 끼어들었다.

"나도 지상에 가줄 수 있긴 하다만."

"넌 딱히 괜찮다."

"뭐—?! 너 말이야, 내가 애써 다리를 옮겨주겠다는데 뭐야, 그 쌀쌀맞은 반응은."

"리바이어던과 바하무트는 지상의 동포들이 상상하는 시원의 일곱 용의 모습에 딱 들어맞을 테니 괜찮다만, 너는 필요하지 않은 환멸감만 떠안겨주지 않겠나."

"무슨 소리냐, 나 역시 시원의 일곱 용으로 같은 반열의 존재다. 우러러 받들어 모시기에 어떤 부족함이 있나?!"

"여러 가지가 있다만 우선은 품성이군."

나의 대답에 리바이어던과 바하무트도 같이 고개를 끄덕이는지라 알렉산더는 이곳에 자기편이 없음을 깨닫고 끙끙 신음하기 시작했다.

흠, 알렉산더와 이렇게 말을 주고받는 것이 참으로 반갑구나. 역시나 이곳 용계도 또한 나의 고향 중 하나임을 나는 절실하게 느끼게 됐다.

나는 머리에 쉽게 피가 오르는 여동생을 더 이상 놀리는 것은 현명하지 않다고 판단해서 대화의 흐름을 바꾸기로 했다.

도가 지나쳐서 이 녀석이 감정을 폭발시키는 사태가 벌어지면 복잡해진다. 특별히 피가 이어져 있는 관계는 아니나 옛날에도 지금도 골칫덩어리 여동생이군.

"뭐, 알렉산더가 달라지지 않았다는 것은 이 짧은 시간으로도 잘 알았다. 슬슬 다른 형제들과도 얼굴을 보고 싶다만, 다들 지금은 어떻게들 지내고 있나?"

실질적으로 용계의 관리자 역할을 맡은 바하무트에게 묻자 지체 없이 대답이 돌아왔다.

"히페리온은 여전히 내내 잠든 채 지낸다만, 이전에 잠자리를 바꾼 이후로 같은 장소에서 쭉 머무른 터라 현재의 위치는 파악되어 있군. 브리트라도 요르문간드도 모두들 모두 하나도 바뀌지 않았다. 브리트라는 용계뿐 아니라 온갖 세계를 줄곧 날아다니고 중이나 불러들이면 곧장 올 테지. 요르문간드는 아마도 이미 우리를 **보고 있을** 테니까 부를 필요도 없군. 그러니 히페리온의 거처로 찾아가면 자연스럽게 다들 모여들 것이다."

"흠, 나도 같은 의견이다. 그러면 나의 귀향에 겸사겸사 형제들의 친목회라도 가지는 게 어떻겠나."

"히페리온의 얼굴을 보는 것도 오랜만이군. 브리트라도 그렇고 히페리온도 그렇고 나의 형제들은 극단적인 성정을 지닌 존재가 많군……. 물론 일부러 인간에게 목숨을 내어주기로 선택했던 네 녀석 정도는 아니지만 말이다. 안 그런가? 드래곤."

"리바이어던, 그 발언은 거둬주도록. 게다가 형제들이 다들 비숫비슷한 성격의 존재만 모여 있다면 아무 재미가 없잖은가."

"부정은 안 하겠으나 우리에게 너희가 분방하게 처신한 결과가 넘어오는 것은 되도록 사양하고 싶군. 네가 죽었을 때 거기 알렉산더가 아주 난동을 부렸던 터라 어찌나 시끄러웠던지. 안 그런가? 알렉산더. 그때의 너는—."

알렉산더는 나에게 알리고 싶지 않은 사실이라도 있는가 몹시 당황하는 모습으로 리바이어던의 말을 가로막았다.

"으아아앗, 내 얘기는 아무래도 상관없잖아. 저 멍청이가 죽었을 때 이야기를 굳이 늘어놓을 필요는 없어! 여기에서 쓸데없이 입이나 놀릴 틈이 있으면 빨리 잠꾸러기 히페리온이 있는 곳으로 가자. 그래, 얼른 가자고! 좋아, 간다. 난 먼저 간다, 따라와!"

우리가 말릴 겨를도 없이 알렉산더는 은색으로 빛나는 날개를 펼치더니 용계에 가득 찬 에테르 및 마력을 밀어 헤치며 빛보다도 빨리 날아갔다.

점점 작아지는 알렉산더의 뒷모습을 좇아 가다가 나는 어이없는 마음을 입에 담았다.

"뭔가? 저 녀석. 뜬금없는 행동은 저 녀석의 전매특허이다만, 갑자기 무슨 소리를 한 건가?"

리바이어던은 엷은 웃음을 꾹 눌러 참으며 종잡을 수 없는 대답을 했다.

"후후후, 뭘, 너는 아직 몰라도 되는 문제다. 잘하면 네 인간의 수명이 다하기 전에 알렉산더의 태도에 숨은 이유를 알 수 있겠지."

"흠."

바하무트도 진짜 이유를 아는 눈치로 은근히 피로가 묻어나는 한숨을 뱉는다.

"나로서는 어서 좀 알아주기를 바라는 마음이군. 그러면 알렉산더도 조금은 차분해질 테니 우리에게 불필요한 고생거리를 산처럼 떠넘기는 일도 줄어들지 않겠나."

용계에서 분쟁의 중재 및 여러 용들에게서 상담을 받아 처리하는 입장에 있는 바하무트에게는 동격의 존재임에도 불구하고 골칫거리의 대량 발생기이기도 한 알렉산더가 각별히 손이 많이 가는 문제아임이 틀림없다.

통절함마저 배어나는 바하무트의 한탄에 나는 동정을 금할 수 없었다.

변함없이 그대는 갖은 고생을 떠안는구나…….

누군가에게 명령을 받아 상담역이나 중재역을 맡은 처지도 아니건만, 정말이지 손해만 보는 성품을 타고났다.

전세 때는 지상에 내려간 이후 별달리 이쪽으로 돌아온 적이 없었다만, 이제부터는 분신체라도 써서 얼굴을 비추며 바하무트의 일을 거들어줘야겠군.

"그렇다 한들 이것은 알렉산더가 스스로 해결하지 않는 한 의미가 없는 사안이니. 드래곤이여, 우리가 네게 알려줘도 좋은 결과로 끝나리라는 생각은 안 드는 만큼 알렉산더의 태도가 바뀌거나 네가 스스로 깨닫는 것이 관건이로구나."

"마치 수수께끼 같군. 뭐, 되었다. 서둘러 답을 찾아야 하는 문제도 아니니."

일단 이 화제를 끝맺은 우리들은 알렉산더의 뒤를 좇아서 잠자리를 바꾸지 않은 채 줄곧 잠을 이루고 있는 히페리온의 거처로 이동했다.

용계에 무수히 많이 떠다니는 대륙과 혹성 등등은 딱히 누구의 소유라고 정해져 있지는 않다. 저마다 그때의 기분에 따라 내키는 장소를 잠자리로 쓰는 경향이 있다.

히페리온이 줄곧 잠자리를 바꾸지 않았다는 것은 본래의 수면을 좋아하는 성격도 작용했겠지만, 잠을 이루기에 무척 편안한 곳을 발견한 까닭일 테지.

도중에 나는 기억 속에 있는 용계와 달라진 곳을 찾아보며 그간의 변화를 관찰했다.

용계는 우리들 용종이 만들어 낸 용종을 위한 세계이다. 그러나 우리 이외의 생물도 존재하고 있다.

천계 및 마계와 같은 고위 차원에 위치하는 용계에 3차원이나 4차원 따위에 속한 지상의 생물들 및 정령, 정신 생명체의 부류가 제법 숫자를 이루어서 거처를 마련해 두고 있다.

물론 저들은 본래부터 용계에서 살던 존재는 아니었다.

여러 신들이 벌인 전투의 영향이나 모종의 사정 때문에 고향을 잃은 자들, 혹은 절멸의 위기에 처한 생물 등등을 가엾게 여겨 남아도는 토지를 쾌적한 환경으로 재조성한 뒤 용계로 받아들여서 보호하는 그런 과정이 내가 아는 한에서도 여러 차례가 이루어졌다.

어느 정도 시간이 경과한 뒤 본래 세계로 돌아가는 경우가 많았지만, 개중에는 여전히 용계에 남아 살아가기를 바라는 자들도 있었다.

흥미 본위로 현재의 용계를 가볍게 탐지해본 결과, 용계의 바깥에서 보호한 아인 및 요정이나 인간종이 쌓아 올린 문명을 다수 확인할 수 있었다.

내가 살아가고 있는 지상 세계와 비슷한 수준의 문명도 보이고, 지상을 벗어난 고고도에 인공 대지를 만들어 살아갈 수 있는 수준으로 발달된 문명도 여기저기 보인다.

"내가 마지막에 보았던 무렵과 비교하면 꽤 많이 떠들썩해졌군. 용계가 너무 지내기에 편안한 곳인 까닭인가?"

"그리할 수도 있겠구나. 고향에 돌아가기를 거부하는 자도 다소는 있었으니 말이야."

이렇듯 다른 세계에서 보호한 자들을 돌봐주거나 중개하는 부분도 본인이 총괄을 맡았다는 이유가 있어 바하무트는 은근히 자랑스러워하는 듯 보였다.

평소에 겪는 고생에 비해 칭찬이나 위로의 말을 건네주는 자는 거의 없을 텐데도 용케 비뚤어지지 않는구나 싶어서 거듭거듭 감탄하게 된다.

혹은 바하무트에게는 이것이 삶의 보람으로 굳어졌는지도 모르겠군.

선행하는 알렉산더가 녹색으로 뒤덮인 혹성에 내려서자 나도 뒤를 따랐다.

녹색의 정체는 혹성 표면을 뒤덮은 이끼인데, 그 밖에는 나무 한 그루는 고사하고 풀덤불조차 존재하지 않는다. 이끼 낀 바위와 흙

투성이의 대지에는 여기저기 파랗게 물든 맑은 호수 따위가 있을 뿐이라서 꽤 적적한 풍경이다.

바람 소리 이외에는 정적이 지배하는 이 흑성에서 히페리온은 잠에 빠져 있을 것이다.

알렉산더는 흑성에 내려선 뒤 흑성 표면을 달려 나가는 무참한 칼자국을 연상케 하는 균열 안쪽으로 전진했다.

우리도 균열의 가장자리를 건드리지 않게 몸 크기를 조절하며 강하한다.

내가 인간으로 태어난 흑성이었다면 마그마에 돌입할 만한 심도까지 깊숙이 들어가자 안쪽에 엷은 보라색의 반짝임을 간직하고 있는 수정에 둘러싸인 채 잠든 거대한 용의 모습이 보였다.

일찍이 고독을 견딜 수 없어 스스로 몸을 찢어버렸던 시조룡의 꼬리에서 태어난 자.

사익일두일미(四翼一頭一尾)에 영안자린(零眼紫鱗)의 고신룡, 「모든 것을 압도하는」 히페리온.

그것이 우리의 눈앞에서 여전히 깊은 잠을 이루는 용의 이름이었다.

그나저나, 음, 나의 기척을 감지해서 눈이 뜨일 듯싶었건마는 이렇듯 우리 형제들이 왔음에도 아직껏 줄곧 잠들어 있을 줄이야. 역시나 히페리온의 잠자기 좋아하는 성미는 변함이 없구나.

먼저 히페리온의 곁에 도착해서 기다리던 알렉산더는 잠든 채 힘차게 숨소리를 내고 있는 히페리온을 보자니 열이 올랐는지 살짝 짜증이 묻어나는 목소리로 외쳤다.

"이봐, 이봐! 좋은 꿈을 꾸는가 나쁜 꿈을 꾸는가 알 바는 아니다만 일어나라. 얼마 전까지 죽어 나자빠져 있었던 드래곤 녀석이 기특하게도 인사를 하러 왔다고. 어서 일어나서 웃기게 궁상맞은 드래곤의 얼굴을 구경해줘라."

거참……. 말버릇이 안 좋군.

흠, 정말로 따끔한 맛을 한두 번 보여줘서 버릇을 들여야 할까.

알렉산더의 난폭한 호통 소리를 듣고 깊숙이 잠들어 있던 히페리온이 살짝이나마 몸을 움직였다.

얼마 지나지 않아 고개를 들어 올린 히페리온은 커다랗게 입을 벌리며 방정맞게 하품을 쏟은 뒤 여전히 감아 둔 눈을 우리에게로 돌렸다.

고순도의 오리하르콘을 설탕 과자처럼 손쉽게 깨물어 부술 어금니의 안쪽에서 들려온 것은 소년인지 소녀인지 가늠하기 어려운 맑은 음성이었다.

"흐아아아앙, 뭐야, 알렉산더? 여전히 너는 시끌시끌하구나. 안 떠들어도 일어난다고~. 흐앙……. 어, 드래곤. 되게 오랜만에 만나는구나."

"오랜만이군. 두 번째 삶을 얻었기에 인사를 하러 왔다."

"응, 그런 것 같아. 지금 넌……. 와, 인간으로 다시 태어난 거야? 인간은 너랑 가장 관련이 깊은 생물이었지. 이것도 운명일까?"

히페리온은 바하무트와 마찬가지로 내가 인간으로 바뀌어 태어났다는 것을 한눈에 간파했다.

눈동자가 없는데도 무엇인가가 보이는 것인가, 히페리온은 옛날부터 시력의 유무가 전혀 느껴지지 않는 언동을 취했다.

"그런지도 모르겠군. 운명을 관장하는 세 여신일지라도 그 인과의 끈으로 우리를 옭아매기란 불가능한 이상 누군가의 의사가 작용했다고는 생각되지 않지만."

"그러게 말이야. 흐아앙, 아직 졸리지만 모처럼 네가 와줬는데 안 일어나면 실례겠지. 영차."

히페리온은 누워 있었던 자수정의 침상에서 긴 몸을 일으키더니 둥실 떠올랐다.

"브리트라랑 요르문간드는 아직 안 만난 거야? 아니, 둘 다 이곳으로 오고 있는 모양이네. 그러면 위쪽으로 가서 형제들이 오는 걸 기다리도록 할까……. 꾸뻑."

"이게, 일어나자마자 잠들지 마라."

한창 대화하는 중 잠에 취해서 숨소리를 낸 히페리온은 퍼뜩 얼굴을 들어 올리더니 수줍게 웃음을 떠올렸다.

"하하, 미안해, 미안. 우주가 태어나서 사라지는 동안의 시간 정도는 잠에 들 생각이었거든~. 역시 아직은 잠이 좀 부족하네."

히페리온의 이런 느긋한 느낌은 왠지 모르게 학우 파티마를 연상케 하는 부분이 있다.

내가 파티마를 대할 때 강한 친근감이 솟는 이유도 본인이 지닌 인덕에 더하여 육친이라고 말할 수 있는 히페리온과 상통하는 느낌을 받기 때문이 아니었을까.

이번에야말로 분명하게 잠에서 깬 히페리온과 함께 균열을 나온 우리는 이 혹성의 지표면에서 다른 형제들이 오기를 기다리기로 했다.

재회를 이룬 넷 전원이 나의 기억 속 모습과 전혀 달라지지 않았다. 이런 흐름이면 다른 나머지 형제들도 여전히 달라지지 않았을 테지.

달라진 것은 나뿐인가— 그런 생각을 하던 때 저마다 반대의 방향에서 나머지 형제들이 쭉쭉 다가오는 기척을 감지했다.

시원의 일곱 용을 포함해서 모든 용종 중 최속을 자랑하는 브리트라와 시조룡의 눈동자에서 태어나 혼돈의 만상마저도 내다볼 수 있다 일컬어지는 요르문간드다.

먼저 우리의 앞에 도착한 것은 브리트라였다.

브리트라의 전신은 녹색의 비늘에 뒤덮였고 비취의 빛이 퇴색되어 보일 만큼 선명한 초록색 눈동자를 지녔다. 등에 열두 장이나 되는 날개가 펼쳐지고 둔부에서는 여덟 가닥의 꼬리가 뻗어 나왔다.

등의 날개 피막은 거의 무색에 가까운데 브리트라는 이 열두 장의 날개가 만들어 내는 속도에 의해 「누구보다 빠른」 브리트라라고 불리곤 했다.

그러나 난처하게도 이 자매님은 도통 한곳에 머무르지 않는 천성의 소유자다.

우리 눈앞까지 와서도 멈추지 않고 바람을 가르며 혹성을 빙 돌기 시작했다.

입을 열어서 첫마디, 브리트라는 10대 중반에서 후반의 활달한 소녀를 연상케 하는 목소리로 인사했다.

"드래곤, 오랜만!"

그렇게 생글생글 말을 건넸을 때는 이미 혹성의 반대편으로 돌아갔고, 거기에서 다시 우리의 앞까지 왔을 때…….

"조금 작아졌어? 느려졌어? 아니면 조금 가벼워져서 빨라졌어?"

……말을 남긴 뒤 또다시 두 번째 바퀴를 달려 나가는 실로 번거로운 대화 방식을 구사했다.

뭐, 이것은 지금 시작된 일이 아닌지라 우리 형제들의 입장에서는 익숙할 따름이다.

단 한 순간만 잠깐 눈앞에 머무르는 브리트라에게 직접 말을 건네지 않고 사념을 날려 대화하는 것이 이 녀석과 의사소통할 때의 기본이다.

나는 말을 꺼내는 동시에 염화를 날려 브리트라와 대화를 이어 나갔다.

"그리 달라지지는 않았다. 브리트라, 무리해서 말하지 말고 예전처럼 사념을 날려주는 방법이면 족하다."

혹시 브리트라가 직접 말소리를 내는 까닭은 오랜만에 내 얼굴을 봐서 기뻤기 때문일까.

『아, 정말? 그럼 그렇게 할게! 히페리온은 벌써 깨어나서 나왔으니까 이제는 요르문간드만 남았네, 느리네, 늦어지네?』

브리트라는 곧바로 선뜻 수락하며 대답의 말을 들려줬다.

"단지 우연히 머무르고 있던 장소가 멀었던 까닭일 테지. 게다가 하필 너와 비교했을 때 모든 존재가 느린 것은 자명하지 않나."

『그렇지, 뭐! 내가 가장~ 빠른걸!』

에헴, 가슴을 쭉 펴는 모습을 쉽게 상상할 수 있는 사념이 전달되었다.

시조룡의 날개에서 태어난 브리트라는 속도에 관해서는 본인이 1등이 아니면 도저히 참지 못하는 어린아이 같은 성격이지라 우리 동족뿐 아니라 신들이나 신수 따위를 상대로 속도 겨루기를 벌인 일화가 헤아릴 수 없도록 많다.

이렇게 보면 알렉산더도 히페리온도 브리트라도, 나의 형제들은 정말이지 개성적이라고 말해야 할까. 어딘가 정신이 어리고 미성숙한 부분이 눈에 띈다는 생각이 절절하게 든다.

그만큼 바하무트와 리바이어던이 성숙되었다고 생각하는 것이 옳은가, 알쏭달쏭하군.

"너도 달라지지 않았군. 마지막으로 용계를 찾았을 때 이후로 전혀 시간이 흘러가지 않은 것 같다."

진지하게 중얼거리는 내게 바하무트가 대답했다.

"넓은 시야로 봐서 좋게도 나쁘게도 변화가 희박한 곳이 우리의 세계이다. 그럼에도 세세하게 살피면 결코 똑같은 시간이 흐르지는 않을뿐더러 미세하게나마 변화가 이루어지고 있지. 그나저나 드래곤이여, 너는 인간으로 다시 태어났잖은가. 한정된 삶을 살아가는 인간의 감성을 갖고 있다면 시간의 흐름은 다시 태어나기 전보다 빠른 듯 느껴지는 것이 아닌가?"

"그렇더군. 인간으로 삶을 시작한 지 16년, 순식간에 지나갔다는 느낌을 받기는 하나, 용이었던 시절이었다면 눈꺼풀을 한 차례 깜빡거릴 시간이지. 흠……. 그렇다면 내가 시간을 느끼는 방식이 제법 인간에 가까워졌다고 말할 수 있겠어. 아, 요르문간드가 왔군."

우리가 대화 나누는 사이에 마지막 형제가 나타났다.

지면에 내려와 있던 우리의 머리 위에서 요르문간드가 정지하자 그림자가 드리워지며 우리를 뒤덮는다.

칠익육두십미(七翼六頭十尾)에 흑안회린(黑眼灰鱗)의 고신룡, 「한계와 정상을 내다보는」 요르문간드. 저 이름이 나타내듯 길고 가느다란 용의 몸 좌우에 여섯 장의 날개가 자라나 있고 등의 중심에 일곱 번째의 날개를 가지고 있다.

날개는 피막이 없는 대신에 몸과 똑같이 엷은 회색의 비늘로 뒤덮였다.

여섯 개의 머리에 각각 하나씩 눈동자가 있고, 꼬리는 열 가닥으로 나뉘어지는 등 이색적인 모습은 시원의 일곱 용 중에서도 유난히 두드러졌다.

요르문간드는 검은 광채에 빛나는 여섯 눈동자로 나를 보고는 여섯 개의 입으로 똑같은 말을 발한다.

"오랜만이라는 말은 모두들 입에 담았을 테지. 드래곤, 다시 만나서 기쁘구나."

억양이 희박하면서도 기쁨의 색이 배어나는 요르문간드의 목소리에 나는 육친에 대한 친애의 정을 느끼며 무의식중에 입가를 흐뭇한 미소가 걸렸다.

"나도 마찬가지군. 예전에는 오래도록 얼굴을 마주하지 않았다만, 이렇듯 새삼 형제를 둔 기쁨을 알게 되었지. 지난날의 격조를 반성하고 있던 참이야."

이것은 물론 인간이 되어 얻은 형제들, 딜런 형과 마르코 덕분이다.

요르문간드가 중력이 느껴지지 않는 부드러운 움직임으로 강하하자 딱 브리트라를 제외한 우리들 여섯 존재가 빙 둘러서게 됐다.

"드래곤치고는 기특하군. 그건 그렇고 알렉산더, 잘되었구나. 드래곤이 이렇듯 만나러 와줬잖은가."

요르문간드가 알렉산더를 놀리자 막내 여동생은 참으로 알기 쉬운 태도로 여섯 머리의 오라비 용에게 항의했다.

"누누누, 누가 기뻐했다고! 기뻐하지 않았어."

알렉산더가 명백하게 동요하는 모습을 보고 나 이외의 모두가 크고 작은 웃음을 흘린다. 혹성 빙 날기를 백 번째에 진입했던 브리트라도 예외는 아니었다.

"웃지 마라!"

알렉산더는 기분이 확 상해버렸는지 부끄러움을 얼버무리려는 것처럼 얼굴을 돌리면서 난 아주 화가 났다는 태도를 취한다.

이런 반응을 보여주기 때문에 우리에게 놀림을 당하고 막내 여동생 취급을 받는다는 것을 알렉산더만이 이해하지 못한다.

"그러고 보니 지금은 인간으로 바뀌어 태어났다던가? 어떠한 모습을 자당께서 베풀어주셨는가?"

인간인 나에 대하여 물음을 꺼낸 것은 리바이어던이었다.

시원의 일곱 용 가운데 어머니 내지 장녀의 역할을 담당하는 리바이어던은 다시 태어난 나의 모습이나 생활상 등이 신경 쓰이는가 보다.

저러한 질문을 받게 될 줄은 예상도 하지 못했다만, 인간의 모습을 보여주는 데 어떠한 문제도 망설임도 없다.

리바이어던의 말을 계기로 다른 형제들도 나에게 호기심의 시선을 보냈다. 브리트라마저도 혹성 빙 날기를 멈추더니 공중에 머물러 있는 모습을 보면 흥미의 강한 정도가 짐작된다.

과하게 주목받아서 조금 겸연쩍었지만 요청받은 대로 고신룡의 육체를 분해한 뒤 이번 삶에서 받은 본래의 인간 모습을 형제들 앞에 드러냈다.

내가 고신룡으로 지닌 육체의 윤곽이 부예지고 순식간에 비늘도 날개도 살점도 뼈도 하얀 빛 입자로 화하여 허물어진 뒤 그것들이 인간 형태로 집약된다.

아버지에게 물려받은 검은 머리카락과 어머니에게 물려받은 푸른 눈동자. 인간들에게「그럭저럭」평가를 받는 용모다.

피부는 햇볕에 잘 탔고, 몸은 평소의 고된 농작업과 절제에 의해 탄탄해졌다.

"일단은 이런 육체를 내려받았군. 꽤 고된 환경에서 태어나 자랐다만, 주위 사람들의 인연에서는 제법 축복을 받았지. 무척 충실한 삶을 지내고 있어."

거구를 자랑하는 형제들과 비교하면 아득하게 작아진 내 모습을 다들 뚫어져라 쳐다본다.

그런 와중에 브리트라는 깔깔 마음속에서 우러나는 명랑한 웃음소리를 터뜨리곤 녹색과 비취 두 가지 색깔로 채색된 몸을 변화시키기 시작했다.

"드래곤, 인간이네? 인간이야! 아하하, 작아~. 좋아, 이렇게 다시 만났는데 나도 인간으로 변해봐야지~. 대화를 나눌 땐 똑같이 시선을 맞춰야 실례가 안 되잖아? 내려다보면서 대화하는 건 안 좋은걸. 에잇!"

아무래도 나와 마찬가지로 스스로를 인간으로 변화시키려는 듯싶다.

열두 장의 날개도, 녹색 비늘에 뒤덮여 있던 거체도 나와 마찬가지로 일단 빛 입자로 분해된다. 그렇게 찰나에도 미치지 못하는 짧은 시간 뒤, 브리트라의 몸이 있었던 자리에 조그마한 소녀의 모습이 나타났다.

목덜미에 걸친 머리카락은 비늘과 똑같이 짙은 초록, 동글동글 자꾸 움직이는 큼직한 눈동자는 비취.

피부는 밀의 담갈색으로 그을렸고, 복장은 사지의 이음매가 노출된 남색 셔츠와 붉은 반바지로 간소하게 차려입었다.

"응응~ 지상의 생물로 모습을 바꾸는 게 몇 년 만일까? 1만 년? 1억 년? 아하하하, 다 까먹었어~."

브리트라는 인간으로 변화시킨 육체의 상태를 확인하려는 듯이 제자리에서 정신없이 다리를 위아래로 움직이거나 거듭거듭 토끼처럼 뛰어오르거나 했다.

생명력이 가득 흘러넘치는 활달한 소녀로 보일 따름이다만, 특히 속도를 두고 말하자면 전성기의 나조차 뒤처지게 되는 강대한 고신룡이라는 사실은 변함이 없다.

"얼른, 얼른. 다 같이 인간이 되어보자. 이왕에 형제가 다 모인 자리인데 인간으로 다시 태어난 드래곤에게 맞춰주는 것도 재미있잖아~."

"대체 왜 우리가 드래곤 따위에게 맞춰줘야 하는 것인가."

브리트라의 제안에 명확하게 반대 의사를 표시한 것은 알렉산더 뿐이었다.

히페리온은 제법 마음이 동한 모습이다.

"후후. 좋잖아. 별로 힘이 들지도 않고, 가끔은 다른 모습으로 변하는 것도 재미있을 거야~."

"그러나 우리는 용이잖은가. 본연의 형태를 바꿀 필요가 대체 무엇인가."

"그렇게 말하자면 드래곤은 이미 인간으로 다시 태어난 상태니까 고신룡의 모습은 본연의 형태가 아닌데? 일부러 우리를 위해서 아까 전까지는 옛날 모습을 유지해줬던 셈이니까 그럼 이번에는 우리도 맞춰서 잠깐 모습을 바꿔주는 정도는 괜찮지 않아?"

히페리온은 막힘없이 반론을 늘어놓은 뒤 잠꾸러기 녀석치고는 웬일로 신속하게 행동을 개시하여 인간 형태를 취하며 자신의 거구를 변화시켰다.

눈 깜짝할 사이에 변화가 끝나자 거기에는 열 살 즈음의 어린아이처럼 모습이 바뀐 히페리온이 서 있었다.

용 신체의 비늘과 같은 보라색 머리카락은 끝부분으로 갈수록 안쪽으로 살짝 말려서 구불거리고, 가녀린 몸의 좌우로 흘러내리며 마치 보라색 백합꽃이 히페리온을 감싸주는 듯 보였다.

요철이 없이 유려한 선을 그리는 몸에 자수도 무늬도 일절 없는 무릎 길이의 하얀 원피스를 하나 입었을 뿐이고 상처 하나도 없는 가느다란 다리와 발부리는 훤히 드러냈다.

비록 눈꺼풀은 여전히 닫혀 있으나 희미하게 분홍색으로 물든 뺨이며 꽃잎을 곧장 붙여다 놓은 것 같은 자그만 입술, 건드리면 쉬이 부서져버릴 듯 섬세하며 유리 세공을 연상케 하는 아찔한 분위기는 히페리온을 화폭의 안쪽에서도 존재할 수 없는 미소년, 내지는 미소녀로 돋보여주고 있었다.

아이를 싫어하는 인물이어도 한눈에 매료되어버릴 지경의 가련함인지라 현실에서는 존재할 수 없다는 생각이 들 정도였다.

그러고 보니 옛날부터 히페리온은 성별이 수수께끼로군. 남자인가 여자인가, 아니면 양성구유인가. 별반 문제는 아니기에 언급한 적도 없었다만, 실제 어떠할까?

"아아~ 이렇게 바꾼 몸은 작으니까 더 다양한 장소에서 잠들 수 있을 것 같네……. 꾸뻑…….."

"히페리온, 한창 대화 중 잠드는 것은 금지다."

땅바닥에서 잠들려고 하는 히페리온을 요르문간드가 달랬다.

"흐앙? 아, 미안해, 음냐음냐."

말을 꺼내자마자 또 잠들려고 하는 히페리온을 놔둔 채 요르문간드도 모습을 바꾼다.

그건 그렇고…… 머리가 여섯 개 있는 모습으로 변화한다면 과연 인간이라고 말할 수 있을까? 그런 내 의문과 달리 요르문간드는 무난하게 머리가 하나, 팔다리는 각각 두 개씩 있는 표준적인 인간의 모습을 선택했다.

자칫 지면에 닿을 만큼 긴 회색의 머리카락의 머리 뒤쪽에서 여섯으로 나누어 자기 머리칼로 다시 묶어 내려뜨렸고, 몸의 선이 뚜렷하게 부각되는 얇은 회색의 블라우스와 바지에 같은 색깔의 코트를 겹쳐 입었다.

눈초리가 살짝 쳐졌는데 검은빛 일색의 눈동자에서는 별로 패기가 느껴지지 않는다.

표정에서 읽을 수 있는 감정의 색이 은근히 엷은 까닭에 요르문간드의 자기표현에 희박한 천성이 잘 나타났다.

"으음음음음음······. 요르문간드까지."

"알렉산더여, 평소처럼 너의 패배다. 고집부리지 말고 어서 자신의 마음에 솔직해지거라. 이제는 슬슬 나 또한 너의 잔망한 태도가 지겹다고 해야 하려나, 어이가 없을 지경이거늘."

"바하무트의 말이 옳다. 드래곤이 또 언제 죽을지 장담을 못 하는 이상 예전처럼 후회하게 될 행동은 삼가도록 해라."

바하무트와 리바이어던은 마치 부모처럼 알렉산더를 타이른 뒤 자기 모습을 인간의 형태로 바꾸어 간다.

바하무트는 비늘과 같은 어둠보다 깊은 칠흑의 로브를 두른 다부진 청년의 모습을 선택했다.

나보다 머리 하나가 큰 장신에 잘 단련된 근육의 다발이 갖춰져 있는 훌륭한 육체를 구축했다. 바뀌지 않은 은빛의 색채로 물든 눈동자에는 바닥을 가늠할 수 없는 지성의 광채가 반짝이고 있다.

거대한 암석에다가 새겨 놓은 듯한 위엄을 느끼게 하는 용모이며, 결코 사라지지 않을 것이라 생각하게 되는 깊은 주름이 미간에 각인되어 있다. 그뿐 아니라 어째서인지 시력을 교정해주는 검은 테 안경을 쓰고 있었다.

흠, 멋 내기인가? 설마 노안의 종류는 아닐 터인데…….

안경은 일단 넘어가고, 인간으로 모습을 바꾼 바하무트에게는 인간이 세운 어떠한 국가의 국왕이나 황제일까 봐 말을 건네기도 저어되는 대현인이나 초월자의 풍격이 있다.

리바이어던도 위엄이 가득 흘러넘치는 모습이었다.

바닥을 들여다볼 수 없는 깊숙한 바다를 옮겨 묘사한 것처럼 푸르고 긴 머리카락을 황금 및 백금 따위의 다종다양한 보석류를 써서 장식한 빗으로 고정시켰고, 목 부분 및 손목에도 호화롭다는 말 이외에 표현할 수가 없는 장식품을 달아 놓았다.

이토록 화려하게 꾸미면 되레 인상을 상하게 되는 경우가 있는 법인데 리바이어던에 한해서는 이런 장식품이 아닌 한 본인의 미모와 품격에 묻혀버린다.

눈매는 예리하고, 신비적인 푸르른 눈동자는 마음의 밑바닥 안쪽뿐 아니라 혼까지도 들여다보는 것 같은 광채를 간직하고 있다.

온화하게 미소 띤 입술은 거기에서 흘러나오는 말 한마디로 모든 인간의 마음을 빼앗아버릴 것처럼 요염하며 아리땁다.

리바이어던의 비늘 및 피부가 변한 의복은 류키츠와 그 딸인 루우가 착용하는 앞을 여며서 입는 의복과 몹시 비슷한데, 풍만한 유방과 둔부가 얇은 옷감을 대폭 밀어 올리는 한편으로 허리 부분을 살펴보면 대담하리만큼 잘록하게 들어가 있다.

고혹적인 육체의 소유주이다만, 바라보는 자가 육욕을 품지 못하도록 압도적인 풍격과 미모를 겸비하고 있다.

흠, 굳이 말하자면, 류키츠에게 백배쯤 압도적인 일념을 부여한다면 아주 안 닮지는 않겠구나.

모두가 차례차례 인간의 모습으로 변화함으로써 혼자만 겉도는 입장이 된 알렉산더는 으음음음, 끄긍끄긍, 여성으로선 바람직하지 않은 신음성을 흘리고 있다.

"어서, 어서, 나머지는 네 녀석뿐이구나."

"빨리 결정하자, 결정이 넘넘 느리다~~."

형제들이 떠들며 놀리자 알렉산더의 관자놀이에 두꺼운 혈관의 줄기가 으득으득 떠오른다.

글쎄, 저 녀석의 마음속에는 과연 어떠한 감정의 폭풍이 몰아치고 있으려나.

알렉산더는 힐끔 내 방향을 돌아본 뒤 콧김이 거칠어졌다.

나를 쳐다보고 어떠한 결단을 할 셈이지?

"아, 진짜, 또 이렇게 되네. 왜 나만 자꾸……. 뭐라고 할까, 따로따로 신세가 되고, 고집쟁이 취급을 받고, 언제나, 진짜, 진짜!"

그야말로 투정 부리는 어린아이처럼 발을 동동 구르다가 알렉산더는 마지못해 인간으로 모습을 바꾸기 시작했다.

우선 겉모습에는 기질이 거칠고 오만한 성격이 잘 나타나 있다.

은실만 써서 짠 듯한 한 장의 천을 온몸에 헐겁게 두른 차림이고, 사지의 이음매 및 커다랗게 흔들리는 가슴 계곡을 대담하게 드러냈다. 조금 노출이 많지 않을까.

비늘과 같은 은색의 머리카락은 무릎에 닿을 만큼 내려뜨렸고 팔과 목, 허리에 다리, 귀, 이마 등 온몸의 온갖 부위에 각종 보석이며 귀금속으로 된 장식품을 겹겹이 달아 놓았다. 몸을 장식하는 물품만으로 지상에 인간이 세운 왕국을 모조리 사들일 수 있을 듯하나 저것들은 모두 알렉산더의 비늘과 피부가 변용된 소품이다.

치켜 올라간 눈자위 안쪽 사나운 빛을 띤 금안은 자기 자신의 존재에 대한 절대적인 자신감에 힘입어서 타자에 대한 조소를 숨기려고도 하지 않는다.

앳된 인상이 남은 용모는 더할 나위가 없도록 수려하기에 10대 초반에서 중반으로 보이는 미성숙함과 달리 문란하다는 말까지 나올 만한 몸매를 지니고 있었다.

"에잇, 용 아닌 모습을 취한다는 게 도대체 웬일이람."

알렉산더는 가늘고 고운 뺨을 부풀려서 볼록거리고 있다.

모두의 같은 의견에 알렉산더가 못 버티고 토라져서 괜히 화풀이하는— 이런 모습도 우리에게는 일상적인 광경이다.

불퉁불퉁 화내는 알렉산더는 방치한 채 리바이어던이 나의 눈앞까지 걸어오더니 내 턱을 붙잡아 상하좌우로 돌려 보거나 어깨 및 복부를 더듬더듬 만지작대기 시작했다.

리바이어던이 움직일 때마다 몸에 착용한 장식품이 짤랑짤랑 소리를 내고 있다만, 딱히 듣기에 거슬리지 않고 온갖 계산을 다해 배치한 풍경(風磬)처럼 아름다운 음색이었다.

"언뜻 살펴보니 건강하기 이를 데 없구나. 무엇보다 우리가 아는 너보다 활력이 가득 넘쳐 보인다. 너에게 있어 용사들에 의해 초래되었던 죽음은 다시 태어나는 과정을 거쳐 축복이라고도 말할 수 있는 효과를 주었구나. 물론 형제가 살해당했던 사태에는 부아가 치밀었다만."

"그렇군……. 살해당했던 사건에 대해 더 말하자면 내가 스스로 원했기에 성립할 수 있었던 결과다. 내 앞에 선 인간들은 오히려 본인들이 죽어 나가게 될 것을 각오하던 모습이었으니까 말이지. 나를 죽일 수 있었다는 것……. 또는 죽여버렸다는 것은 용사와 다른 일행들에게도 예상외의 사태였을 테지. 아무튼 내 심장을 용사의 검이 꿰뚫었을 때는 몹시도 놀란 표정을 지었으니까 말이야. 그야말로 청천벽력이라는 분위기였지."

"뭐, 대강 사정은 짐작하고 있었다. 아무리 인간들이 지혜와 힘을 모두 동원하더라도 그 시절의 인간들이 우리를 멸할 수 있을 위력의 무구를 제작하는 것은 불가능했지. 무엇보다 설령 천계의 전신이든 마계의 대사신이든 일부러 죽어줄 의도라도 아닌 한에야 네 녀석이 죽을 리 없잖은가."

리바이어던이 땅이 꺼져라 한숨을 쉬는 옆에서 벌렁 땅바닥에 배를 깔고 누운 채 졸고 있었던 히페리온이 알렉산더 놀리기를 재개한다.

"그래도 알렉산더는 저렇게 생각을 맺지 못해서 엄청 난리를 피웠잖아. 인간을 멸망시키겠다거나 흔적 하나도 남김없이 명계에 보내주겠다거나 설령 용사와 다른 인간들이 억조 번 다시 태어나더라도 그때마다 죽여주겠다며— 막 씩씩거리면서 미친 듯이 날뛰었는걸."

히페리온은 당시 알렉산더의 모습을 떠올리는 듯 소년인지 소녀인지 가늠이 되지 않는 목소리로 깔깔 웃었다.

흠? 이 아이가 그렇게까지 나 때문에 화를 내줬다는 것은 솔직히 의외군.

그나저나 미쳐 날뛰는 알렉산더를 말려주었을 바하무트와 리바이어던은 당시에 겪은 고생을 다시 떠올리는지 지긋지긋하다는 표정을 짓는다.

"그때는 나와 리바이어던이 나서서 말렸다만, 우리의 말에 전혀 귀를 기울이지 않아서 제법 애를 먹었었다."

"아무렴. 드래곤이 죽었다면서 울며불며 말이다⋯⋯. 숫제 용계가 붕괴되지 않을까 싶은 기세로 난동 부리는 통에 말리느라 고생을 했지."

"자, 잠깐. 바하무트, 리바이어던?!"

"드래곤의 능력과 성격을 감안하면 본인의 의사로 인간에게 죽어주는 선택을 했다고밖에 달리 생각할 수가 없지. 그렇다면 인간들에게 보복하는 것은 드래곤의 뜻에 반한다고 몇 번을 설명했던가."

사실 당시의 나는 자신이 살해당한 이후의 염려할 만한 여유나 기력이 없었다만, 지금 돌이켜보면 알렉산더 내지는 일부 동포가 저러한 보복을 감행할 것을 예상하여 유언 몇 마디는 남겨 두어야 했다.

경우에 따라서는 알렉산더에 의해 인간이라는 인간이 모조리 살해당해서 내가 인간으로 다시 태어날 수도 없게 되었을 테지.

"바하무트의 말이 옳구나. 알렉산더여, 격정에 몸을 내맡기는 것은 예전부터 마찬가지였으나 그때는 특히 심했잖느냐. 우리가 진심을 다해 싸워야 하는 불상사까지 벌어진 데야. 그때를 경험한 지금은, 앞으로 드래곤이 또 누군가에게 죽고 싶어지더라도 모쪼록 참아주기를 바라고 싶군. 다시 알렉산더가 난동을 부린다면 히페리온, 요르문간드, 브리트라, 네 녀석들도 힘을 빌려다오. 싫다는 말은 듣지 않겠다."

용계의 실질적인 통솔자 둘에게 원망이 섞인 시선을 받게 되자 역시나 자기의 길만 나아가는 성격인 다른 형제들도 거역할 수가 없는 듯싶었다.

"아하하하, 그러게 말야. 나도 그때는 느긋하게 잠잘 수가 없었으니까 다음에는 도와줄게~."

"긍정하지. 다만 앞으로는 드래곤이 죽지 않는 게 최선이군."

"그러게 말이야. 그때 알렉산더는 되게 무서웠잖아. 용계만이 아니라 주변 세계도 소란스러워져서 날아다니기가 많이 힘들었어. 어쩔 수 없네. 다음에 또 똑같은 일이 생기면 알렉산더를 흠씬 흠씬 푸닥푸닥 혼내줄게!"

"이, 이봐, 어째서 나를 무작정 때려눕히겠다는 전제로 대화가 진행되지?!"

흠, 뭐, 자업자득이란다. 막내 여동생아.

우리 형제들 사이에서는 일상이 된 알렉산더 놀리기는 적당히 마치고 나는 인간으로 모습을 바꾼 형제들에게 말을 건넸다.

"자, 잡담은 이만하고 본론으로 들어가도록 하지. 그래 봐야 썩 길지는 않을 테지만……."

황량한 대지 위에 선 채로 이야기를 나누기도 좀 뭐하다는 생각에 나는 지면에 마력과 의사를 불어넣어서 등받이와 어깨 받침대가 달린 의자를 인원수에 맞게 만든 뒤 재질을 대리석으로 변화시켰다.

앉아서 받을 감촉이 다소 딱딱하더라도 이 면면들은 별반 신경을 쓰지 않겠지. 즉석으로 제작한 하얀 의자에 전원이 함께 걸터앉았다.

"세세한 배려를 할 줄 알게 되었구나, 동생아."

감명 깊다는 듯이 중얼거리는 리바이어던에게 나는 약간의 유감을 담아 대답했다.

"이런 정도는 예전부터 마음을 써주었을 텐데."

아직껏 투덜투덜하던 알렉산더도 이제는 또 자신만 이의를 제기해 봐야 소용없음을 학습했는지 목소리를 크게 높이지는 않았다.

"자, 내가 죽은 이후에 알렉산더가 보복 행동에 나서려고 한 부분까지는 들었다만, 그 후에 지상 세계에서 무엇인가 큰 동향은 달리 없었나? 카라비스나 마이라르와는 이미 재회를 이루었다만, 이러한 주변 사정은 아직 말을 못 들었군. 너희가 보았을 때는 어떠했나?"

자랑이라 들릴 수 있겠으나 전세에서 나의 존재는 지상 세계의 유린이나 혼의 약탈 따위를 획책하는 사신 및 악마들에게 최대의 장벽이자 천계의 선한 신들 이상으로 까다로운 대상이었음은 틀림없다.

그랬던 내가 인간에게 갑자기 살해당했다면 이때를 좋은 기회라고 판단한 마계의 악귀 녀석들이 지상 세계에 독니를 들이대면서 달려드는 광경을 쉽게 상상할 수 있겠다.

"나와 리바이어던이 알렉산더를 말리는 동안에 사신 녀석들이 난장을 치려 들다가 그것들을 막고자 나선 마이라르 및 케이아스와 격하게 싸운 것은 틀림없다. 천계와 마계뿐 아니라 지상 세계에서 벌어진 대리전쟁도 대규모로 발발하여 상당히 많은 사망자가 발생했다더군. 명계는 제법 북적였을 테지. 동포 가운데는 알렉산더에게 동조하여 보복 행동에 나서려고 한 축도 있었다만, 반대로 그대의 의사를 존중하여 일시적이나마 지상에 내려간 뒤 인간을 비롯한 다른 생명들을 지켜주었던 축도 있었군."

흠, 동포 중 일부가 내 실수를 대신 수습해준 셈인가. 정말이지 감사한 이야기다.

"드래곤, 드래곤, 나랑 요르문간드도 지상에 가서 열심히 힘써줬어~."

"의외군. 어차피 신들과 지상의 일이라며 방치할 줄 생각했건만."

"아하하하, 뭐, 아무튼 네가 관련된 문제였잖아. 게다가 드래곤을 죽였던 용사 제군들은 너랑 꽤 사이가 좋았었다는 말도 들었고, 어떻게 지내고 있나 신경이 쓰였거든!"

"아무렴. 용사 및 관련자들은 드래곤을 죽일 수 있었다는 데 몹시도 당황했단다. 그리고 그런 결과가 만들어졌던 이유를 알고 후회하던 모습을 봤지."

"흠, 그랬나. 일단 나 나름대로 충고의 말은 전했다만, 용사와 다른 인간들이 그 후에 잘 처신할 수 있었을까 이제 와서 뒤늦게 신경 쓰이던 참이었지."

어떠한 인과의 작용인지 용사의 자손인 크리스티나 양과 올리비에 학원장과 친분을 쌓은 것이 태어나서 16년이나 지난 이후에나

마 용사 및 다른 일행들의 훗날에 관심을 갖게 된 이유였다고 나는 본인의 심경을 분석하고 있다.

"그 인간들은 그대의 사후에 발발했던 아인종 및 인간끼리의 전쟁에 휘말렸다가 원하지 않는 싸움을 거듭 강제당하는 모습을 보았다."

요르문간드가 사실을 담담하게 알려준다.

흠, 과하게 강한 힘을 보유했던 그들이 전쟁에 이용되었다가 최후에는 용도가 다해 버림받는 사태가 없기를 기원했다만……. 우려했던 대로 흘러갔는가.

내 심정을 알아차렸는지 브리트라가 이곳저곳을 졸랑졸랑 돌아다니며 말을 이었다.

"요르문간드의 말이 맞기는 한데 걔네가 막 바보처럼 이용만 당하지는 않았어. 너를 죽이라고 명령한 인간들이 사신에게 조종당하고 있거나 알맹이를 잡아먹힌 꼭두각시였다나 봐. 음모를 밝혀내고 조종당하고 있던 사람들을 쓰러뜨려서 배후 관계를 모조리 싹 조사해서 인류끼리의 전쟁 일부를 막는 데 성공했거든."

브리트라는 흘려듣지 못할 발언을 입에 담았다.

용사에게 나를 죽이도록 명령한 자들이 사신 녀석들에게 조종당했거나 혼을 잡아먹혀서 알맹이가 바뀌어버렸다는 말인가. 그자들은 용사 및 다른 일행들에 의해 토벌되었다지만, 그러면 사신 녀석들은 어떻게 됐나?

아마도 알렉산더가 사신 녀석들을 멸하지 않았을까 생각은 드는구나.

"아, 맞다. 지금 막 떠올랐는데 말이야—."

브리트라는 옆 돌기를 한다거나 공중제비를 도는 등 곡예사 비슷하게 흉내를 내면서 입을 열었다.

잠시나마 가만히 앉아 있도록 타일러도 소용없을 테니까 역시 변함없이 기운이 넘친다는 생각이라도 하며 넘길 수밖에 없겠다.

"무엇인가?"

"뭔가 용사 제군들이 마계 패거리의 계획을 쳐부수기 전에 말이야, 지상 세계에서 막 난동을 부린 신조마수가 있었거든. 진짜 심하게 알렉산더랑 비슷한 수준으로 엄청 날뛰고 다녔어. 결국은 용사 제군들이 해치웠는데 그 신조마수가 살짝 신경 쓰이는 부분이 있었단 말야. 어쩐지 너랑 비슷한 냄새랄까, 기척이 느껴졌으니까~. 게다가 카라비스랑 닮은 기척도 느껴졌는데 뭔가 좀 알아?"

단지 신조마수가 난동을 부린 사례는 얼마든지 있을 테지만, 나와 카라비스의 기운이 느껴지는 개체를 꼽아보자면 세상에 단 하나뿐.

창조주에게 이름조차 받지 못했던 가엾은 신조마수.

나와 마찬가지로 용사에게 토벌되었다가 인간으로 전생한 레니아이다.

그 녀석 본인이 용사에게 덤벼들었다가 오히려 패배해서 죽었다는 말을 원통해하며 말했던 적이 있으니 틀림없으리라.

"아, 인간으로 전생한 이후 알게 된 일이다만, 카라비스 녀석이 내 혼의 정보 약간과 마력을 확보해서 자신의 혈육 따위와 한데 섞어다가 만든 신조마수가 있었다. 그 녀석일 테지. 나를 멸하기 위해 만들었다만, 기대한 만큼 강력한 힘을 얻지 못했기 때문에 사슬을 채워 지상 세계로 내던졌다던가."

"와아~ 그러고 보니 그 사신은 너를 엄청 좋아하는 주제에 가끔 진심으로 없애겠다고 수작을 부려 댔었지. 전생한 이후에 알게 되었다고? 뭐야, 카라비스한테 들었어? 아니, 아직도 친구로 알고 지내는 거야?"

"카라비스와 재회한 것은 불과 몇 개월 전이다만, 살짝 엄하게 혼을 내주었으니 당분간 시답잖은 생각을 품진 않을 거다. 아울러 그 신조마수는 당사자와 직접 맞닥뜨렸지. 나와 똑같이 인간으로 전생했고, 지금은 같은 학교에서 배움을 쌓는 학우가 되어 지내고 있지."

"흠~ 재미있는 얘기네. 너를 해쳤던 용사 제군들한테 죽어야 했던 아이가 너랑 똑같이 인간으로 전생해서 다시 만나다니 말이야. 그런데 엄연히 너를 멸하기 위해 만들어진 신조마수잖아? 갑자기 덮쳐들거나 하지는 않아?"

레니아가 나의 정체를 알지 못했던 까닭도 있어 만났던 당초에는 약간 경계했다만, 지금 와서는 살짝 과하게 잘 따라주고 있다.

아버님, 아버님, 소리와 함께 천진난만하게 좋아해주는 레니아의 얼굴을 뇌리에 떠올리면서 나는 형제들에게 선언했다.

"아니, 우려할 일은 없었어. 그 신조마수— 인간이 되어 받은 이름은 레니아라고 하는데 전세 때 나를 멀리서 언뜻 보고도 나에게는 당할 수 없음을 깨달은 뒤 무슨 영문인지 나를 몹시 경애하게 되었더군. 서로가 혼의 본질을 안 이후부터는 나를 영혼의 아버지로 잘 따라주는 지경이야. 솔직히 어쩌다가 이렇게 됐나 조금은 당황스럽더군."

"어어?! 그 레니아라는 신조마수가 너를 아버지로 생각하는 거야? 아하하하, 우스워라. 그래도 너랑 카라비스한테서 만들어진 아이면 성격이 좀 이상해졌어도 놀랄 이유가 없으려나?"

"그대가 아버지란 말인가. 허허, 제법 별난 사고를 가진 신조마수로군."

브리트라는 깔깔 웃음을 터뜨리고, 리바이어던은 대놓고 어이없어하는 분위기다.

반쯤 꿈나라로 여행을 떠난 히페리온과 묵묵히 말이 없는 요르문간드 대신 바하무트가 미간에 깊은 주름을 새겨 넣으며 질문했다.

카라비스는 최고위의 사신이라는 위계와 매사에 구실을 내세워 내게 달라붙어서 문제를 일으켰던지라 우리 장형의 머릿속에서 그 몹쓸 여신의 평가는 가장 밑바닥에 위치하고 있다.

"그래서 그대는 레니아라는 신조마수를 딸로 인정하는 것인가?"

"아니, 특별히 인정하지는 않았다만, 자꾸만 정이 붙는다는 것은 부정할 수 없군. 카라비스가 손써서 만들었다기에는 천진난만하게 나를 잘 따라주는 터라 마음이 움직이지. 게다가 인간으로 전생한 이후부터는 이렇다 할 문제를 일으키지도 않은 듯하고. 인간이 되어 둔 양친도 건재하니까 지금 시점에서는 상황을 지켜보고 있다 말해야겠어."

"정에 약해진다는 것은 그대의 결점이며 또한 미점이기도 하다. 아무튼 결코 방심하지 마라. 아무리 그대의 혼이 사용되었다지만,

그 대사신이 만들어 낸 신조마수라면 그것만으로도 충분히 경계해
야 하니."

바하무트가 이렇듯 내게 충고의 말을 건네는 것은 드물다.

그 이유는 나의 적이 될 만한 존재가 헤아릴 수 있는 몇몇뿐이지
만, 카라비스야말로 몇몇 안 되는 그 소수의 예이기 때문이다.

그러나 내가 솔직하게 충고를 따라 홀대라도 한다면 레니아는
울고불고하다가 덜컥 자진해버릴 것 같다.

"어려울 듯싶기는 한데 충고의 말은 가슴에 새기도록 하지."

레니아가 아직껏 나를 해치고자 하며 집착한다면 모를까, 아버
지로 잘 따라주고 있는 상태에서 추후 적대 관계가 될 일도 없을
것이다.

지금의 나와 레니아의 실력 차이를 감안하면 나에게 작은 부상
조차 생길 리 없다. 따라서 과하게 걱정할 일도 아니었다.

"그나저나 그대가 그 레니아라는 자를 딸아이라 인정한다면 어
머니는 카라비스이고 우리는 백부와 고모가 되는 셈인가. 우리가
알지 못하는 사이에 뜻밖의 인연이 맺어졌군."

무의식중에 탄식하는 바하무트에게 나 역시 진심으로 동의하려
던 차에 불현듯 알렉산더가 끼어들었다.

무슨 이유인가 모르겠는데 노발대발하는 모습이다. 흠, 역시 형
제들 중 유독 막내 여동생의 속내만큼은 알 수가 없다.

"잠깐, 기다려봐! 잠깐만!!"

"무슨 일인가, 알렉산더."

"나, 못 들었어. 전혀 몰랐어!"

무엇을? 되묻고 싶었다만 대화의 흐름으로 짐작하자면 레니아의 이야기일 테지.

"레니아가 뭐야? 그 애가 딸이라는 게 뭔데? 카라비스가 어머니에 드래곤이 아버지라니, 전혀 영문을 모르겠는데! 난 절대로 인정 못 해!!"

꽥꽥 날카로운 목소리로 떠들어 대고 긴 은발을 마구 흩뜨리며 나에게 바짝 다가들었다.

이러다가 대뜸 물어뜯을 기세로 쏘아붙인다.

숫제 경기를 일으키는 어린아이와 다를 바 없기에 늘어놓는 말도 도대체 종잡을 수가 없다.

"뭐, 뭐, 뭔데. 카라비스 바보가 드래곤이랑 사이좋은 건 알았는데 딸 얘기는 전혀 모르거든. 왜 하필 카라비스랑 딸을 만든 거야?! 바보바보바보바보!! 드래곤은 바보 멍텅구리야!!"

"아니, 말했다시피 정말 부부의 연을 맺어서 아이를 낳은 게 아니라 나는 알지도 못하는 동안 그 녀석이 제멋대로 만들었단 말이다. 몰랐던 것을 어찌하란 말인가? 딸로 인정하더라도 정확히 말하자면 의붓딸이라고 해야 하나, 양자라는 표현이 더욱 잘 어울릴 테지."

"그딴 건 몰라. 전부 다 드래곤이 잘못한 거야!"

"어째서 내 책임이 되나. 그리고 알렉산더, 말투가 너무 바뀌는군. 뭐냐, 웬 말씨인가. 처음으로 듣는 말투다만?"

흠, 베른 마을에서 어린아이를 달래던 때와 같은 요령으로 대응하면 괜찮을 듯한데 경기를 일으킨 녀석이 알렉산더인지라 나는 적잖이 당황했다.

이제까지도 험한 발언을 쏟아 내거나 고함지르는 경우는 있었지만, 지금처럼 마구 생떼를 부렸던 기억은 없다.

무엇이 마음에 안 들어 이러는지 도무지 짚이는 것이 없다만, 경험상 여성을 상대할 때는 아무리 부조리하게 느껴지더라도 일단 잘못을 인정하고 시작하지 않는 한 입장이 불리해짐은 이미 학습했다.

일단 알렉산더를 달래기 위해 사죄의 말을 — 별로 마음은 담기지 않았다만 — 꺼내려고 입을 열려던 때 요르문간드가 알렉산더의 목덜미를 꽉 붙잡았다.

"진정해라. 너무 당황하는구나."

"대체 어떻게 진정하라는 거야! 드래곤이 이제야 겨우 살아 돌아와서 얼굴을 보여줬는데, 뭐라고? 딸이 생겼다? 게다가 카라비스가 어머니란 게 도대체 뭐야?! 바하 오빠랑 요르문 오빠는 걱정도 안 돼? 난 걱정돼. 엄청나게 걱정되고 납득이 안 간단 말이야!!"

바하 오빠? 요르문 오빠? ……뭐지, 저 호칭은. 내가 처음으로 듣는 호칭에 놀라는 동안 요르문간드가 알렉산더를 끌어내기 시작했다.

"말투가 바뀌었잖나. 우리를 부르는 호칭까지."

"으그으으으으윽."

알렉산더는 아직도 내게 따지고 싶은 말이 많은 듯 으~으~ 신음하며 오라비에게 저항하고 있다만, 결국 못 버티고 내게서 멀어졌다.

도대체 무슨 일인가, 거참.

이 녀석은 옛날부터 뜬금없이 화를 터뜨리며 나에게 덤벼든다.

아무튼 간에 레니아의 소식 하나로 이렇게까지 화를 낸다면 용사의 자손인 크리스티나 양라든가 학원장과 알게 된 이야기는 입을 다무는 것이 좋을 듯싶군.

"흠, 그나저나 요르문간드여. 자네의 눈동자에 계략을 꾸민 사신 녀석들의 말로는 보였는가?"

요르문간드는 턱에 손을 가져다 대며 잠시간 생각하는 몸짓을 보인 이후에 고개를 옆으로 흔들었다.

"아니, 내가 보려고 한 때는 이미 드래곤이 죽고 모든 세계에 대혼란이 벌어졌던 이후이니. 내가 보기에 앞서 일을 꾸몄던 사신은 이미 죽음을 맞이했는지도 모른다. 그 전쟁에서 상당수의 신과 권속들이 스러졌고, 각 세계의 역학 관계가 크게 변화했지. 죽어 갔었던 수많은 사신들 중 누군가가 흑막이었을지도 모르고, 아직껏 여태 마계에서 목숨을 부지하고 있는 누군가일지도 모르겠군."

"마계의 사정을 알아보려면 카라비스에게 캐묻는 게 빠르고 편하겠군. 사실 나는 죽었던 직후부터 다시 태어날 때까지 사이의 기억이 없어. 용사에게 심장을 꿰뚫린 후 주검을 이용당하지 않게 분해했던 것까지는 기억한다만, 다음에 정신이 들었을 때는 이미 금생의 어머니 배 속이었으니까 말이지. 그 공백의 시간 중 내가 흑막에게 무엇인가 손썼을 가능성도 아주 버릴 수는 없군."

고신룡으로서 내가 죽음을 맞이했을 때 무엇인가 손을 썼던가, 혹은 아무것도 하지 않았던가……. 아무리 기억을 되새기고 파내

봐도 명확하게 떠올릴 수가 없고 애매한 감각밖에 들지 않는다.

"우리는 너야 가만히 놓아둬도 조만간에 살아 돌아올 테니 별달리 마음에 두지 않았던 데다가 지상 세계의 분쟁이 종식된 이후부터는 간섭도 중단했다. 유익한 정보를 네게 전해줄 수는 없겠군. 미안하구나."

흠, 요르문간드의 눈동자에도 보이지 않았다는 말인가. 진실을 상세하게 밝혀내려면 직접 내 죽음에 관여했던 사신 측 존재에게 사정을 듣는 방법 이외에는 없겠군.

나의 영혼과 거의 동화해버린 전생의 저주를 걸기 위해서는 그야말로 카라비스 수준의 최고신이나 복수의 대신이 협력해서 실행할 필요가 있다.

드래곤이라는 존재 때문에 가장 큰 피해를 받았던 것은 틀림없이 마계의 사신 녀석들이니까 역시 녀석들이 저주를 건 범인일 테지.

"아니, 괜찮아. 내 혼을 묶어 둔 전생의 저주를 풀어내는 시기는 내가 인간으로서 죽기 직전이어도 무방하니까. 특별히 병을 얻지 않고 살아간다면, 글쎄, 앞으로 40년이나 50년쯤 뒤에 천수를 다 하게 될 테지."

내가 살아가는 곳, 아크레스트 왕국에서는 대략 50대 후반에서 60대 초반이 평균적인 수명이다.

나의 동포들에게는 눈 깜짝할 동안보다 짧은 시간인지도 모르나 지금 내 처지에서는 아직껏 한참 나중의 일로 느껴진다.

역시 나의 시간에 대한 감각은 거의 인간과 비슷하게 바뀐 듯싶군, 흠.

나의 수명에 대한 화제가 나오자 알렉산더가 표정을 꾸깃 찡그리는 한편으로 리바이어던이 이상하다는 표정을 짓고 되물었다.

"그나저나, 수명이라면 육체를 재구성하여 얼마든지 연장할 수 있을 텐데? 인간 중에도 세포의 열화를 제어하여 몇 배의 수명을 얻는 자가 드물지 않다 들었다. 마법 구사에 능숙한 자들이며 초인종, 아울러 선인 및 도사 따위가 좋은 사례이지. 너라면 영겁의 시간을 살아가는 육체도 얻을 수 있지 않은가?"

"본래는 가능했을 방법이다만, 전생의 저주를 내가 나름대로 조사해보니 아무래도 의도적으로 수명을 연장하는 데는 한도가 있는 듯싶더군. 요르문간드, 살펴봐주겠나?"

요르문간드가 두 개의 눈동자로 나를 지그시 바라보며 내 혼에 휘감겨 있는 전생의 저주를 관찰하기 시작한다.

저주에 걸린 당사자이면서 나 자신조차 알지 못했던 부분도 혹시 요르문간드의 눈동자 앞에서는 드러나지 않을까 하는 엷은 기대가 있었다.

글쎄, 깊고 아득한 암흑을 응축한 듯한 요르문간드의 눈동자에 내 혼을 자기 집처럼 자리 잡은 저주는 과연 어떻게 보이려나.

"드래곤이 당한 전생의 저주는 다시 태어난 생물의 종이 보유하는 자연스러운 수명을 넘겨 살아가는 것을 금하는 효과가 있군. 드래곤이 말한 대로 인간이 누리게 될 마땅한 수명을 맞이하는 동시에 본래 윤회의 고리에서 벗어난 전생이 강제된다. 전생 이전에 드래곤의 힘과 기억을 「무엇인가」 혹은 「어딘가」에 격리하더라도 그것들까지 같이 틀어잡아 전생시키는 강제력이 있구나. 전생 때마다 드래곤의 혼이 열화되어 가는 것을 막기란 일단 불가능하군."

요르문간드는 사적 감정을 거의 집어넣지 않은 채 담담하게 말했다.

"드래곤의 혼과 심부까지 동화가 진행된 이상 저주 자체의 해제도 무리하게 밀어붙인다면 혼에 심각한 피해를 줄 가능성이 지극히 높다. 우리 시원의 일곱 용이 힘을 발휘하면 저주의 해제 자체는 불가능하지 않다만, 그렇게 할 경우 드래곤의 혼은 치유하지 못할 피해를 받는다. 결론을 말하자면 추천할 수 없군. 시술자를 제거한들 해제는 기대할 수 없을뿐더러 또한 시술사가 이미 제거되었을 가능성도 있다. 완전한 해주의 가능성을 꼽아보자면 명계의 삼대신 중 하나와 최고신들 복수의 협력을 얻은 이후에 해주를 실행하는 것."

이 설명은 나의 고찰과 완벽하게 같은 내용이었다.

나의 혼이 손상되어도 상관없다면 이 자리에서 강제 해주도 가능한가.

요르문간드의 견해라면 일단 틀림은 없겠지만, 글쎄, 정말로 실행했을 때 나의 영혼이 과연 얼마나 큰 타격을 받게 되려나…….

"어떻게 할 텐가? 드래곤. 이 자리에서 해주하겠나? 다만 추천은 못 하겠군."

내가 대답하기에 앞서 알렉산더가 얼굴에 분노의 화장을 더한 채 마구 고함질렀다.

흠?

"안 돼, 안 돼, 안 돼, 안 돼, 안~ 돼~!! 지금 드래곤을 봐라. 과거에는 우리들 중 최강을 자랑했던 이 녀석의 혼, 광채가 이리도 칙칙하게 사그라들었잖나! 무리하게 해주했다가는 훨씬 비참한 꼴이 될지도 모른다는 말이잖아? 그런 건 안 돼! 불과 수십 년밖에 안 된다지만, 유예 기간도 있다며? 다른 녀석들이 손을 빌려주면 해제할 가능성도 있으니 내가 어떠한 수를 써서라도 협력을 받아내겠어!"

알렉산더의 노성과 필사적인 태도에 나는 오늘 몇 번째가 되려는가, 눈을 깜빡깜빡했다. 틀림없이 바보 취급이나 할 거라 생각했건마는.

그러나 어째서인지 다른 형제들은 거의 놀란 기색도 없이 쓴웃음을 짓거나 한숨을 뱉는 모습이다.

흠, 마치 이렇게 될 줄을 뻔히 알았다는 반응이잖은가.

나만 알렉산더의 마음을 이해하지 못한 입장이라는 뜻인가.

"알렉산더, 마음은 기쁘다만 마이라르와 카라비스라면 협력하는 데 쾌히 승낙해줄 것이다. 너무 씩씩거리지 않아도 괜찮다."

"으음음음, 정말 괜찮은 건가? 다른 누구도 아닌 너 자신의 문제잖나? 더 많이 조바심을 내야 할 처지일 텐데."

아무래도 알렉산더는 진심으로 나의 안위를 걱정해주는 듯싶다.

지난 과거가 과거였다지만 나는 알렉산더를 오해했는지도 모르겠군. 마음속 깊이 나를 염려하는 모습의 막내 여동생에게 나는 애써 다정한 목소리로 말을 건넸다.

"걱정해줘서 고맙구나, 알렉산더. 괜찮아. 형제들과 재회도 이루었고, 또한 힘을 보태준다면 이보다 더 마음 든든할 수가 없지.

이리 오려무나."

알렉산더는 내가 가까이 불러들이는 이유를 알지 못해서 의아해하는 표정을 띠고 나에게 다가왔다.

"이리하기는 처음인데 혹시 불쾌하다면 미안하구나. 일단 감사의 의사 표시라고 받아들여주거라."

나는 아름다운 소녀로 모습을 바꾼 알렉산더의 머리에다가 오른손을 얹어서 가늘고 보드라운 은색 머리카락에 감싸인 머리를 쓰다듬었다.

머리에 내 손이 올라간 순간, 알렉산더는 움찔 커다랗게 몸을 떨었다. 아무래도 어떠한 일이 일어났는지 미처 이해를 하지 못하는 모습이다.

그러나 두 번, 세 번을 가만히 쓰다듬어주던 중에 알렉산더는 갑자기 내 손을 쳐내더니 흥 코웃음 치고 등을 돌렸다.

흠, 세리나와 레니아라면 기뻐해주었을 텐데 알렉산더가 상대라면 결과도 달라지는가.

달려가는 여동생의 등을 바라보면서 나는 자, 어떻게 해야 하나, 고개를 갸웃거렸다.

리바이어던이 유쾌한 웃음을 띠며 말을 건넨다만, 둘의 대화 내용은 들리지 않는다. 썩 멀리 떨어진 거리는 아니거늘 나에게 안 들리도록 리바이어던이 손을 썼는가 보군.

"흠, 뭐, 당장은 협력자를 모아 저주의 해석을 진행하는 한편 시기를 가늠하여 해주는 게 타당할 테지."

저주에 당한 당사자인 내가 이렇듯 결론 내리자 형제들은 딱히 반론의 말을 꺼내지 않았다.

다음 전생까지 아직 반세기 가까운 유예 기간이 있기도 하고, 전생에 의한 혼의 열화가 우려된다지만 내가 아직껏 최고 신격을 상대해도 쉽게 승리할 만한 힘을 남겨 둔 만큼 모두들 마음이 썩 급하지는 않은 듯하다.

그 후 나는 새삼스럽게 지상 세계의 동포들과 교류할 것을 제안했다.

다만 사전에 통지도 없이 지상 세계에 강림한다면 동포들의 사이에서 대혼란이 일어날 것은 불 보듯 명백하다. 따라서 내가 직접 친분을 맺은 류키츠와 먼저 이야기를 마친 뒤 첫 번째 시도로 류키츠가 다스리는 용궁국에 누군가가 강림해준다면 어떻겠냐는 이야기로 정리가 됐다.

제아무리 류키츠라도 나 아닌 시원의 일곱 용이 나타난다면 아름다운 얼굴이 놀라움으로 가득 물들게 될 테지.

최근에 와서 가까운 사람들에게 나의 내력이 밝혀지고 있는 상황이기도 하고, 루우나 바제에게 알려질 날도 어쩌면 머지않았다는 생각이 든다.

대화를 정리하면 전생의 저주를 해주하기 위한 방안, 지상 세계와의 교류를 재개하기 일정까지 둘 모두를 조만간에 진행하자는 이야기가 되겠다.

"대강 필요한 이야기는 마쳤군. 나는 슬슬 가보도록 하지."

"뭐냐, 벌써 떠나는 건가. 그리 서두를 이유도 없을 터인데."

"리바이어던, 전세였다면 아직 얼마든지 시간이 남아 있었겠지만, 지금의 나는 인간이다. 인간에게 허락된 시간은 결코 길지가 않아. 또 마음이 내키면 얼굴을 비추러 오도록 하지. 자네들도 동포와의 교류와 별개로 놀러 와주면 기쁘겠군. 썩 대단한 대접은 못 해줄 테니까 조금 미안하지만 말이야."

"그런가, 어쨌든 네가 지내고 있는 지상의 거처를 방문하는 것도 괜찮은 여흥이 될 테지. 그리고 대접 운운하며 부담을 갖지 말거라. 그저 가족이 가족을 만나러 가는 게 아닌가."

"저기~ 저기~ 드래곤, 그럼 마지막으로 나랑 달리기 시합하자!"

"그래, 잠시 놀아볼까, 브리트라. 그럼 바하무트, 히페리온, 요르문간드, 리바이어던, 다시 머지않은 날에 얼굴을 마주하게 될 터이나 그때까지 무탈하게나."

나와 브리트라는 저마다 고신룡의 모습으로 돌아간 뒤 다른 형제들을 남긴 채 용계의 하늘 너머로 날아올랐다.

지상 세계로 차원 이동은 이곳에서도 가능하지만, 잠시간 브리트라와 함께 용계를 날아다니도록 하자.

†

저 멀리 너머로 비상하는 드래곤과 브리트라를 지켜보던 중에 여태껏 가만히 등 돌리고 있던 알렉산더가 빙글 돌아서서 바들바들 하얀 어깨를 떨기 시작했다.

히페리온은 이미 새근새근 숨소리를 내고 있었고, 요르문간드는 가만히 눈동자를 닫은 채 드래곤의 혼에 뒤얽힌 저주를 다시금 해석하고 있다.

알렉산더가 드래곤을 외면한 채 얼굴을 돌려야 했던 최대의 이유는 바로 표정에 있었다.

자신에게 거역하는 자는 세계의 어디에도 없음을 믿어 의심치 않는 아름다운 얼굴에 오만함을 대신하여 넋이 빠져서 실실거리는 웃음만 가득 묻어 나오고 있었으니까.

"머리, 쓰다듬어줬어. 쓰다듬어줬어, 쓰담쓰담, 쓰다듬어줬어!"

시종일관 드래곤에게 지어 보였던 언짢아하는 표정에서는 상상도 못 할 얼굴, 아울러 당장에라도 춤출 것 같은 음성이다.

드래곤이 쓰다듬어줬던 부위를 두 손으로 부여잡은 채 알렉산더는 만면의 미소를 띤 얼굴이라는 말의 귀감이 될 만한 표정을 짓고 있었다.

더없이 들뜬 모습의 여동생을 바라보면서 리바이어던과 바하무트는 나란히 거한 한숨을 내뱉었다.

"알렉산더여, 어째서 그 태도를 드래곤 앞에서는 나타내지 않는 것이냐."

어이없음을 숨기지 않는 리바이어던의 말에 알렉산더는 이제껏 잔뜩 들떴던 분위기를 내버린 뒤 힘없이 어깨를 떨어뜨렸다.

"리바 언니, 그치만 그치만, 드래곤 앞에서는 자꾸 막 긴장되는데 어떡행."

설마 알렉산더가…… 정녕 오만불손하고 횡포하며 거만한 고신 룡이었던가. 드래곤이 떠나자마자 곧장 자매와 형제들에 대한 태도가 고분고분하게, 귀엽게 바뀌지 않았는가.

"도대체 「어떡행」이 뭐냐. 이제껏 얼마나 오래 새침데기 노릇을 한 줄은 아는가. 그리고 앞으로도 똑같은 짓을 반복할 작정인가? 드래곤 녀석이 아무리 관대할지언정 다시 태어난 이후에도 네가 야멸찬 태도를 쭉 고집한다면 언젠가 인내의 끈이 끊어져서 너와 절연할지도 모르는 것이 아니더냐. 그리되었을 때 누구보다도 후회하는 것을 다른 누구도 아닌 너 자신이거늘. 거참, 그 녀석도 알렉산더를 대할 대면 갑자기 둔감해지니까 더더욱 일이 복잡해지잖느냐. 역시나 네가 태도를 고치는 것이 가장 빠르고 간편한 해결법이니라."

그야말로 여제라 불러야 할 만한 위엄을 담아 쓴소리를 입에 담는 리바이어던의 앞에서 알렉산더는 풀죽어 고개 수그린 채 두 손은 깍지를 끼고 손가락만 움직거리고 있다.

어머니에게 꾸중 듣는 딸로 안 보이는 것도 아니다.

"그치만 그치만, 겨우 드래곤이 살아 돌아와서 만나러 와줬는걸. 기뻐서 자꾸 막 들뜰 것 같았단 말이야. 창피한 모습 보여주면 안 되니까 일부러 긴장하려고……."

"창피한 모습 이전에 대뜸 큰 목소리로 쏘아붙이는데 어떻게 좋은 인상을 받을 수 있겠느냐. 오히려 예전보다 더욱 고약해진 듯 보이더구나."

"으, 잘못했어, 리바 언니."

"거참, 드래곤이 아니면 이리 갸륵한 태도를 취할 수 있거늘. 어째서 그 녀석만 유독 예외인가……. 머리가 지끈거리는구나."

리바이어던이 이마에 손을 가져가서 머리를 흔들거리자 몸에 착용한 장신구가 따라 흔들리며 맑은 소리를 낸다.

바하무트가 말을 이어받았다.

"언제였던가, 그대가 사신 녀석들의 함정에 빠졌을 때 제일 먼저 구하러 달려갔던 게 드래곤이었더랬지. 알렉산더여, 드래곤을 대하는 태도가 바뀌기 시작했던 게 그때부터였던가?"

"응, 바하 오빠. 그때 드래곤이 말이야, 허둥지둥 나를 구하러 와줬는데 말야, 내가 다쳤다고 막 엄청 화내면서 사신 녀석들을 전부 쓸어버리는데…… 그때 드래곤이 진짜 진짜 멋있었거든."

알렉산더는 과거에 드래곤에게 도움을 받은 기억을 떠올리며 황홀하게 먼 하늘을 바라본다.

이래서야 도무지 감당할 수가 없었기에 리바이어던과 바하무트는 고개를 옆으로 흔들었다.

알렉산더는 시원의 일곱 용 중 가장 드래곤을 좋아하는데도 불구하고 유독 드래곤을 마주 대할 때 상대방의 신경을 건드리는— 아니, 잡아 뜯다시피 뾰족한 태도를 취하고는 한다.

애당초 알렉산더의 본래 성격이 오만한 것은 분명하다만, 그렇다 쳐도 드래곤을 대할 때 태도는 몹시 고약했다. 살아 돌아온 드래곤과 재회하면 태도가 고쳐지리라 바하무트와 리바이어던은 기대를 가졌지만, 막상 현실은 이러했다.

"그때 싸움은 비록 그대가 혼자서도 함정을 돌파할 수 있을 정도였다지만, 얼마간의 소모와 부상은 면할 수 없는 처지였지. 구하러 와준 드래곤을 자기 마음속에서 미화하는 것도 무리는 아니다. 그러나, 그렇다고 해서 도대체 왜 호의와 정반대가 되는 태도를 보인다는 말이냐……."

"으으, 나도 드래곤한테 쌀쌀맞은 태도로 대하고 싶은 건 아니거든? 사실은 「오빠」라고 불러주고 싶어. 「정말 좋아해」라고 말해주고 싶어."

"설령 그대의 본심이 어찌 되었든 간에 이렇듯 꼬인 행동거지만 줄곧 반복된다면 드래곤은 알아주지 못할 것이다."

"드래곤은 이미 너의 이러한 성격을 「천성」이라 받아들이는 터라 대단히 화도 내지 않는다만, 그것은 너에 대한 인상이 이미 딱딱하게 굳어졌다는 의미이기도 하다. 너의 진정한 마음을 전해주기는 지극히 어려울 테지."

"주로 그대의 그 골치 아픈 성격 때문이리라."

"으으, 바하 오빠도 리바 언니도 심술궂은 말 그만 좀 해에. 나도 내가 제일 잘못했다는 건 안단 말이야. 그러니까 어떻게든 드래곤을 오빠라고 부를 수 있게 도와줘어."

"알겠다, 알겠다. 거들어줄 테니 한심한 소리일랑 접어 두거라."

"드래곤에게 허락된 시간이 썩 길지는 않다. 지난 과거와 비할 수 없는 각오를 하라. 그리하지 않으면 네 참된 마음을 드래곤에게 전해주는 것은 꿈속의 또 꿈과 같음을 명심하도록, 알겠나?"

바하무트와 리바이어던은 알렉산더의 태도에 이미 진력이 난 전력도 있어 이번이 마지막이라는 듯이 의도하여 엄하게 말을 늘어놓았다.

알렉산더는 스스로의 미래를 상상했는지 예리한 눈초리에 희미하게나마 눈물방울을 떠올리고 있었다.

"응, 나, 힘낼게!!"

그렇게 결의와 각오로 반짝이는 얼굴을 보고 바하무트와 리바이어던은 함께 「소용없겠구나」 하고 신랄한 감상을 품고 말았다.

그럼에도 이 사태를 알아차리고 먼저 날아서 도망쳤던 브리트라와 벌써 푹 잠들어 있는 히페리온, 전혀 이야기를 들으려 하지 않았던 요르문간드보다는 여동생을 많이 아껴준다고 말할 수 있겠다.

제2장 여왕 폐하의 연인

드란이 살아가는 대륙의 남쪽 방향에는 해양 교역이 이루어지는 여러 섬나라가 존재하고 있고, 더욱더 남쪽으로 내려가면 같은 규모의 넓이를 자랑하는 다른 대륙이 있다.

그 대륙의 북서부에는 뱀파이어들이 지배자로 군림하는 지역이 있고, 주변의 여러 국가로부터 두려움을 동반하여 선홍빛 대지(스칼릿 랜드)라고 불리고 있다.

그 스칼릿 랜드에서는 불과 몇 개월 전, 유례가 없는 격진이 발생하였고 주민들은 혼란의 도가니로 내동댕이쳐졌다.

과거에 이 땅에 강림했던 시조 뱀파이어의 피를 잇는 시조 여섯 가문.

그중 그로스그리아 왕국의 국왕 지오르에 의해 다른 다섯 가문이 멸망당하면서 스칼릿 랜드는 시조 이래 처음으로 통일이 이루어졌다.

그 후 지오르와 왕태자 브란이 세계의 어딘가에 봉인당하고도 여전히 각국이 그로스그리아의 깃발을 끌어내리지 않은 이유는 언젠가 지오르가 귀환했을 때 반기를 든 자는 틀림없이 멸망당할 것이 분명하다는 강박 관념 때문이었다.

그러나 점차 지오르가 누군가에 의해 제거되었다는 소식이 퍼져나감에 따라 스칼릿 랜드에 격진이 발생하고 말았다.

저항하지 못할 절대적 지배자가 제거된 후 스칼릿 랜드에 찾아온 것은 무질서와 다를 바 없는 피로 피를 씻는 전국 난세의 시대였다.

지오르의 사멸로 인해 정통을 잇는 지배자의 증거인 시조의 피와 창조신에게 하사받은 신기가 실전됨에 따라 유력한 귀족들이 각각 새로운 왕이 되고자 각지에서 거병했고, 본인이야말로 뱀파이어의 새로운 왕임을 자처하며 전쟁을 벌인 까닭이다.

그런 와중에 초신성처럼 나타나서 눈 깜짝할 동안 주위의 세력을 합병하고 최대 세력 중 하나로 꼽히게 된 집단이 있었다.

일찍이 지오르의 주도로 여왕 드라미나가 지배하는 발큐리오스 왕국을 공격했을 때 일체의 협력을 거부했던 지크라이너스 가문의 생존자였던 소녀 아세이람을 우두머리로 내세운 지크라이너스 왕국군이다.

지크라이너스 최후의 왕이 평민과 연분을 맺어 낳았던 그 소녀에 대해서는 국왕과 극히 일부 가신밖에 존재를 알지 못했다.

소녀를 명분으로 내세운 지크라이너스 왕국군은 스칼릿 랜드에 유일하게 남은 시조의 혈통을 무기 삼아서 급격하게 세력을 거대화할 수 있었다.

주변 세력을 당황하게 만든 지크라이너스 왕국군의 확대에는 사실 두 단계가 있었다.

본래부터 눈이 휘둥그레지는 성장 속도를 보였던 지크라이너스 왕국군은 어느 날을 경계로 세력이 한층 더 불어났었다.

2대 세력이라 불릴 만큼 거대화된 지크라이너스 왕국군은 오늘

밤 최대의 적 세력인 구 그로스그리아 왕국 재상 그람라이트가 지휘하는 적군을 지형이 바뀔 정도로 격렬한 격전 끝에 쳐부수고 승리에 들끓고 있었다.

그로스그리아 왕국 왕도를 앞둔 대평원에서 치러진 결전 직후, 지크라이너스 왕국군 후방에 설치된 왕녀를 위한 천막에서 아세이람은 큰 목표를 달성했다는 안도의 감정으로 후유, 커다랗게 한숨을 막 내뱉고 있던 참이었다.

아세이람은 백금의 양 모피를 쓴 카펫 위에 놓인 천개가 딸린 침대에 편히 누워서 전투 중 끓어올랐던 피를 달래고자 눈꺼풀을 닫고 있다.

나이는 열여섯에서 일곱쯤 되는 사랑스러운 소녀다.

가만히 손만 가져다 대도 하루가 휙 지나갈 듯한 벌꿀색의 장발, 시선을 마주하면 기쁨이 솟을 호박색 눈동자, 자그마한 입술 따위가 어우러져서 작은 동물을 연상케 하는 분위기와 용모를 가지고 있다.

비록 명색이나마 총대장인지라 갑옷을 입어야 했었지만, 지금은 여러 장비들을 벗고 활동성 좋은 검은 돌 누에의 실을 써서 지은 나이트 드레스로 갈아입었고, 머리카락은 연보라색의 구불구불 두꺼운 머리끈으로 한데 묶어 놓았다.

"전하, 그레이란 공작과 텀블 위드 님께서 방문하셨습니다."

이대로 잠들어버리고 싶은 충동에 사로잡혔던 아세이람은 천막 바깥에서 들린 목소리에 살짝 당황하며 — 다만 결코 드러내지는 않고 — 침대에서 일어섰다.

"네, 두 분을 들여보내세요."

"공주님, 실례하겠습니다."

곧 천막의 입구에서 얼굴을 보인 인물은 회색 케이프를 두른 근육이 울퉁불퉁하고 연배가 있는 남자였다.

짧게 깎아서 친 백발 아래에 윤곽 뚜렷한 용모와 맹금류조차 위축될 듯한 예리한 안광을 갖춘 이 남자가 그레이란 공작이다.

지크라이너스 왕국 중진들 중의 중진이자 노블 뱀파이어 가운데서도 굴지의 실력자다.

거역하는 인물에게는 자비를 베풀지 않는 폭군 지오르의 눈을 피해서 살아남았다는 사실에서도 지난 바 실력의 단편을 짐작할 수 있겠다.

그레이란 공작은 아세이람을 찾아낸 이후 오늘에 이르기까지 지크라이너스 왕국군의 온갖 측면에서 중심인물로 진력했던 대들보였다.

그리고 그레이란 공작의 그림자에 가려지는 모양새로 천막에 들어온 인물이 텀블 위드.

가슴께에 붉은 장비 코르사주를 장식한 붉은 코트를 걸쳐 입었고, 백조의 깃털을 꽂아 장식한 챙 넓은 붉은색 모자를 머리에 쓴 여성이다. 어느 날 밤 갑자기 아세이람의 앞에 나타나서 조력을 제안했던 뱀파이어이다.

저 인물, 텀블 위드가 바로 지크라이너스 왕국군이 비약할 수 있었던 제2의 원동력이었다.

어떠한 때는 아군의 배후를 치려고 하는 적군의 동향을 알려줬고, 또 어떠한 때는 아군을 포위하려고 하는 적군의 선봉을 단독으로 꺾어 놓았고, 또 어떠한 때는 적 세력에서 추진하는 대규모 파괴 마법의 의식을 파탄시키는 등 그야말로 사자분신하며 단독으로 10만의 군세를 능가하는 활약을 보인 불세출의 대걸물이다.

그러면서도 자신의 공적은 일절 바깥에 드러내지 않은 채 묵묵히 아세이람에 의한 스칼릿 랜드 통일에 줄곧 조력한 끝에 오늘을 맞이했다.

"쉬고 계셨을 텐데 죄송합니다. 아세이람 공주."

아세이람은 마음속으로 탄식했다.

자신의 이름을 불러주는 텀블 위드의 목소리가 어찌 이리도 아름다울까.

1만의 악사가 수정의 현을 매어서 수금을 연주해도 이런 지경은 못 될 것이다.

"아니요, 다른 사람도 아닌 그레이란 공작과 텀블 위드 님의 방문이시라면 어떠한 일정이 있든 환영해야지요. 두 분은 저에게 가장 큰 은인이시니까요. 자, 어서 앉아주세요. 두 분 모두 포도주라면 괜찮으실까요?"

"신경 쓰지 마세요. 아세이람 공주, 이미 그레이란 공작에게는 말씀을 드렸습니다만, 슬슬 떠나갈 시기가 되었기에 오늘은 작별을 고하기 위해 찾아뵈었습니다."

텀블 위드의 말을 들은 뒤 아세이람이 짓고 있었던 미소가 겨울을 맞이하는 꽃처럼 시들었다.

텀블 위드는 물론 아세이람의 마음과 얼굴에 찾아든 변화를 보고 있었지만, 그래도 아랑곳 않고 발언을 계속했다.

분명하게 내치는 것 역시 나름의 다정함 중 하나였다.

"이번 전쟁에서 지크라이너스 왕국군에 대항할 만한 무력을 보유하고 있는 세력은 사라졌고, 스칼릿 랜드가 아세이람 공주의 아래에서 통일될 것은 시간문제. 그렇다면 더 이상 제가 함께할 의미와 이유는 없습니다. 곁을 떠나갈 허가를 받고 싶습니다."

"분명 당신의 말은 옳아요. 오늘까지 많은 분들이 이렇다 할 재주도 갖추지 못한 저를 도와주신 덕택에 겨우 전쟁 없는 시대가 바짝 다가왔습니다. 그러나 아무쪼록 이런 요청을 드려야 하는 저를 용서해주세요. 앞으로 찾아올 시대의 선두에는 제가 아니라 당신, 아니요, 귀하야말로 어울리는 분이 아니실까요? 텀블 위드 님."

"농담은 거두어주시지요. 저는 단지 뿌리 없는 풀. 도저히 뱀파이어의 왕이 될 만한 그릇은……."

"텀블 위드 님, 저는 절대로 현명하지 않습니다만, 귀하를 못 알아볼 만큼 어리석지도 않습니다. 제 몸에 흐르는 지크라이너스의 피가 가르쳐준답니다. 무엇보다 여인이어도 매혹당할 수밖에 없는 미모가 귀하의 진정한 신분을 명백하게 대변해주고 있지 않습니까."

그레이란 공작은 두 사람의 대화에 일절 끼어들지 않은 채 석상처럼 입을 다물고 있었다.

그러나 지크라이너스 왕국 멸망의 날부터 오늘에 이르기까지 와신상담의 나날을 보내왔고, 드디어 결실을 누릴 시기가 왔음에도 스스로 왕위를 양보하겠다는 아세이람의 말에 이의를 제기하지 않는 것은 신하로서 너무나 부자연스러운 태도가 아닐까.

다만 어떠한 다른 마음도 쉬이 억누르게 될 만큼 옆쪽에 서 있는 텀블 위드라 자처하는 뱀파이어는 격이 달랐다.

아세이람은 지크라이너스의 피가 가르쳐준다 말했다만, 조금이라도 뱀파이어의 피를 이어받은 인물이라면 마주 대하는 순간부터 텀블 위드야말로 절대적인 군왕임을 혈육과 혼과 마음이 이해하게 된다.

지금 당장에라도 바닥에 엎드려 머리를 조아리고 싶어지는 충동을 아세이람과 그레이란도 죽기 살기로 견디고 있었다.

단지 목소리를 들었을 뿐인데 혼이 고양되며 들끓고, 또한 동시에 두려움이 과한 나머지 얼어붙어서 떨게 된다.

저 눈동자에 비치면 온몸의 세포가, 모든 세포가 환희에 떨며 황송함에 돌처럼 경직된다.

과거에 그레이란이 지크라이너스 국왕의 측근에 있던 시절에도 한 번을 느낀 적 없었던 경외의 감정이 혼의 밑바닥 안쪽에서 한없이 끓어오른다.

"포학의 광군 지오르를 처단한 분이 귀하시잖아요? 드라미나 페이오리르 발큐리오스 여왕 폐하. 시조의 피를 이어받은 위대한 분."

그렇게 말하고 곧장 무릎을 꿇고자 하는 아세이람과 그레이란을 텀블 위드— 드라미나가 온화한 목소리로 제지했다.

"그만두세요. 아세이람 전하, 그레이란 공작."

신분을 알리지 않은 용병의 자격이 아닌 여왕다운 목소리와 말투로 읊조리는 말에 아세이람과 그레이란은 망설임 없이 복종했다.

머리로 무엇인가 생각하기보다 빨리 육체와 마음이 반응한 결과였다.

"네, 네에."

"이것은 하찮은 뿌리 없는 풀이 아닌 지켜야 할 나라와 백성을 잃어버린 어리석은 여왕이 드리는 말입니다. 나는 지금이야 이렇듯 이곳에 함께 있습니다만, 시조 여섯 가문은 사실상 멸망했습니다. 시조에게 계승한 가장 고귀한 혈맥도 불멸의 여섯 신기도 모두 사라졌다고 간주하도록 해요. 우리들 뱀파이어의 옛 전통과 관습은 사라질 테고, 앞으로는 당신들이 새로운 뱀파이어의 시대를 쌓아 나가야 합니다. 아직은 조금 더 시조 여섯 가문의 혈통을 의지할 수 있겠지만, 시간의 흐름은 언젠가 용납을 하지 못하게 되겠지요. 나의 발큐리오스 왕국을 포함해서 여섯 가문이 멸망의 끝을 모면하지 못한 것처럼. 내가 조력한 까닭은 아세이람, 당신이 이제부터 맞이할 뱀파이어의 새로운 시대를 개척해 낼 가능성을 가지고 있다 판단했기 때문이에요. 그리고 내가 당신에게 힘이 되어주는 것은 이만 끝내도록 하죠. 언제까지나 과거의 잔영이 붙어 따라다닌다면 새로운 시대의 개막이 늦춰지기만 할 테니까요."

결단코 번복되지 않을 굳건한 결의가 배어나는 드라미나의 말에 아세이람과 그레이란은 잠시간 말을 잃었다.

두 사람의 눈앞에 있는 여인은 시조의 혈통을 가장 짙게 이어받아 ― 비록 알아볼 수는 없었지만 ― 제2의 시조라는 드높은 영역에까지 다다른 뒤 고신룡의 피마저도 마신 전적이 있는 사상 최고의 뱀파이어였다.

"그러나, 그러면 폐하께서는 어떻게 하실 요량이신가요? 옛것을 버리라 말씀하시겠다면 본인께서는 어찌하시려는 겁니까?"

저 말이 드라미나의 안위를 염려하는 마음에서 나왔음은 의심의 여지가 없다.

드리마나가 협력했던 큰 이유 중 하나는 아세이람이 바로 이러한 심성을 가진 소녀였기 때문이었다.

"나는 텀블 위드, 바람에 날려 다니고 강의 물결에 몸을 맡기는 뿌리 없는 풀. 그러나 이런 내게도 뿌리를 내리고 싶은 장소는 있는 법입니다. 나는 이제부터 그곳으로 가려 합니다. 그래요, 그 남자의 곁으로."

아세이람은 드라미나의 얼굴에 떠올라 있는 것이 사랑에 빠진 아가씨의 미소임을 이해한 뒤, 이분이라면 행복할 수 있을 것이라 안도했다.

동시에 아세이람은 이분이 사랑에 빠질 만한 상대는 과연 어떠한 분일까 하는, 이제껏 인생에서 가져본 중 가장 커다란 의문을 품을 수밖에 없었다.

† † †

—드란, 처음 당신과 만났을 때 노블 뱀파이어마저도 간단히 없애버리는 실력에 나는 차마 믿기지 않는다는 생각이 먼저 들었습니다.

나 역시도 뱀파이어니까요. 경계하거나 적의를 보내거나 당연한 반응을 예상했었는데 두려워하는 시늉도 보이지 않고 편하게 대해주던 당신에게 내 마음이 얼마나 흔들렸는지, 당신은 분명 알지 못했을 거예요.

마차 안으로 초대한 이후에도 당신의 태도와 언동은 매번 나를 놀라게 했죠.

당신과 대화 나누는 동안 나는 오랜만에 누군가와 말을 주고받는 기쁨을 음미할 수 있었습니다.

그러니까 어떻게든 당신과 당신의 친구들이 상처를 받는 불상사가 없도록 이 목숨을 걸고 숙적 디오르를 처단해야겠다는 맹세를 새롭게 다졌습니다.

물론 디오르를 처단할 때 당신의 힘과 도움을 빌리게 되어버렸던 만큼 새삼스럽게 돌이켜보면 약간은 부끄럽다는 마음이 먼저 들지만요.

게다가 평생 사라지지 않을 줄 생각했던 내 얼굴의 상처가 치료된 것도, 고국의 사람들과 나의 복수를 완수할 수 있었던 것도 전부 당신의 덕분이었습니다.

아아, 또한 당신의 팔에 안겨서 내리쏟아지는 달빛 아래를 걸었던 그 시간.

나는 발큐리오스의 여왕도 어리석은 복수자도 아니라 단지 드라미나라는 여인이 될 수 있었습니다.

내가 오히려 훨씬 연상인데도 당신의 팔에 안겨 있는 동안에 나는 고향을 잃은 이후로 처음, 아니요, 어쩌면 태어나서 처음이라고도 말할 수 있을 편안함을 느꼈습니다.

그때, 이대로 시간이 멈추면 좋겠다고 꺼냈던 말은 거짓이 없는 나의 본심이었습니다.

다만 좀 지나치게 마음을 놓았던 탓에 그 후 당신에게 민망한 모습을 보여주고 말았다는 것이 너무나 한스럽습니다.

아무쪼록 어서 잊어주세요.

당신과 헤어진 이후 떠나보냈던 나라의 사람들에게 명복을 빌어주고 뱀파이어가 맞이하게 될 다음 세대의 시작까지 지켜봤습니다.

이제야 겨우 가슴을 펴고 당신의 곁에 갈 수 있어서 나는 마음이 들떠 오릅니다.

아아, 드란, 드란.

과거에 한 나라를 통치했던 사람이 어찌하여 고작 한 명의 남성에게 집착을 보이느냐고 마음껏 웃어도 좋아요.

그러나 나의 가슴에서 숨 쉬는 이 심정은 날이 지날 때마다 불어나기만 합니다.

뛰어오를 리 없는 심장이 뜨겁게 고동을 치고, 그때마다 나는 당신을 떠올리지 않을 수 없습니다.

드란, 나는 당신을 사랑하―.

여기까지 썼을 때 드라미나는 흑수정 펜을 움직이던 손을 멈췄다.

마음 가는 대로 써 나가던 문장을 거듭 되풀이하여 읽는 동안에 백자 도자기마저 거뭇하게 보일 새하얀 뺨에 수치의 선홍색이 떠오른다.

드라미나는 한 차례 귀환했던 고향에서 떠나온 뒤 해상을 질주하는 마차 안 개인실에서 드란에게 보낼 편지를 쓰는 중이었다.

사전에 연락 없이 드란을 찾아가서 놀래주는 것도 즐겁겠다는 생각이 들었다만, 역시 절차를 갖춰 인사부터 먼저 하는 것이 좋겠다고 생각을 고쳐서 언제쯤 도착할 예정이라는 인사장을 작성하고 있던 참이다.

그런데 어디를 어떻게 봐도 연문으로 읽힐 따름이다.

드라미나는 머리에서 김이 솟아날 듯이 새빨갛게 물든 얼굴로 누가 지켜보는 것도 아닌데 괜히 헛기침하더니 편지를 서랍에 고이 집어넣었다.

본심을 말하자면 꾸깃꾸깃 뭉쳐서 쓰레기통이 버리고 싶은 마음이었지만, 나중에 드란에게 연애편지를 써야 할 때 참고가 될 수도 있겠다는 생각도 들었다.

"정말 난감하네요. 드란을 떠올리면 자꾸 이렇게 된다니까요. 스스로 알던 것보다 나는 훨씬 더 어린아이였어요."

드라미나는 뜨겁게 달아오른 뺨을 두 손으로 감쌌다. 체온이 뱀파이어라기에는 이상하리만큼 높아졌다.

그러나 입에서는 난감하다는 말을 꺼내면서도 어쩐지 즐거워하는, 또한 기뻐하는 분위기도 있다.

드라미나는 잠시 드란과 쌓은 기억을 떠올리며 몸을 꾸불꾸불 꼬다가 곧 마음을 다잡고 재차 펜을 잡아서 새 종이에 인사장을 작성하기 시작했다.

친애하는 드란에게, 이러한 말로 시작되는 인사장이 연애편지의 내용을 벗어나기까지 드라미나는 스무 장의 편지지를 더 낭비해야만 했다.

†

이렇듯 드라미나가 베른 마을을 찾아오는 동안에 태어나 자란 고향인 블라스터블라스트 영지를 뒤로했던 레니아도 베른 마을을 목적지로 둔 승합 마차에 몸을 싣고 있었다.

베른 마을과 클라우제 마을의 사이를 달리는 이 마차는 베른 마을의 촌장과 그 딸 센나의 의뢰를 받아 드란이 제작했는데, 주로 엔테의 숲에서 나는 특산품에 관심을 가진 상인들이나 드란이 만든 욕탕에서 휴양하려는 손님이 이용하고 있다.

가늘고 긴 통로를 사이에 두고 좌우에 둘씩 앞을 향하여 열 줄의 좌석이 설치되었고, 머리 위쪽에는 화물 보관용 선반이 있다. 한 번에 마흔 명이 이용 가능한 대형 사각 마차이다.

솜을 채워 넣은 좌석 말고도 차체에는 주행 시 충격을 흡수하는 용수철 구조 및 완화 장치가 다수 활용되었기에 왕후 귀족이 보통 사용하는 최고급 마차와 비슷하거나 더욱 뛰어난 승차감을 자랑한다.

객차를 끄는 것도 드란이 만든 호스 골렘인지라 평범한 말과 비교가 되지 않는 속도로 승객을 이동시켜준다.

이러한 마차뿐 아니라 클라우제 마을에서 베른 마을로 이어지는 가도도 역시 사람들을 놀라게 만들었다.

하룻밤 새에 돌바닥이 깔려서 정비되었을 뿐 아니라 양쪽 길가에는 무의식중에 걸음을 멈추고 시선을 빼앗겨버릴 만큼 더없이 훌륭한 석상이 등간격으로 늘어서 있기 때문이었다.

이러한 석상들은 전부 당장에라도 움직여서 말을 걸어올 것같이 몹시 정교했다.

다두사와 싸우는 고대의 영웅 및 신에게 기도 올리는 신화 속 성녀, 그리폰의 등에 올라타서 용감하게 함성을 내지르는 전사, 민중을 앞에 두고 신탁을 알려주는 예언자······. 고대의 신화에서 묘사되는 인물들의 석상이다.

「베른 마을 관광 명소화 계획」의 일환으로 드란이 설치한 수제 석상들이다.

고금의 조각가들이 직접 봤다간 신의 형상이란 마땅히 이러해야 한다고 무릎을 꿇고 감탄할 만한 박력과 품격이 느껴지는 석상들 있다.

제아무리 불세출이라 칭송받는 조각가일지라도 드란에게 결코 미치지 못하는 점이 적어도 하나 존재한다.

그것은 드란에게 조각의 제재로 삼은 신들 및 고대의 마물, 영웅들의 대부분을 직접 목격한 경험이 있다는 점이었다.

구전을 거치며 크고 작은 변화 및 덧붙임이 이루어지는 현대의 조각 및 회화 종류와 비교하면 조형에 차이가 발생하는 부분도 있다지만, 다 완성된 석상이 발출하는 위엄과 품격은 신들의 진실된 모습을 본뜬 드란의 석상이 훨씬 더 우위에 있었다.

석상을 목격한 승합 마차의 이용객 중에는 신앙하는 신에게 기도를 올리기 시작하는 사람이나 감격의 눈물을 흘리는 사람까지 있었다.

레니아는 석상의 제재가 된 신들 및 마물에게는 전혀 흥미가 없었지만, 석상을 목격한 뒤 감동하는 사람들을 보면 「역시 아버님은 대단하시다」라며 자랑스러운 마음이 들었다.

매사에 어떤 이유로도 경애하고 숭배하는 드란 지상주의의 레니아였다.

"와아, 진짜로 살아 있는 것 같아요. 게다가, 그뿐 아니라 뭔가 장엄한 분위기가 있는 석상이네요, 아가씨."

마차의 가장 뒤쪽 좌석을 차지하고 앉은 레니아의 옆에는 본가에서 파견된 시중 담당으로 메이드 파우파우가 동행하고 있었다.

물론 단순한 시중 담당이 아니라 레니아가 태어난 이후 유일하게 집착을 갖게 된 남성— 드란을 보고 오도록 레니아의 부모에게 명령을 받아 동행했다.

그렇다 해도 메이드에 불과한 파우파우에게 과한 기대를 할 수는 없었기에 그 밖에도 드란에 대해 조사를 맡을 인원이 파견되었다.

레니아는 석상에서 느껴지는 신성한 기운에 이끌리고 있는 파우파우의 옆얼굴을 쳐다봤다.

"드란 씨가 직접 손을 쓰셨잖나. 근방에 널린 범상한 녀석들과는 모든 차원에서 격이 다른 게 당연하지. 게다가 단순하게 장식을 위한 석상이 아니구나. 모두가 살아 있는 석상이다."

레니아는 마법사의 지각을 가지고 양쪽 길가에 쭉 늘어서 있는 석상에서 드란의 마력을 약간이나마 감지할 수 있었다.

석상은 모두 대좌의 위에 서 있었는데, 대좌에는 석상의 제목과 제작자인 드란의 이름이 음각되어 있다.

"리빙 스태추라고요?"

파우파우는 살짝 움찔움찔하며 되물었다.

"그렇다. 골렘 따위와 마찬가지로 제작자 및 술사의 명령에 따라 행동하는 마법 석상이지. 아마도 미관의 목적 말고도 가도를 오가는 사람들의 경호까지 겸하여 설치되었을 테지. 만약에 이 승합 마차가 누군가에게 습격당한다면 저 석상들이 움직여서 우리를 보호할 거다."

또한 가도를 오가는 인물들의 기록 작성도 맡아 수행할 것이라고 레니아는 마음속으로만 중얼거렸다.

실제 드란이 제작한 리빙 스태추에는 시각 및 청각 기능도 내장되었기에 가도를 이용하는 사람들의 얼굴과 숫자, 대화 따위도 기록하고 있다.

"그런 물건이, 이렇게나 잔뜩."

"이런 정도로 놀라면 못 버틸 거다. 드란 씨의 그릇은 겨우 이런 솜씨로 가늠할 수 있는 크기가 아니야."

"그렇습니까……."

마치 자신의 공적이라도 되는 양 자랑스럽게 밋밋한 가슴을 쭉 펴는 레니아를 파우파우는 진귀하고 희소한 동물을 앞에 둔 사람 같은 눈으로 바라봤다.

여름휴가를 받아 귀성한 이후 이제까지는 다른 사람처럼 생각되는 언동을 보여줬던 레니아가 베른 마을에 가겠다고 선언한 뒤 집을 나온 다음부터는 성격이 더욱 둥글어졌달까, 제법 너그러워졌다.

'주인어른과 사모님뿐 아니라 다른 분들에게도 모두 어떠한 소년인지 꼭 확인하고 오도록 당부를 받았잖아요. 힘껏 관찰해서 잔

뜩 보고하겠어요!'

기분 좋게 콧소리를 내는 레니아의 옆에서 파우파우는 이제 곧 만나게 될 드란에 대한 호기심으로 타오르고 있었다.

얼마 뒤 마차는 문지기 두 명과 전투용 흑금 골렘 두 개체가 지키고 있는 베른 마을의 남문이 눈에 들어온 지점에서 속도를 낮췄다.

승합 마차의 출입을 상정하여 너비를 넓게 개축한 문을 지난 뒤 가까운 정차장에서 마차가 멈췄다.

마을에 도착한 승객 대부분은 오늘 밤 묵을 숙소를 확보하기 위해 간이 숙박소나 마물 퇴치 방울이 달린 여관 등으로 움직인다.

레니아는 파우파우를 기다리지 않고 스스로 선반에 올려놓았던 짐을 내리더니 마차에서 내려 두리번두리번 주위를 둘러보기 시작했다.

마치 냄새를 좇는 강아지 같다. 결코 입 밖에 꺼내지는 못할 감상을 느끼면서 파우파우는 레니아에게 머뭇머뭇 말을 건넸다.

"저기, 아가씨, 뭐하시나요?"

"흠⋯⋯. 좋아, 저쪽이군. 저쪽에 드란 씨의 마력에서 흘러나오는 기세와 냄새와 위광이 있어."

레니아는 홀로 말하자마자 성큼성큼 걸어가버린다.

"네엣?!"

강아지 이상이었다. 더욱더 심히 놀라며 파우파우는 레니아의 등을 서둘러 쫓아갔다.

"아가씨, 정말 냄새를 맡아 알아낼 수 있으세요?"

"안다! 왜냐하면 나와 드란 씨의 사이니까!!"

이 세상에 더 이상 확고한 것은 없다고 단언하는 기세인 레니아를 보고 파우파우는 드란이라는 소년이 레니아에게 있어 예상 이상으로 큰 존재임을 깨달았다. 동시에 레니아가 무척 「유감스러운 아이」라는 사실도.

꼭 주인어른과 다른 사람들에게 보고해야 할 내용이겠다.

입가에 미소를 띠며 명백하게 기분이 들뜬 레니아는 엇갈리는 사람들마다 보내는 호기심 어린 시선 따위는 신경도 쓰지 않은 채 걸어가다가 꾸불거리는 길을 지나간 곳에 있는 오이유의 밭 앞쪽에서 드란과 세리나를 발견했다.

그런 레니아의 모습은 주인님을 무척 좋아하는 충견 같다고 말해야 할까, 주인님에게만 꼬리를 흔들거리는 광견 같다고 말해야 할까……. 사신의 창조물이라기에는 너무나 천진난만했다.

이것은 역시 드란의 성분이 섞여 있기 때문일 테지.

드란의 모습을 본 순간 염동력으로 띄운 선물의 산과 더불어 레니아는 전력으로 달음박질쳤다.

아가씨! 엉겁결에 외치는 파우파우를 혼자 놓아둔 채 저돌 맹진의 기세로 달려가다가 드란의 옆에 있는 인영을 알아봤을 때 레니아의 미소 띤 가면에 거대한 균열이 발생한다.

"드란 씨!"

오이유의 열매가 익은 정도를 확인하고 있던 드란은 레니아의 목소리에 고개 돌렸다가 웬 험악한 표정과 마주하고는 어라, 놀라서 고개를 갸웃거리다가 미소 지었다.

"레니아구나, 고향에서 잘 지내다 왔어?"

"네. 이번 삶의 부모에게는 제게 가능한 최대의 효도를 했다 자부합니다. 이렇게 드란 씨의 곁으로 가도 된다는 허락을 받아 달려왔습니다."

"그런가, 잘된 일이야. 앞으로도 부모님을 소중하게 아껴드리렴."

드란은 레니아의 명랑한 웃음을 보곤 성의껏 부모에게 효도를 하고 온 증거일 테지, 하고 호의적으로 해석했다.

"넷, 제 나름대로 그 두 사람에게는 감사하는 마음이 있는지라 말씀에 따를 생각입니다. 생각입니다만…….."

레니아의 눈동자에 가증스럽다는 빛이 서리며 노려보는 대상은 세리나의 반대쪽에 서 있었던 인물.

이 세상에 존재하는 것이 어떠한 착오 때문이라는 생각이 들 만큼 아름다운 은발 홍안의 미소녀, 크리스티나이다.

레니아가 만면에 띤 미소를 무너뜨렸던 이유는 어깨에 새끼 불사조를 올려 둔 크리스티나의 존재를 깨달았기 때문이었다.

"여전히 너는 나를 싫어하는구나."

예리한 칼날과 다를 바 없는 레니아의 시선을 정면에서 곧장 마주하게 된 크리스티나는 살짝 쓴웃음을 지을 뿐이다.

"어째서 네가 드란 씨의 곁에 있지. 그쪽의 뱀 여자는 뭐, 상관없다만."

세리나에게는 제법 관대한 레니아였다.

"지난번 봄방학 때도 이곳에서 지냈었고, 여름도 이곳에서 지내겠다고 예전에 미리 결정을 해 놓았거든. 친구의 고향으로 놀러

오는 게 이상한 일은 아니잖아?"

"흥."

크리스티나의 말은 지당했기에 레니아는 더 이상 반론하지 않았다.

감정의 측면에서는 전혀 납득할 수 없었지만, 드란의 앞에서 논리로 당할 수 없는 반론을 늘어놓은들 나쁜 인상만 줄 뿐이라고 판단했기 때문이었다.

"아, 아가씨, 느닷없이, 콜록, 달려가시면 어떡해요~. 놓치는 줄⋯⋯."

삐걱삐걱 경직된 분위기가 감도는 와중에 뒤늦게 도착한 것은 숨을 헐떡거리며 어깨가 위아래로 흔들리는 파우파우였다.

짐 대부분은 레니아가 염동력으로 옮겨줬다지만, 파우파우도 자기 몫 짐을 짊어지고 있는 까닭에 이런 상태에서 달린다는 게 아가씨에게는 적잖이 버겁다.

"네 다리가 느린 게 잘못이지. 우선 나는 너에게 따라오라고 명령한 기억이 없다. 애당초 나는 드란 씨의 고향으로 혼자서 올 작정이었단 말이다."

허억허억, 흐윽흐윽, 거칠게 들썩이던 파우파우의 호흡이 갑자기 우뚝 멈췄다.

레니아는 무슨 일인가 싶어 의아해하며 메이드를 돌아봤다.

파우파우는 호흡을 잊어버린 모습으로 가만히 크리스티나의 얼굴을 쳐다보고 있다.

뽀얗게 잘 관리된 파우파우의 뺨이 푹 익은 사과와 똑같이 빨개진다. 혼이 육체에서 괴리되어 어딘가 먼 장소로 떠나가려고 함을 언뜻 보아도 알 수 있었다.

안타깝게도 파우파우는 이 세상의 사람 같지가 않은 크리스티나의 미모가 가져다주는 정신 붕괴 현상의 새로운 피해자가 되고 말았다.

꿈나라에서 헤매는 사람처럼 멍한 표정의 파우파우를 보고 레니아는 벌레라도 씹은 듯 얼굴을 찌푸리며 혀를 찼다.

레니아는 귀찮아하며 파우파우의 눈앞으로 손을 가져간 뒤 조금은 난폭하더라도 염화를 응용한 정신 감응을 사용해서 제정신을 돌려놓았다.

"파우파우, 너는 나를 방해하러 왔나! 정신 똑바로 차려라. 고작해야 여자 한 명의 별것도 아닌 미모에 혼을 빼앗겨서 어쩔 셈이지!"

"흐앗, 와아아아아앗, 며며며, 면목 없습니다, 아가씨! 저기저기 저기저기저기 여여여, 여기에 계신 분께서는?!"

파우파우가 소개를 요청하는 대상은 누가 보아도 크리스티나였지만, 레니아는 그럴 틈이 있다면 드란과 장난이라도 치고 싶다는 것이 본심이었다.

"흥, 이쪽이 드란 씨와 그 사역마인 세리나. 덤으로 저게 크리스티나다."

"저게, 라는 호칭은 좀 심하잖아. 크리스티나 맥시우스 알마디아다. 잘 부탁해."

"네네네, 네옛! 블라스터블라스트 가문에서 일하고 있는 파우파우라고 합니다."

"와아, 라미아인 저한테 놀라는 게 아니라 크리스티나 양한테 먼저 반응을 보이네요? 역시 크리스티나 양은 굉장해요."

세리나가 진지하게 중얼거리는 말을 듣고도 크리스티나는 칭찬받은 것인가 판단이 되지 않아서 그저 애매모호하게 미소를 지을 따름이었다.

"그다지 기쁜 반응은 아니네."

"후후, 뭐, 그렇겠죠. 아무튼 레니아 씨가 와줘서 많이 떠들썩해지겠어요. 드란 씨가 화를 낼 일이 안 일어나면 좋을 텐데요, 별로 기대는 하면 안 되겠죠?"

"그 말은 내가 아니라 레니아에게 해주면 좋겠어. 귀여운 메이드 아가씨가 함께이니까 평소보다 얌전히 지내주면 좋으련마는."

"드란 씨가 다짐을 받아주면 괜찮을 거라 생각은 드는데요…….
벌써 몇 번을 다짐을 받아서 저 정도였던가요?"

세리나와 크리스티나는 레니아에 대한 최대의 억지력이자 고삐이기도 한 드란을 바라봤다.

그래서 드란은 무엇을 하고 있었는가, 크리스티나에게 열렬한 시선을 보내는 파우파우와 뾰로통한 얼굴의 레니아를 재미있어하며 쳐다보고 있었다.

†

파우파우라는 메이드 소녀가 간신히 평정심을 되찾은 다음 나는 일행들을 데리고 여름휴가 중 머무르고 있는 세리나의 집으로 향했다.

레니아보다 먼저 베른 마을에 도착했던 크리스티나 양과 그 사역마인 불사조 닉스는 현재 나와 마찬가지로 세리나의 집에서 신세를 지고 있다.

나와 세리나가 반쯤 동거 상태라는 것은 레니아도 대강 예상한 듯했다만, 그에 더하여 크리스티나 양도 함께라는 사실을 알자 꽤 거하게 토라져버렸다.

내가 목수 작업 중 만들었던 의자에 다 같이 앉자 곧 파우파우가 차를 끓여줬다.

손님에게 찻주전자를 맡긴다는 게 미안한 마음이었다만, 이것이 제가 할일이라면서 찻잔을 권해준다면 따르는 것이 예의일 테지.

"흠, 역시 본직에 계신 분이 끓여주니 맛이 다르군."

"음음, 콧속 깊숙이 쏙 빠져나가는 향기가 기분 좋아요."

비록 찻잎은 레니아가 가져온 선물이었지만, 도구는 전부 본래부터 세리나의 집에 있었던 물건들이다.

그럼에도 이렇게 맛이 달라진다는 것은 다도의 묘미일 테지.

나와 세리나가 나란히 칭찬의 말을 입에 담자 파우파우는 수줍게 미소를 띠며 살며시 머리 숙였다.

"과분한 칭찬의 말씀, 영광이에요."

말이야 어쨌든 간에 파우파우의 의식이 찻잔을 기울이고 있는 크리스티나 양에게 집중되는 것은 별 도리가 없다.

크리스티나 양의 미모는 베른 마을을 찾아오는 상인 및 여행자들의 마음도 꿰뚫어 황홀경의 바다에서 허우적거리게 만들 정도니까.

"그건 그렇고 무척 떠들썩해졌군. 크리스티나 양은 나머지 여름휴가를 베른 마을에서 보낼 예정이라던데 레니아는 어떻게 할 계획이야?"

나의 물음에 레니아는 본인이 선물로 가져온 사과 설탕절임을 한가득 입에 넣은 뒤 당연하다는 듯이 대답했다.

예의 바르게 다 삼킨 다음에 입을 여는 게 기특하구나.

"저도 여름휴가 동안은 이쪽에서 머무르겠습니다. 파우파우, 너는 언제든 내킬 때 돌아가도 좋아. 알아서 해라."

"네, 네엣. 일단 체재 비용은 주인어른께 받아 온지라 저도 가능한 한 아가씨의 곁에 머무르도록 하겠습니다."

"흥, 별난 녀석이군. 뭐, 마음대로 해라. 나는 드란 씨의 댁에서 신세를 질 테지만, 너는 숙소를 잡아 가능한 한 이 마을에서 돈을 쓰도록 하지."

"네에?! 아가씨를 놓아두고 어떻게 저만 숙소를 잡을 수 있겠어요. 황송한 말씀은 제발 거둬주셔요!"

아무래도 레니아까지 세리나의 집에 머무를 작정인가 보다.

"드란 씨."

"음?"

"뭔가 꽤 많이 떠들썩한 여름이 될 것 같네요."

세리나는 항의는 하지 않았다만, 완전히 다 체념한 표정을 짓고 고개를 갸웃거리며 내게 미소를 지어 보였다.

"그렇구나, 뭐, 떠들썩한 건 좋은 일이지. 도가 지나치지 않는다면 말이야."

"지나치게 될 것이다」는 쪽에 올해 몫 용돈을 다 걸어도 좋아요."

참고로 명목상 나의 사역마가 되어 있는 세리나는 본인이 자유롭게 쓸 수 있는 돈으로 내가 마법 학원에서 받은 의뢰의 보수를 절반씩 매달 나눠 준다.

그 이외에도 세리나 스스로 제작한 마법 도구나 장식품 따위를 사무국에 제출하는데, 저것들도 매입자가 나타나면 수수료를 공제한 판매금이 자기 지갑에 들어온다. 마법 학원에 입학한 이후 특별히 비싼 물건을 산 적이 없기도 했고, 세리나는 제법 많은 금액을 저축해 놓았다.

"그러면 내기가 안 되겠는데. 나도 좀 지나치게 떠들썩한 쪽에 걸 생각이었으니까."

세리나는 역시나, 라고 중얼거린 뒤 가만히 쿠키를 먹고 있었던 크리스티나 양에게 말을 건넸다.

"아무래도 레니아 씨와 파우파우 씨도 같이 지내게 될 것 같은데요, 괜찮으세요?"

"뭐, 함께 경마제에 출장할 사이이고, 친교를 깊이 다지기 위해서도 좋은 기회가 되지 않을까? 가능한 한 세리나의 집이 부서지지 않도록 신경 쓰지. 드란이 같이 있으니까 괜찮을 거야."

크리스티나 양은 그렇게 말한 뒤 내게 시선을 보냈다.

"크리스티나 양, 말이야 간단한데 다툼이 벌어질 때 내가 항상 옆에서 같이 있는 게 아니야. 너무 긴장을 풀고 방심했다간 레니아에게 무슨 짓을 당하려나 짐작도 안 되는군."

"물론 완전히 마음을 놓고 지낼 생각은 아니다만, 여차하면 닉스가 방패 역할을 해줄 거야. 아무튼 내가 신뢰하는 사역마니까."

웃음을 꾹 참는 목소리로 크리스티나 양이 말하자 탁자 위에서 막 채집한 골드 플럼을 쪼아 먹고 있었던 닉스가 놀란 표정을 짓고 크리스티나 양을 올려다봤다. 아무래도 저 녀석에게는 아닌 밤중에 홍두깨였나 보다.

"저기, 크리스티나? 아무리 내가 불사조라지만 써먹기 좋은 방어벽 취급은 참아달라고. 그야 어지간한 상처는 다 낫겠지만, 아픈 건 아프거든. 게다가 드란 군과 레니아의 공격이라면 불사조의 불사성도 별로 의미가 없단 말이야……."

닉스는 전전긍긍하며 나와 레니아를 바라봤다.

레니아는 타고난 성격이 흉폭하고 본질적으로 사신이기 때문에 닉스의 얼굴에 떠오른 공포는 틀림없는 진짜다.

영적 존재에 가까운 불사조 닉스는 맨 처음 얼굴을 마주했을 때 내 영혼의 질을 간파했는지 내가 인간이 아닌 무엇인가임을 깨달은 눈치였다. 그 이후로 나를 대할 때마다 몹시 위축되어 있다. 딱히 잡아먹을 생각도 아닌데 말이지.

……뭐, 솔직히 말하자면 처음에는 조금 있었지만.

그야 대부분의 부상은 눈 깜짝할 사이에 치유 가능한 불사조잖은가. 그렇다면 고기를 정기적으로 소량만 나눠 받아서 식량으로 쓰면 어떨까, 생각이 드는 게 이상한 것은 아닐 듯싶다만.

그건 그렇고 레니아는 체재 중 아마도 나를 거들겠다고 나설 것 같은데, 뭔가 이 아이에게 부탁할 만한 일거리가 있을까?

내가 딸의 취직자리를 찾지 못해서 고민하는 아버지와 비슷한 심경을 맛봤던 그날 밤, 붉은 나비넥타이를 맨 박쥐가 한 통의 편지를 들고 방문했다.

　조만간 그 아름다운 뱀파이어 여왕과 재회하게 된다— 편지를 읽은 순간 더더욱 큰 소란이 일어날 미래를 쉽게 상상할 수 있었던 까닭은 무엇 때문이었을까.

†

　우리 베른 마을의 사람들은 아크레스트 왕국에 다수 있는 개척촌 중— 아니, 왕국 전토의 마을들을 다 둘러봐도 몹시 뛰어난 무투파다.

　왕국 각지를 보고 돌아다녔던 크리스티나 양도 베른 마을은 결코 평범한 마을이 아니라고 기꺼이 장담해줬다.

　정규 훈련을 받은 병사와 마법사들이 토벌에 나서야 할 마수도 우리 베른 마을의 사람들에게는 대처법이 확립된 「사냥감」이었다.

　다만 최근에 늘어나고 있는 새로운 이주자들 중에는 이러한 마수의 습격을 받을 때마다 심신이 공포로 얼어붙어서 목각 인형으로 전락하는 사람도 많다.

　환경에 적응하여 강인하게 살아가는 방법을 익히지 못한다면 생존 자체가 곤란한 변경이잖은가. 그들을 책망하는 것은 너무나 가혹하겠다.

　물론 환경이 혹독한 터라 새 이웃에게 더욱더 친절해지는 측면도 있다.

　아무튼 지금 언급한 예는 평균적인 베른 마을의 주민과 외부 출

신자의 비교지만, 바깥에서 온 손님이어도 우리 베른 마을의 주민들 이상으로 활약을 보인 예외가 존재한다.

과거에 베른 마을을 포함하는 북부 변경의 개척 책임자였던 알마디아 후작의 손녀딸 크리스티나 양과 나를 영혼의 아버지로 따르는 신조마수 전생자 레니아다.

베른 마을의 수렵에 동행한 크리스티나 양이 일반인의 영역을 초월한 신체 능력과 검법, 마법의 기술을 활용하여 수많은 사냥감을 해치운 것은 봄철의 장기 휴가 때도 목격했던지라 이제 와서 또 놀라지는 않는다.

다만 처음으로 베른 마을을 방문한 레니아도 내게 멋진 모습을 보여주겠다며 안달복달이라 크리스티나 양과 경쟁하다시피 수렵을 다녀왔다.

그리고 지금, 정오 조금 전, 사냥감을 해체하기 위해 설치해 둔 광장의 한쪽 공간에 두 소녀가 사냥에서 거둔 성과가 가득 들어찼다.

크리스티나 양의 등 뒤에는 심장을 한 번에 꿰뚫었기에 모피와 갑각에서 거의 흠집을 찾아볼 수 없는 갑옷 곰이 쓰러져 있다.

이러다가 불현듯 번쩍 일어날 듯이 깔끔한 주검이라서 도저히 죽은 것처럼 보이지는 않는다.

광장에 있는 다른 마을 주민들도 자신들 중 누구도 흉내 내지 못할 훌륭한 솜씨라며 거듭 감탄을 쏟아 낸다.

강철에 필적하는 갑옷 곰의 모피와 갑각은 무심코 웃음이 새어 나올 만큼 비싼 가격에 거래되는 물품이다.

아무튼, 크리스티나 양이 뛰어난 기량을 발휘하여 소리 없는 칭찬을 한 몸에 받는 한편으로 레니아는 흥, 코웃음이 들리는 듯한—나쁘게 말하자면 아주 거하게 우쭐거리는 태도로 자신만만히 가슴을 쭉 펴고 있었다.

"어떤가요, 드란 씨! 이 녀석에게 지지 않는 성과를 가져왔습니다!"

크리스티나 양의 옆쪽에 있어 두드러지지는 않을 뿐 레니아도 역시 요정처럼 귀여운 미소녀라서 잘 모르는 사람이 처음 마주하면 번민에 빠지게 될 만큼 사랑스럽다.

그러나 그 뒤쪽에 복부에서 내장이 삐져나온 피투성이의 암석 늑대나 수십의 고깃조각으로 찢어발긴 대왕 육지 문어, 좌우 두 동강으로 갈라진 쌍두견의 시체가 산더미처럼 쌓여 있다면 제아무리 소녀를 좋아하는 강심장이어도 말문이 닫힌 채 뒷걸음질할 것이다.

확실히 레니아가 아침부터 짧은 시간에 잡아 온 사냥감은 크리스티나 양 이상이라고 말할 수 있다. 모두가 흉포성 및 위험성에서 갑옷 곰에게 뒤떨어지지 않았고 희소성도 높다.

다만 나는 레니아의 기대와 정반대의 비정한 사실을 전해줘야만 했다.

"흠, 크리스티나 양의 승리군."

나는 오른손을 쓱 들어서 승패의 결과를 선언했다.

레니아가 패배의 사실을 이해하는 과정에서 보여준 온갖 다양한 표정은 — 조금 가엾다만 — 정말 대단한 볼거리였다.

레니아는 콧물과 눈물에 젖은 얼굴을 쭈글쭈글 구기며 내게 바짝 다가왔다.

아, 왠지 카라비스의 딸이라는 게 아주 잘 이해되는 광경이구나.

"어, 어째서인가요, 드란 씨이이이~~~~."

내게 눈물과 콧물을 다 묻힐 기세로 오는 레니아를 말을 달래듯 두 손으로 제지하며 나는 간결하게 이유를 알려줬다.

"크리스티나 양이 잡아 온 갑옷 곰은 심장을 한 번만 찔러서 다른 부위에는 흠집이 나지 않았어. 레니아는 대형 맹수와 마수를 다수 사냥했지만, 보는 바대로 흠집투성이라 이용 가능한 부위가 거의 없구나. 성과로 인정해줄 수 있는 부분은 유감스럽게도 전무라고 말해도 무방하지. 뭐, 너그럽게 봐도 간신히 식용으로 못 쓸 지경은 아니라는 게 전부군."

"아, 아앗, 그냥 사냥만 하는 게…… 아니었던, 건가요?"

물론 아니지. 입을 비집어 튀어나오려는 말을 꾹 참고 나는 한 마디씩 신중하게 골라 가면서 레니아를 타일렀다.

"죽는가 죽이는가 상황이라면 별 상관 없겠지만……. 레니아, 우리는 사냥을 하는 거야. 사냥은 단순한 전쟁과는 달라. 사냥감을 자신들의 양식으로 쓰기 때문에 사냥인 거지. 배를 채우기 위한 고기를, 추위를 견디기 위한 모피를, 무기를 만들기 위한 어금니와 발톱을, 약으로 쓰기 위한 내장을 채집하는 게 목적이잖니. 따라서 네가 잡아 온 방식은 사냥이라고 말할 수 없구나. 이래서는 단지 죽였을 뿐이니까. 그래서 좋은 평가를 못 해주는 거야. 레니아, 사냥을 할 대는 얼마나 목표에게 상처를 내지 않고 해치우는지도 중요하단다."

사냥에 나설 때 주의해야 할 점은 이 밖에도 산처럼 많다만, 이쪽이 죄책감을 느낄 만큼 의기소침한 레니아에게 더욱 채찍질하는 격의 발언은 꺼려졌다.

"괜찮아, 다음 기회가 있잖아. 게다가 네가 다치지 않았다는 게 가장 큰 성과지. 사냥도 좋지만 자기 몸의 안전에도 주의를 기울이자."

"네, 네에. 져 레니아, 죠언 마씀을 가슴에 셰기고, 댜음에아말로 기피코, 칭찬을 받을 수 있게, 진력하게씁니댜."

"레니아는 매사에 너무 진지하구나. 그렇게 생각하지 않아? 세리나."

"네에, 뭐, 레니아 씨는 드란 씨를 엄청나게 경애하니까요. 좀 과하게 진지해져도 어쩔 수 없지 않을까 싶어요……."

흠, 세리나는 일단 레니아를 옹호하는 말을 꺼냈다만, 정작 표정을 살펴보면 마음이 다른 데 나가 있다는 느낌이라서 무엇인가 다른 생각을 하는 듯하다.

그런 세리나의 분위기는 크리스티나 양도 신경이 쓰이는지 의아해하며 다시 물었다.

"세리나, 무슨 일이지? 항상 명랑하던 너답지 않군. 뭔가 드란에게 말하지 못할 고민이나 상담할 문제가 있나? 나라도 괜찮다면 들어주도록 하지."

"아, 아니요, 별로 심각한 문제는……. 으음, 역시 좀 심각한가? 크리스티나 양도 어젯밤 박쥐 아저씨가 드라미나 씨의 편지를 전해주러 왔다는 건 알고 계시죠?"

"그래, 나도 네 집에 신세를 지고 있는 처지니까. 두세 달쯤 이

전에 너와 파티마가 휘말리게 된 사건에서 알게 됐다는 뱀파이어의 심부름꾼 같던데, 그것 때문에 고민이 있는 건가?"

드라미나와 직접 면식이 없는 크리스티나 양은 세리나가 어째서 고민하는지 살짝 이해가 되지 않는 듯 의아하다는 반응을 나타낸다.

정작 나 또한 세리나의 마음속을 들끓게 하는 원인의 정체는 알지 못한다.

스스로 말하기는 조금 민망한데 드라미나와 세리나는 나를 사이에 두고 미소가 흘러나오는 호적수와 비슷한 관계를 구축했을지언정 한편 밑바탕에는 제대로 된 배려와 우의의 감정이 있었을 텐데.

설마 내가 두 사람의 진의를 간파하지 못했을 뿐 모르는 곳에서는 서로 반목하는 사이였을까?

만약 정말이라면 이 얼마나 슬픈 일인가.

"네. 다른 사람이 보기에는 별로 중요한 게 아니라고 생각할 수도 있겠지만, 저한테는 무척 중대한 문제예요."

"나는 말만 전해 들어서 잘 모른다만, 그 드라미나 씨라는 분은 대단히 멋진 인격의 소유자라더군. 그렇다면 역시 뱀파이어라서 뭔가 문제가 있는 건가?"

"아니요, 드라미나 씨가 뱀파이어라는 사실은 딱히 문제가 되지 않아요. 저 역시 다른 생물에게서 정기를 빨아 마시는 라미아인걸요. 뱀파이어라는 이유만 갖고 기피하면 자기 자신은 쏙 외면하는 얌체 짓이나 마찬가지잖아요 그렇게까지 부끄러워할 줄 모르는 사람은 아니에요."

"뱀파이어라는 것과 관계없다면, 그렇다면 그 드라미나 씨의 도대체 무엇이 문제라는 말이지? 전혀 알 수가 없군."

나도 똑같은 의견이다.

나와 크리스티나는 나란히 어깨를 으쓱이며 세리나에게 답을 요구했다.

"조금 부끄러운 얘기인데요, 대답해드릴게요. 그래요, 드라미나 씨는……."

"드라미나 씨는?"

의미심장하게 사이를 두는 세리나를 따라서 크리스티나 양이 말을 되풀이하자 세리나는 마른침을 꿀꺽 삼킨 다음에 이렇게 말했다.

"드라미나 씨는, 드란 씨를 정말정말 좋아하세요!!"

눈을 확 커다랗게 뜨면서 세리나가 외치자 크리스티나 양과 내 입은 완벽하게 똑같은 말을 거의 동시에 꺼내 놓았다.

"으음."

도대체 무슨 소리야, 난감하다는 의미였다.

다만 세리나는 어리둥절하는 나와 크리스티나 양의 반응을 알아차리지 못한 채 가늘고 긴 혀를 꾸물꾸물 움직이며 열변을 토하기 시작했다.

평소에는 늘 얌전한 세리나치고 웬일로 열기가 가득한 모습이다.

"진짜로 깜짝 놀랐다니까요. 드라미나 씨가 말예요, 처음 만나서 하루도 안 지냈는데 저랑 비슷하게 드란 씨를 정말정말 좋아한다는 걸 한눈에 알아볼 정도였다고요! 드란 씨는 난봉꾼이야!! 크리스티나 양과 비슷하거나 어쩌면 더 많이 아름다운 드라미나 씨가 드란 씨의 곁에 같이 있을 땐 정말로 기쁘게 웃고, 분위기가 편안하게 바뀌거든요. 이러면 진짜, 맞아, 맞아요……. 진심으로 좋아한다는 걸 저도 알겠더라고요."

"잘됐구나, 드란. 세리나와 드라미나 씨는 너에게 마음속 깊이 반했다는군."

불쑥 연애담이 튀어나와서 어이없어하는 크리스티나 양에게 나는 진지한 표정을 만들어 고개를 끄덕여줬다.

"흠, 나 같은 사람에게는 과분한 영예인 만큼 두 사람의 호의에 걸맞은 남자가 돼야 한다고 항상 마음에 새겨 두고 있지. 나도 세리나와 드라미나를 정말 좋아하니까 말이야."

"으음~ 부끄럽다고 대강 얼버무려서 넘겨주면 오히려 나도 편하게 반응할 수 있을 텐데. 이렇게까지 확실하게 서로가 서로를 좋아한다고 자랑을 하니 내가 더 부끄러워지는군. 그나저나, 뭐야, 드란은, 음……. 두 사람하고 결혼할 작장인가?"

묘한 부분에서 순정이 있는 크리스티나 양은 부끄러움과 함께 살짝 부러움을 드러내면서, 한편은 쓸쓸함을 내비치면서 다시 물었다.

흠? 무슨 일일까, 여름 방학 이전과 비교하면 크리스티나 양이 나를 대하는 태도에서 미묘한 변화가 있는 것 같은데……?

"라미아도 뱀파이어도 왕국의 법을 적용하자면 인류로 분류되지 않으니까 혼인에 관한 법률에는 해당이 없군. 부부라고 해봐야 어디까지나 당사자들 간의 자칭에 불과할 뿐 호적상은 부부로 대우받을 수 없는 셈이야. 아크레스트에서는 일부다처든 일처다부든 귀족 계급이 아니면 인정해주지 않는다만, 세리나와 드라미나가 상대라면 셋이서 부부의 연을 맺어도 문제될 것이 없다는 뜻이지. 물론 당사자들의 마음과 기분이라는 가장 큰 문제가 남아 있다만."

"아~ 요컨대 드란은 두 사람은 아내로 맞아들일 마음이 있다는 뜻이군."

"나 같은 사람으로 괜찮다면 말이야. 둘 모두 내게는 아깝도록 멋진 여성이니까 무척 황송한 마음이야."

"후후, 도량이 넓다 말해야 하나, 호색가라고 혀를 내둘러야 하나…… 뭐, 너라면 셋이서 행복하게 살 수 있겠지. 그렇게 생각하면 조금 부러워지기는 하네."

그렇게 말한 뒤 크리스티나 양은 살짝 머리를 흔들었다.

아무튼, 은근슬쩍 내가 세리나에게 고백을 하는 상황이었다만, 정작 세리나는 「끙끙끙 얼굴」로 바뀐 채 나와 크리스티나 양의 대화가 귀에 들리지 않는 모습이다.

나 역시도 이런 형태로 구혼하는 것은 바라는 바가 아니었기에 세리나가 귀 기울여 들을 입장이 아님을 뻔히 알면서 크리스티나 양의 질문에 대답해주었다만.

이런 사정은 전혀 모른 채 세리나는 자신이 떠안게 된 고민이, 위기감이 역력하게 드러난 말투로 말을 이었다.

"드라미나 씨는 말이죠, 진짜 정말로 아름다운 분이거든요. 그런데도 웃는 얼굴을 보면 저까지 마음이 쓱 평온해지는 멋진 분위기가 있는 여성이에요. 그래도 절대 방심은 할 수 없어요. 드란 씨한테 어리광을 부리는 게 정말 진짜로 능숙하단 말이에요! 드란 씨의 손가락을 아기처럼 입에 물고서 쪽쪽 피를 빨아 마시는가 하면 아무렇지도 않게 드란 씨의 무릎을 베개 삼아 머리를 얹어 두거든요."

"……그런 행동을 했단 말인가?"

그렇게까지 한 줄은 예상하지 못했는지 크리스티나 양이 눈을 깜빡거리고 있다.

"이래저래 피곤한 모습이었고 이제껏 아무에게도 의지하지 못한 채 힘겨운 삶을 살아왔던 것 같았거든. 마음껏 어리광을 부리게 해 주고 싶었어. 나는 어리광을 일단 받아주면 철저하게 받아주는 성격이지. 그런 의미에서는 드라미나와 상성이 몹시 좋았던 거야. 본인도 제법 기뻐해줬고."

"놀랍군, 또한 대단히 부러운데."

크리스티나 양은 어깨를 으쓱이더니 진심인지 농담인지 모를 소리를 입에 담았다.

슬슬 세리나의 입을 막아줘야 할까 생각하던 때 이제껏 굳게 침묵을 지키고 있던 레니아가 갑작스럽게 반응했다.

"뭐어어어어어라아아고오오오오?! 아버— 아니, 드란 씨의 무릎을 베개처럼 베고 누웠다니, 이렇게 부러울 수가!!"

막 방금 전까지 절망에 잠겨 있었던 레니아의 얼굴이 순식간에 분노와 질투의 두 가지 색깔로 채색되며 마녀와 같은 얼굴로 바뀌었다.

"이게 무슨 일인가, 뱀 여자야. 네가 곁을 지켰으면서 도대체 왜 어디에서 굴러온 개뼈다귀인지 모를 뱀파이어에게 드란 씨의 무릎을 허락했나!!"

레니아는 기운차게 일어나더니 세리나에게 달려들 기세로 다가들었다.

"그치만 드란 씨잖아요?! 드란 씨의 포용력이 얼마나 엄청난지는 레니아 씨도 잘 알잖아요? 드란 씨라면 천사든 악마든 간에 아무렇지도 않게 받아줘서 평온함을 안겨줄걸요. 왜냐하면 드란 씨니까요!!"

평소의 세리나라면 신조마수의 혼을 거칠게 깨운 레니아를 상대로 위축됐겠지만, 본인도 지지 않겠노라고 마주 고함을 질렀다는 데 놀랐다.

지금에 한정 지어서 말하자면 세리나는 대신급의 혼을 보유한 레니아와 호각으로 맞서서 버틴 셈이었다. 정녕 굉장하지 아니한가, 여성이란 존재는.

"끄으응, 듣고 보니까!!"

어쩌냐, 마치 자랑하듯이 뻐기며 말을 쏘아붙인 세리나에게 레니아가 오히려 위축된 모습으로 뒷걸음친다.

힐끔 크리스티나 양을 돌아봤더니 이쪽도 아하, 고개를 끄덕거리고 있었다.

레니아, 이게 납득할 수 있는 대답이었나? 이런 의문은 나만 가졌나 보다.

내가 아주 대단한 포용력이 있는 사람으로 보였던 건가? 단순하게 좀 무던하다거나 혹은 자질구레한 부분에 신경을 안 쓸 뿐이라는 생각도 든다만.

"뭐, 세리나한테도 무릎베개를 해줬으니까 공평한 게 아닐까?

게다가 그때는 드라미나에게 딱히 항의하는 눈치도 아니었던 것 같은데."

세리나가 드라미나의 무릎베개를 저지하지 않은 가장 큰 이유를 선뜻 폭로하자 이제껏 열변을 토하고 있던 세리나가 흐아앗, 허둥지둥했다.

"아앗, 드란 씨, 지금 잠깐은 비밀로 해야죠!"

세리나가 쉿~ 입술 앞쪽에 집게손가락을 세워도 이미 늦었다.

레니아는 분노의 창끝을 세리나에게로 돌렸다.

"아앙?! 세리…… 앙큼한 뱀 여자가, 은근슬쩍 너까지 드란 씨의 무릎을 침범했단 말인가! 감히 피해자인 척 성토마저 할 줄이야아아아아!!"

"꺄아아아?!"

흠, 세리나가 다치지는 않는 선에서 말려야겠군.

그나저나, 음, 정말 떠들썩하구나…….

"일단은 평화롭나?"

나의 물음에 크리스티나 양은 난처해하며 웃고 대답했다.

"세리나와 레니아 이외에는, 뭐, 평화롭다고 말할 수 있지 않을까?"

제3장 흡혈귀 사냥

드란에게 방문할 일시를 알린 드라미나는 바다를 건너 아크레스트 왕국이 있는 대륙에 상륙한 후 서부에서 베른 마을로 향하는 길을 나아가는 와중이었다.

베른 마을의 서쪽에는 무인의 황야가 펼쳐져 있고, 이쪽을 나아가는 동안은 사람들 눈에 띌 우려도 없기 때문이다.

요즘 들어서 꿈속에까지 드란이 나오는 터라 드라미나 본인도 기가 막힐 지경이다.

그야말로 꿈에서까지 본 드란과의 재회가 곧 이루어질 순간이 다가오니 드라미나의 가슴은 시간이 흐를 때마다 격렬하게 고동을 쳤고 마음은 기쁨으로 가득 흘러넘쳤다.

온갖 제약에서 해방된 뒤 진정 자유롭게 살아가게 될 시간을 사랑하는 상대와 보낼 수 있다는 사실은 드라미나에게 전혀 경험한 적 없는 지상의 행복감을 가져다준다.

따라서 현 상태의 드라미나를 화나게 만드는 것은 잠들어 있는 용황의 꼬리를 밟는 불상사와 다르지 않은 자살행위라고 표현해도 무방하겠다.

"뭐야 뭐야 뭐야 뭐야 뭐야, 어떻게 된 거야, 이거? 어엉? 귀신 봉인진은 분명 전개한 게 맞지? 게다가 해님이 아주 빵긋이 나와 계시는데 저 난동질은 도대체 뭐야?"

야비한 말투로 불평을 늘어놓는 자는 보라색 머리카락을 거꾸로 곤두세운 난폭한 인상의 청년이었다.

단정한 수준을 넘어 미형이라고 평가하는 데 아무런 주저도 없을 용모였지만, 번뜩번뜩하게 살기로 빛나는 눈동자와 육식 동물처럼 예리하게 솟은 어금니가 들여다보이는 입매 등 굶주린 늑대가 인간의 거죽을 뒤집어쓴 것 같기도 하다.

두꺼운 양날 대검을 짊어졌고, 흠잡을 데 없이 철저하게 단련된 육체의 선이 쭉 도드라지는 얇은 가죽제 옷을 몸에 걸쳐 입었다.

청년에 말을 건넨 대상은 옆쪽에서 기다리고 있던 깡마른 청년이었다.

이쪽도 역시 좀처럼 보기 어려울 미형이다만, 대검을 지닌 청년이 난폭한 짐승 비슷한 인상인 데 반하여 이쪽은 감정의 빛을 전혀 드러내지 않는 파충류 및 곤충을 닮은 인상이다.

제비꽃 색깔의 머리카락을 뒤로 쭉 넘겨서 묶은 눈빛이 살짝 가느다란 청년으로, 하얀 상하의를 둘러 입었고 넓은 소맷자락에서는 칼날을 쭉 이어 붙이는 사복검(蛇腹劍)이라 불리는 무기를 늘어뜨리고 있다.

이 두 사람이 베른 마을로 향하는 도중이었던 드라미나를 습격한 패거리의 주모자였다.

"진은 넷 전부가 잘 기능하고 있다. 햇빛은 주위 공간을 굴절시켜서 막았을 테지. 그럼에도 태양이 떠올라 있는 시간인 만큼 갖가지 능력이 10분의 1만 못하게 떨어졌을 터."

"그런데 저런 꼴이냐? 터무니없는 괴물이군."

드라미나와 청년들이 있는 이곳은 주위에 드문드문 수풀이며 나무만 자라나는 황야. 피부를 그을리는 햇빛이 가차 없이 내리쏟아지기에 대지는 적갈색으로 물들어 작열하고 있다.

뱀파이어에게는 사지와 다를 바 없이 절대적으로 불리한 상황에서 습격을 받은 드라미나는 마차를 내린 뒤 고군분투했다.

슬레이프니르들을 드란이 있는 곳으로 보내 혼자가 된 드라미나의 주위를 온몸에 검은 빛깔의 장갑을 두른 거한 열 명이 둘러싸고 있다.

만물에 평등하게 내리쏟아지는 햇빛을 온몸으로 받아 내는 넓적하고 무개성한 얼굴을 가진 거한들.

마법사들은 이것들을 아이언 골렘이라도 판단할 테지만, 천공인(天人)의 유산에 정통한 인물이라면 안드로이드임을 간파하고 경악할 것이다.

일찍이 허공의 저편에서 날아들었던 수많은 침략자, 통칭 「성인(星人)」[별의 사람]과 전쟁이 벌어졌을 때 천공인들이 동원했던 주력 병기의 일종이다.

지금 드라미나를 포위하고 있는 타입은 소립자 단위로 강화 조치를 가한 티타늄과 미스릴의 합금 장갑으로 온몸을 둘렀고, 초소형 레이저 핵융합로와 마력로가 발생시키는 힘을 기반으로 초고속 전투가 가능하다는 성인 전쟁 중기의 양산기였다.

천공인의 유적에서 잠들어 있던 이것들을 청년들이나 혹은 저들의 배후에 있는 누군가가 발굴해서 운영하는 것이라 짐작된다.

안드로이드들은 사전에 하달받은 지령에 따라 대상으로 지정한 드라미나를 무력화하기 위해 초음속의 세계에 돌입했다.

물체가 고속으로 이동할 대 발생하는 충격파가 황야에 불어닥친다.

압도적인 힘과 속도의 조합은 제아무리 역전의 용사라 한들 대항할 방법은 없으리라 생각이 든다.

그러나 드라미나는 달랐다.

너무나 「둔한 적」을 맞이하여 정통을 잇는 밤의 지배자이자 여왕은 사랑하는 드란이 사용하는 장검과 같은 형태로 바꾼 신기 발큐리오스를 단 한 차례 휘둘렀을 뿐.

번갯불의 번쩍임과 같은 속도로 휘둘러진 발큐리오스는 습격에 나선 안드로이드의 몸체를 하나도 놓치지 않고 양단한다.

스무 개의 부품으로 절단당한 안드로이드들은 속도를 주체하지 못한 채 엉뚱한 방향으로 날아 흩어졌고, 살짝 지체되어 무시무시한 격돌음을 울려 퍼뜨렸다.

드라미나는 붉은 드레스 차림은 비록 이전에 드란과 만났을 때와 똑같은 복장이었지만, 보랏빛을 띤 은색의 머리카락에는 백금의 버레트가 달려 있었다. 마차에 실어 놓았던 많은 재보를 고향 부흥을 위해 놓아두고 온 드라미나가 언젠가 드란과 재회할 때를 위하여 남긴 몇 안 되는 애장품이다. 그럼에도 불구하고 이러한 황야 한복판에서 이름도 알지 못하는 무례한 습격자들에게 귀한 버레트의 첫선을 보이게 되고 말았다.

쭉 휘둘렀던 발큐리오스의 칼끝을 하단으로 내린 뒤 드라미나는 냉철함 일색의 가면을 깨뜨리고 뻔뻔한 습격자들을 노려본다.

세상에서 가장 두려운 적은 무엇인가? 이러한 질문에 대하여 대답은 여러 가지가 있을 터이다.

예를 들자면 상처 입은 짐승.

예를 들자면 아이를 지키려 하는 부모.

혹은 자신의 목숨마저 주저 않고 수단으로 내던질 수 있는 필사의 각오를 다진 전사.

그러나—.

"귀공들이 어떠한 이유를 갖고 나를 습격했는지는 모른다. 원한인가, 돈인가, 명예인가, 이 몸인가. 다만 이유는 아무래도 좋다. 어떤 권고도 없이 살의를 드러내는 상대를 맞이하여 관대함을 보일 만큼 지금의 내 마음은 평온하지 못하다."

이 자리에서는 아래와 같은 대답이야말로 유일무이의 정답이었다.

즉 사랑의 길을 방해당한 아가씨^{드라미나}다.

†

태양은 자신이 하늘에 머물러야 함을 싫어했을지도 모르겠다.

저토록 아름다운 존재에게 괴로움을 줄 수밖에 없으니까.

어째서 자신은 바다 및 지상에서 숨 쉬어 살아가는 생명들을 비추듯 저 여인을 비춰줄 수 없단 말인가.

어찌하여 저 여인에게 괴로움을 주지 않으며 본연의 모습을 드러낼 수 있는 권리가 오직 달에만 허락되었단 말인가.

설령 상상에서 나온 한탄일지라도 모두가 납득하며 공감하리라.

그토록 햇빛 아래에 나와서 선 여인은 아름다웠다.

허름한 무기 상점의 한쪽 구석에 놓이는 것이 잘 어울리는 어디에나 있을 법한 장검을 손에 든 여인의 이름은 드라미나.

달의 여신과 밤의 신이 만들어 낸 시조 뱀파이어의 가장 오래되고 가장 순수하며 가장 짙은 혈통을 이어받았고, 신이 신을 위해서 단조한 여섯 개의 신기를 소유하고 있는 유일무이한 지고의 뱀파이어이다.

일설에는 그들이 태양에 제 몸을 드러냈을 때 피부가 불타올라서 치유할 수 없는 화상을 입고, 그리고 최후에는 재로 화해버리는 처지가 된 이유는 달의 여신이 너무나 지나치게 뱀파이어들을 사랑했기 때문이라고 한다.

드라미나가 햇빛 아래로 나와 피부에 화상은커녕 고통을 느끼는 기색마저 없는 이유는 햇빛을 굴절시켜서 직접 쪼이지 않게 손썼기 때문이다.

그럼에도 햇빛이 하늘에 있는 시간 중 활동할 때는 뱀파이어의 바이오리듬이 어긋나는 터라 보유하고 있는 힘을 온전히 발휘할 수가 없다.

그러나 드라미나의 과하게 아름다운 얼굴에 초조함의 빛은 티끌만큼도 없다.

지금 막 양단했던 안드로이드들을 일별도 하지 않은 채 눈앞에 선 청년들에게 빙설과 같은 시선을 보내고 있다.

"오~ 큰일 났는데. 머리가 아주 어질어질하군. 스승님의 얼굴을 봐서 익숙해지지 않았다면 이대로 멍하니 넋을 놓았을 거야. 어때? 위우."

짐승 같은 인상의 청년은 비어 있는 왼손으로 눈가를 꾹꾹 문지르며 옆쪽의 청년— 위우에게 말을 건넸다.

드라미나의 미모를 직시하고 정신의 제방이 우르르 무너지지 않는 것만도 대단하다만, 아무래도 청년들의 스승이라는 존재는 드라미나에게 결코 뒤지지 않는 미모를 자랑하는 듯하다.

"쓸데없이 오래 쳐다보지는 마라. 음마 녀석들의 매료와 달리 단순하게 아름다움만 갖고도 이쪽의 혼을 뒤흔들 지경이다. 일단 저 미모에 마음을 사로잡히면 끝장, 매료된 상태에서 빠져나오기는 어떤 미궁의 심부에서 생환하는 것보다 곤란할 테지."

"네 녀석도 꽤나 경계를 하는구나. 그 잘난 선인 나리께서 「평범한 인간」 같은 발언이라니. —아차, 숙녀를 가만 방치하고 남자 놈들끼리 떠들어 대면 미안하지. 여왕 아가씨, 만나 뵙게 되어 반가워. 나는 마도의 진리를 탐구하는 사람들이 모인 오버 진이라는 결사의 제4좌, 클레버라는 별 볼 일 없는 검사야. 그리고, 이 녀석이—."

"마찬가지로 오버 진 소속 제3좌, 위우. 우리의 스승이자 결사의 총사에게 받은 명령을 따라 귀하의 신병을 구속할 테니 따라와다오."

"이제 와서 겉치레한들 귀공들의 야비함이 숨겨지지는 않는다. 오버 진의 이름은 내가 아직 발큐리오스의 옥좌에 앉아 있었던 때부터 들어 알았지. 주요 구성원이 전부 초인종이고 마도의 탐구뿐 아니라 천공인의 유산에 제법 강한 관심을 드러냈다던가. 그런 너희가 어째서 나를 노리는가."

일말의 빈틈도 보이지 않고 거듭하여 묻는 드라미나에게 경박한 미소를 띤 클레버가 가까이 다가간다.

마치 취한처럼 비틀비틀 중심이 일정하지 않은 걸음걸이인지라 마주하는 자에게 전혀 위협적인 인상을 주지 않지만, 사실은 온갖 방향으로 중심 이동을 순식간에 가능케 하는 보법이었다.

  오버 진의 구성원이 나라에 한 명 있을까 말까 한 고위의 마법사들임을 감안하면 클레버도 상당한 실력자이리라.

  크리스티나와 동등하거나 더한 수준으로 지극히 높은 경지에 올랐을 마법 검사라는 것은 상상하기 어렵지 않다. 물론 드라미나는 지상 세계의 전체에서 최강의 반열에 올린 마법 검사지만.

  "뭐, 당신이 가지고 있는 신기라든가 몸 안쪽에 흐르고 있는 시조 흡혈귀의 피라든가 이유는 이것저것 많아. 요컨대 당신이 너무 매력적인 게 잘못이라는 말이군."

  "클레버, 네놈의 경박하기 짝이 없는 언사를 좀 고치라고 몇 번을 말해야 하지? 우리 오버 진, 마도를 걸어 세상의 이치를 추구하는 결사이더라도 가슴에 품은 대망은 그게 전부가 아닐지니. 초인종이라 불린들 결국 신들이 이상적이라 여기는 존재, 『사람』이 되지 못하였음은 달라지지 않는다. 우리가 초인종을 넘어 『사람』으로 영적 진화를 이루고 나아가서는 신들의 기대마저도 넘어선 고차원의 존재로 올라서는 것이야말로 우리의 진정한 비원."

  "진지하게 말하자면 대충 요러한 이유다, 여왕 폐하. 우리들 같은 비밀 결사한테는 자주 보이는 목적이지? 뜻을 이루기 위해 타인이 얼마나 많이 희생되든 상관없다는 악독함이라면 다른 조직의 패거리한테는 안 뒤질 자신이 있단 말씀이야."

  클레버와 위우의 발언에 묵묵히 귀를 기울이고 있던 드라미나가 얼어붙을듯 차가운 음성으로 물었다.

"도시 국가 에레메니아를 비롯하여 도시 하나를 희생했던 수많은 마법 실험, 여러 나라를 배후에서 움직여 전쟁을 유발하고 전사자의 혼을 사신에게 제물로 바친 것, 각지에 종교 국가를 설립하여 신자들을 세뇌하고 노예 및 실험 재료로 사용하는 악행……. 무고한 민초를 수천, 수만이나 끌어들였던 것도 영적 진화인지 무엇인지에 필요한 희생이라 주장할 작정인가?"

"우리가 벌인 일들을 제법 잘 아네. 그래 봤자 빙산의 일각밖에 안 되지만 말이야. 나 역시 이렇게 보여도 200년 남짓은 살았거든. 스승님은 물론 고참들 중에도 1000년을 넘겨 살아온 녀석이 쌔고 쌨어. 그렇게 오래 살아온 패거리가 옛날부터 못된 짓거리를 꾸미고 다녔는데 오죽할까. 당신이 모를 뿐이지 사망자는 엄청 더 많다고. 차라리 평범하게 죽어 뒹구는 게 낫겠지. 죽은 다음에도 구원이 없다는 건 글자 그대로 구제 불능이거들랑."

"흥, 수다스러운 녀석이군. 진화의 단계란 한 계단 한 계단이 방대한 구인류의 생명으로 구성되어 있다. 일천만의 생명을 바쳐 우리의 비원이 이루어진다면 우리는 기꺼이 제단을 채우리라. 일억의 생명과 맞바꿔야 한다면 우리는 주저하지 않고 실행한다. 우리가 지금 가만히 있는 이유는 보다 효율적인 방법을 찾는 중이기 때문이지. 지상의 인류 및 생명 전부의 희생밖에 길이 없음이 판명되면 끝까지 수행할 뿐. 신의 비위를 맞추거나 종속되는 대가로 도움을 받아 신의 반열에 올라가는 방법도 있지만, 그래서는 신들에게 예속의 사슬로 묶이는 것과 다를 바 없을지니. 우리는 신보다 더욱 상위의 영역에 서서 신마저도 포함한 온갖 생명을 예속시키리라. 지금은 아직 머나먼 길이지만 드라미나 여왕, 당신이 보유하고 있는 신을 위하여 만들어졌다는 신기, 아울러 뱀파이어 퀸의 혈육과 영혼은 이 여정에 더할 나위가 없이 훌륭한 도움이 될 것이다."

"그래, 귀공들과 평화적인 관계를 쌓아 올리는 것은 불가능함을 잘 알았다. 그렇다면 나는 실력을 발휘하여 그 하찮은 비원을 분쇄하도록 하지."

"이봐, 위우, 하찮다고 말씀하시는군."

"위협을 받는 처지에서는 마땅한 반응이지. 하나 우리는 기필코 목적을 이루어 낼 것이다. 그것이 우리가 모신 스승님의 바람이니까."

"아무렴. 자, 알아들었겠지. 드라미나 아씨, 우리는 무슨 수를 써서라도 당신을 잡아가야 하는 입장이다. 별로 칭찬받지 못할 만행도 저지를 수 있다니까?"

드라미나의 입이 다시 움직이지는 않았다.

이미 저들은 어떤 예고도 없이 다수의 인원으로 드라미나를 습격했다. 이 행동을 비겁하다는 말 이외에 어떻게 표현할 수 있을까.

게다가 무엇보다도 이자들이 방해를 하는 까닭에 드란과 재회의 때가 시시각각 지체되고 있다.

이렇듯 일방적인 변설을 굳이 들어주는 동안에도 드라미나의 마음속에 내리쌓이는 노여움의 분진이 두껍게 층을 쌓아가고 있었다.

"이봐, 뭔가 점점 더 기분이 나빠지나 본데, 뭔가 심한 말을 했던가? 그야 뭐, 들어서 기분이 좋은 내용은 한 마디도 안 꺼냈지만 말이야."

"글쎄다. 예기치 않게 발을 묶인 이 상황부터가 우선 마음에 들지는 않을 터."

"오호라, 그런 이유였나. 내가 좀 미안한 짓을 저질렀군. 어디의 누구를 만나러 가는 길이었는지 알 수야 없다만, 당장 우리를 따라와줘야 한단 말씀이야. 더 이상 본인의 의사로는 누구하고도 만날 수 없고 어디에도 갈 수 없게 되셨군? 퀸."

히죽히죽 웃는 클레버의 형체가 불현듯 부예졌다.

어떠한 발놀림의 조화인가, 클레버는 일절의 예비 동작도 없이 순식간에 가속하여 드라미나와 사이에 둔 거리를 그야말로 눈 깜빡하기보다 빠르게 좁혀버렸다.

철저하게 단련된 클레버의 오른손이 쥔 대검이 상에서 드라미나의 좌측 경부로 틀어박힌다.

눈이 휘둥그레지도록 신속했던 일련의 동작도 초고속으로 움직이는 안드로이드를 손쉽게 베어 넘겼던 드라미나에게는 그야말로 멈춘 동작처럼 보였으리라.

실상 드라미나는 꿈쩍도 표정을 바꾸지 않은 채 냉엄한 빛을 간직한 눈동자로 클레버의 검로를 포착할 수 있었다.

무딘 은색으로 빛나는 발큐리오스의 칼날은 클레버가 휘두른 대검보다 월등히 빠른 속도로 초인종 검사의 목을 치고, 심장을 꿰뚫어버려— 분명히 꿰뚫어야 했다.

클레버의 목까지 아주 약간의 거리를 남긴 지점에서 마치 보이지 않는 벽을 후려친 듯한 저항을 받아 칼날은 우레와 같은 속도를 잃어버렸다.

클레버의 목을 절단하는 것보다 대검이 자신의 몸에 다다르는 것이 더 빠르리라 판단한 드라미나는 곧장 발큐리오스를 회수한 뒤 대검의 칼날이 닿는 범위에서 벗어나기 위해 후방으로 도약하며 거리를 벌렸다.

바람에 흩날리는 꽃잎보다도 가볍고, 허공에서 흔들거리는 연기처럼 종잡을 수가 없는 우아한 도약이었다.

드라미나는 소리도 없이 착지해서 수중의 발큐리오스가 뜻하는 대로 움직여줌을 확인했다.

방금 전 이변은 모종의 현상이 작용하여 갑작스럽게 칼날이 무거워졌던 까닭도 육체가 변화가 일어났던 까닭도 아니었다.

몇 가지 가능성과 추측이 번개처럼 드라미나의 뇌리에 번뜩이다가 하나의 가설이 성립됐다.

"시간의 흐름을 조작했는가."

드라미나의 말을 듣고서 클레버가 희색을 띠며 웃는다. 그 웃음은 드라미나의 말이 정답임을 인정할 뿐 아니라 되레 흥미로워하고 있음을 드러내는 반응이었다.

허공을 가른 대검을 다시 어깨에 올려놓은 뒤 클레버는 태연자약하게 비결을 가르쳐주기 시작한다.

알든 알지 못하든 대처할 수 없다면 아무 영향이 없다는 자신감이었다.

"뭐, 벌써 눈치챘나. 이런 생김새에 이런 무기를 들고 다니니까 자꾸 착각하는데 나도 일단은 마법사거든. 주특기는 시간 흐름의 조작. 방금 전 수비는 내 주위의 시간 흐름을 늦춰서 설령 빛과 똑같은 속도의 참격이라도 거북이처럼 느릿해지는 기술이야. 게다가 또 요런 재주를 부릴 수 있지."

둥실, 부드러운 움직임으로 대검이 지면을 따라 한일자를 긋자 검풍에 흔들렸던 심녹색의 풀이 순식간에 노랗게 물들어서 말라비틀어졌다. 본래 맞이했어야 할 시간의 흐름이 둑을 무너뜨린 격류처럼 밀려든 탓에 갑작스럽게 천수를 다한 결과이다.

"알아보겠어? 검이 일으키는 바람에 시간 흐름을 가속시키는 효과를 살짝 더해준 거야. 잡초만 시간의 흐름이 훌쩍 빨라졌다는 말씀이지. 어지간한 생물은 이거 한 방에 수명이 싹 지나가버려서 낙승인데 말이야, 당신은 뱀파이어에 게다가 퀸이니까 거의 의미가 없다는 게 유감이군."

확실히 불로불사라고 알려져 있는 뱀파이어 중 최고위 존재인 드라미나가 고작 시간의 흐름을 못 이기고 사멸의 때를 맞이하리라 생각하기는 어렵다.

또한 시간의 흐름을 조작하는 것은 갖가지 속성 마법 가운데서도 첫째, 둘째를 다투는 고난이도이며 제아무리 오버 진에 소속된 대마법사라도 쉽사리 남발은 불가능하다.

클레버가 이제부터 치를 전투에서 드라미나의 시간을 가속시키는 공격 수단을 선택할 가망은 거의 없다.

침묵을 유지하고 있는 위우에게도 주의를 기울이는 한편 드라미나는 클레버에게 검을 날렸을 때의 기억을 선명하게 떠올리며 머릿속으로 거듭거듭 예측을 되풀이했다.

발큐리오스의 시간 흐름이 느려지기 시작했던 거리, 어느 정도로 느려졌었던가, 시간을 조작하는 적을 상대할 때 유효한 공격 방법은 무엇인가.

순위가 윗줄인 이상 클레버보다 위우가 마법사의 격은 오히려 더 상위에 있을 테지만, 저쪽도 강력한 마력을 띤 사복검을 자랑하듯이 손에 들어서 보여주는 만큼 클레버와는 타입이 다른 마법검사이리라 간주해야 하는가.

"그래, 초인종답게 뛰어난 영격을 보유하여 보통은 터득하기 어려운 마법을 자유롭게 구사하는가. 그러나 귀공들에게 지오르만 한 위협은 느껴지지 않는다."

전투의 와중임에도 드라미나의 아름다운 얼굴에 떠오르는 사나운 미소를 본 클레버와 위우는 분명 상대는 더없이 위험한 인물이련마는 한순간이나마 마음을 빼앗겨야 했다.

"─윽, 클레버!"

"제기랄, 이게 웬 추태인가!!"

한발 빠르게 제정신을 차린 위우의 고함에 클레버가 반응했을 때는 이미 발큐리오스의 칼끝이 클레버의 심장을 목표로 찔러 들어오고 있었다.

다만 빛보다 더 빠르게 보인 찌르기는 시간의 흐름을 따라 결국은 완만해졌다.

그 속도의 변화─ 아니, 시간 흐름의 변화를 발큐리오스를 매개로 감지하는 한편 드라미나는 흠, 연인의 입버릇을 의식하며 중얼거렸다.

"본래 속도가 얼마나 빠르든 간에 문제가 아냐. 내 시간의 벽에 접촉해야 하는 이상은 꼬맹이가 휘두르는 검이 훨씬 더 빠르다고. 자, 나도 좀 날뛰어볼까!!"

찔러 넣었던 발큐리오스를 회수하는 드라미나에게 몸을 날리며 클레버가 대검을 번쩍 휘두른다.

"시간이여, 격류가 되어 흘러가라. 이 세상 전부에 실체가 없고 허무하다면, 시옥백참검(時獄百斬劍)^{크로노 슈레더}!!"

대상단으로 휘둘러 올린 대검이 단박에 하강하기 직전, 하나 둘 셋 넷 가속도를 받아 대검의 숫자가 마구 불어난다.

클레버가 본인과 주위 공간의 시간을 정지·가속시켜서 찰나 동안에 백에 다다르는 참격을 휘두른 결과였다.

그뿐 아니라 공격 대상에게도 시간 지연의 마법을 행사한 터라 드라미나의 인식에서는 시간 흐름이 통상의 대략 10분의 1이 되어 있었다.

시간의 흐름을 빨리하는 것도 늦추는 것도 클레버의 의사에 달린지라 경우에 따라서는 상대가 무엇을 당했는가 인식하기도 전에 살해하는 기예마저 가능하다.

드레스를 입었을 뿐 방어구 종류를 착용하지 않은 드라미나의 육체는 시간을 아군으로 삼은 참격에 의해 조각조각이 나서 완전한 선홍색으로 물들어야 했다.

그러나 일백의 참격이 베어 갈랐던 것은 클레버의 망막에 박힌 드라미나의 잔상뿐.

맥없이 허공을 벤 감촉에 전사로서 배양한 직감이 경종을 울렸다.

"뒤쪽인가!"

홀연하게 소실되었던 드라미나의 형체는 바위가 스치는 소리와 함께 클레버의 등 뒤로 이동해 있는 상황이었다.

지극히 짧고 더없이 정밀한 공간 전이다.

영창을 일체 생략한 고등 마법의 행사와 시간 흐름의 빠르기와 관계없이 순식간에 위치가 바뀌는 공간 전이를 선택한 드라미나의 혜안에 클레버는 입가를 비틀어서 유감을 드러냈다.

클레버는 본인의 인식과 육체의 시간을 가속시켜서 일반인과 상이한 시간의 흐름에 속할 수 있었지만, 그런 처지에서도 드라미나의 움직임은 너무나 신속했다.

클레버가 몸을 돌려서 애검을 때려 박을 때까지 드라미나는 열 번이나 발큐리오스를 휘둘러 베었고, 그 전부가 시간의 벽에 저지되었다.

아직껏 행동을 개시하지 않는 위우에게 경계를 늦추지 않은 채 드라미나는 눈동자에 마력을 주입해서 마법 시력을 더욱 끌어올리며 클레버와 주위 시간의 흐름이 어떻게 차이 나는가 관찰했다.

그렇게 시각화된 시간 흐름의 차이와 방금 전까지 시도했던 공격을 매개로 체감한 시간차를 통해 대강 클레버의 주위를 지키는 시간의 벽에 관하여 고찰을 끝낸다.

"대단한데, 퀸. 쉽게 베여주지는 않는군!"

약간의 조바심과 더한 즐거움이 묻어 나오는 클레버의 혼잣말과 함께 시간의 뒷받침을 받은 대검이 수없이 드라미나에게 날아든다.

시간 지연 마법의 영향을 받으면서도 드라미나는 탁월한 검법으로 모든 공격을 철저하게 차단했다.

"시간 흐름의 조작에는 역시나 한계가 있군. 귀공이 자랑하는 시간의 벽은 일정 범위에 들어간 공격의 시간을 늦추는 것. 더욱 엄밀하게 말하면 귀공 자신에게 도달하는 데 소요될 시간을 고정하는 방식일 테지? 지금 설정으로는 공격이 도달할 때까지 대략 3초가 걸리는군."

"쳇, 벌써 거기까지 다 알아냈나. 난처하게도 시간의 흐름을 자유자재로 조작하는 경지까지는 못 된다고. 미숙한 나는 이 정도가 한계야."

"비결이 밝혀지면 마술은 끝이지."

클레버의 참격을 세차게 튕겨 낸 드라미나는 왼손을 움직여서 눈에 보이지도 않는 빠르기로 허공에 밝게 빛나는 마법 문자를 그려 넣었다. 클레버의 주위 공간이 살짝 일그러지는가 싶더니 그를 중심으로 대지가 커다랗게 함몰한다.

지오르와 대결할 때도 행사했던 중력 마법이었다.

초중력이 쏟아질 때까지 3초가 걸린다만, 지속하여 효과가 발휘되는 마법이라면 언젠가 상대에게도 영향을 발휘하게 된다.

"대략 사천 배의 중력. 원한다면 하루 온종일이든 한 달 내내든 행사를 계속해주지. 아니면 만 배까지 강화하는 쪽을 선호하나? 극도로 강한 중력은 시간의 흐름마저도 왜곡하기 마련. 과연 귀공에게 저항할 방법이 있겠는가?"

클레버에게 머지않아 찾아들 죽음을 담담히 언급하는 드라미나는 북극의 바다에 떠다니는 얼음처럼 싸늘했고 또한 무자비했다.

드라미나의 냉엄한 아름다움과 이 세상의 존재 같지가 않은 위엄에 클레버의 얼굴이 감동과 가까운 반응을 드러낸다.

그러나 그 표정은 곧장 사나운 미소로 대체되었다.

"나의 신, 크로노메이즈여. 나의 바람을 들어 이루어주소서. 돌아오지 않는 시간, 거스를 수 없는 격류, 잃어버린 순간을 내게 베풀어주소서. 흘러가는 시간 속에서 나는 소망한다, 크로스 타임."

클레버의 대검에 신들이 각각 보유하는 신의 문자가 떠올라서 시계를 다수 형성하더니 긴바늘과 짧은바늘이 마구잡이로 돌기 시작한다.

드라미나의 마법 시력과 예민한 지각이 초중력 지옥의 중심에 발생한 이상 사태를 감지했을 때 이미 클레버는 홀연히 사라져, 전투를 관찰하고 있던 위우의 옆쪽으로 되돌아간 상황이었다.

초중력을 해제한 드라미나는 클레버가 손에 든 대검에 서로 다른 시각을 표시하는 시계의 판이 떠올라 있는 광경을 슬쩍 바라보고 지금 막 발동한 시간의 신의 기적을 간파했다.

"한정적인 시간 이동……. 짐작건대 그 대검도 나의 발큐리오스와 마찬가지로 신기인가."

드라미나와 전투를 개시하기 이전 위치로 되돌아간 클레버가 곧바로 마술의 비결이 들통났다는 데서 살짝은 못마땅한 표정을 짓는다.

"그렇게 된 거야. 아마 들었겠지만 나의 신 크로노메이즈에게 받은 신기가 크로노니드, 이거다. 자세한 설명은 비밀로 해야 할 테지만, 이 녀석의 힘을 빌려서 나는 원하는 시간으로 거슬러 올라갈 수 있는 셈이다. 지금은 당신의 무시무시한 중력 마법에 짓눌리기 전에 전투를 개시하기 직전 시간으로 나 혼자 거슬러서 올라간 거지. 신기의 기적은 어디까지나 소유자인 나한테밖에 영향을 안 주니까, 뭐, 위급할 때 탈출 수단밖에 용도가 달리 없지만 말이다."

클레버는 기적을 발동시키기 위해 정신력과 마력을 제법 소비한 듯하나 육체적 피로는 싹 사라졌다.

시간을 거슬러 올라가는 특성을 감안하면 피로 및 부상이 회복되었다기보다는 거슬러 올라간 시점의 상태로 돌아왔다고 말할 수 있겠다.

"그렇군. 다만 소모가 꽤 크니 쉽사리 남용은 못 하겠어. 기적이란 함부로 일으키지도, 또한 일어나지도 않는 법이니까."

"음, 하하, 감탄이 나오는 혜안이야. 나 혼자 어떻게든 당신을 포획하고 싶었는데 대충 무리다 싶군. 위우, 잠깐만 힘 좀 써줘."

아마도 클레버는 공적을 독점하기 위해 이제껏 단독을 드라미나와 싸웠나 보다. 순위가 위쪽에 있는 위우가 어째서 순순히 허락했는가— 두 사람 사이에서 미리 모종의 거래가 이루어졌음은 상상하기 어렵지 않다.

"벌써 전부터 힘써주고 있었다. 사방의 풍수를 읽어 귀신을 봉인하는 진을 설치한 게 나잖은가."

도대체가 어처구니가 없다는 듯이 한숨을 쉬며 위우가 한 발자국 내디디더니 곧장 클레버의 앞으로 나선다.

"그러니까, 거기에서 한 발짝 더 나와서 좀 도와달라고 부탁하는 거잖아."

"빚 하나 달아 두겠다. 나중에 신주를 항아리에 가득 담아서 내놔라."

"엑, 욕심쟁이 녀석. 뭐, 알았어. 퀸을 제압하려면 그 정도 대가야 감수해야겠지."

위우의 소맷자락에서 뻗어 나온 사복검이 머리를 치켜들며 움직이더니 하늘하늘 흔들리면서 드라미나에게 칼끝을 들이민다.

클레버가 소유한 대검이 신기였다는 사실을 감안하면 위우가 사용하는 사복검도 어떠한 신에게 하사받은 신기이거나 대등한 수준으로 강력한 마법 무구임이 틀림없겠다.

"귀공이 가지고 있는 그것은 아마 보패라는 물건이었던가? 이 대륙의 동쪽에 사는 선인과 도사들이 사용해서 기적을 일으키는 유사 신기였을 터."

"오, 과연 오래된 혈맥의 계승자다워. 지식도 풍부하시군. 맞아, 맞고말고. 이것은 나의 보패, 현미도(玄尾刀). 능력은 이제부터 차분하게 살펴보라고."

"이 걸리적거리는 결계진을 설치한 것도 귀공인가. 그렇다면 우선 수급을 쳐내도록 하지."

"무시무시한 말을 아무렇지도 않게 하시는군."

"악귀로 타락한 선인이 무슨 망발인가."

"예전에는 추잡하다는 생각부터 들었던 악귀의 길도 이렇게 타락하고 보니까 제법 나름대로 깊은 맛이 있더이다. 일단 떨어지면 빠져나갈 수 없는 망념의 길. 그곳에서 연마한 선술을 마음껏 맛보도록."

살아 움직이는 뱀처럼 머리를 치켜들고 있던 현미도에 더한 마력이 가득 들어참을 느끼고 드라미나는 몸의 중심을 살짝 기울였다.

엄밀하게 말하면 마력이 아니라 선력(仙力)이나 신통력(神通力)이라고 표현해야 할까. 악귀 마도로 타락한 상대지만, 그런 까닭에 재차 획득한 사악한 힘의 질과 격은 높았다.

"흠……. 정사(正邪)는 어쨌든 간에 인재는 제법 모아 두었다고 인정할 수밖에 없나."

"칭찬의 말씀 황송하오. 그러면 손을 쓰리다."

일일이 호령을 붙이지 않아도 괜찮을 텐데. 드라미나는 내심 푸념한 뒤 날아드는 현미도, 또한 동시에 행동을 개시한 클레버를 요격하기 위해 왼손에 새로운 신기를 불러냈다.

"나와라, 채워지지 않는 굶주림의 폭군, 그로스그리아!"

그것은 창끝부터 자루의 물미에 이르기까지 암흑의 어둠을 응축시킨 듯한 장창이었다.

섣불리 건드리면 곧장 어둠 속으로 삼켜져서 두 번 다시 빠져나오지 못하는— 그런 공포를 품게 될 만큼 꺼림칙함과 엄숙함을 두루 갖추고 있는 창이었다.

일찍이 드라미나가 휘하에 거둔 신하와 지켜야 할 백성들의 수많은 심장을 꿰뚫은 무구, 드라미나의 피 또한 빨아 마셨던 원수 지오르가 계승한 전적이 있는 신기이며 동등한 신기 및 신의 기적을 제외하면 만물을 꿰뚫는 포학함과 파괴의 성질에 특화되어 있다.

창조주로부터 시조에게, 시조에게서 지오르를 거쳐 드라미나에게 계승되었던 신기. 그것은 신성한 무구인 동시에 깊이 사무치는 기억이 있는 운명적인 무구이다.

드라미나는 신장을 상회하는 길이의 창을 어린아이가 모험가 놀이를 할 때 휘두르는 작은 나뭇가지처럼 가볍게 다루며 클레버를 견제했다.

"가자고, 위우. 시간이여, 끝나지 않는 미래로 흘러가라. 그 끝에 기다리는 것이 파멸일지라도. 가속 시류."

"빨리 늙는 관계로 사양하고 싶다만."

"불로의 선인이 웃기는 소리 주워섬기지 마라!"

"알기는 안다. 기분 문제다. 기분."

클레버의 시간 마법이 완성됨에 따라서 위우도 또한 가속된 시간의 주민이 된다. 그와 동시에 영창은 읊지 않았다지만, 위우에게 3초짜리 시간의 갑옷이 둘러졌음을 드라미나는 마법 시력으로 확인했다.

방금 전과 마찬가지로 3초 이상 지속되는 공격 마법 따위를 행사한다면 위우도 클레버도 한꺼번에 처단할 수 있겠지만, 호락호락 당해줄 만큼 만만한 상대들은 분명 아니었다.

위우는 발 근처에 만들어 낸 기운의 흐름을 타서 폭발적인 가속과 함께 드라미나에게 닥쳐든다.

소맷자락에서는 현미도뿐 아니라 무수히 많은 부적이 날아들어 검은 불꽃으로 이루어지는 거조로 바뀌거나 푸른 벼락을 두른 표범으로 바뀌거나 자색의 독수가 형체를 이루어서 상어로 바뀐다.

저마다 원형으로 삼은 생물과 조금도 다르지 않은 움직임을 떨치며 닥쳐드는 여타의 부적을 드라미나는 칼날을 늘려서 휘두르는 발큐리오스의 일섬으로 양단.

이어서 클레버가 시간 정지에 의한 치유 불가능의 효과를 실어 날리는 참격의 충격파를 그로스그리아의 찌르기 한 번으로 모조리 분쇄한다.

특히 파괴의 측면에서 그로스그리아는 발큐리오스를 포함한 다른 신기를 뛰어넘는 권능을 발휘한다. 설령 대상이 시간일지라도 마찬가지다.

참격이 맥없이 분쇄되었다는 사실에 클레버는 본인에게 두른 시간의 벽이 의미를 가질 수 없음을 깨달아야 했던 터라 미간에 주름이 깊게 새겨졌다.

한편 위우는 선술을 행사하는 직후의 빈틈 따위는 전해 내보이지 않은 채 양손의 무기를 휘두른 직후에 있는 드라미나에게 덮쳐든다.

"현미도!"

위우의 기합 소리와 함께 현미도의 칼끝이 뱀처럼 둘로 나뉘더니 꿰뚫는 것이 아니라 물어버리는 듯한 움직임으로 더 바짝 다가들었다.

선도(仙道)의 비의에 따라 제조된 진철을 재료로 써서 단련한 현미도는 미스릴마저도 제대로 가격당하면 깊이 베어버릴 만큼 예리한 절삭력을 보유한다.

드라미나가 아무리 최강의 뱀파이어 퀸이어도 시간 지연의 제약 하에서 시간 가속의 효능을 받는 적과 맞서는 중에 언제까지나 공격을 받아치지는 못할 것이다.

상대가 각성을 마친 초인종이라는 사실을 가미하면 더더욱이다.

현미도의 물어뜯기와 할퀴기를 네 번까지는 몸놀림으로 피했고 다섯 번째 이후는 칼날 길이를 되돌려 놓은 발큐리오스로 막아 내는 상황이다.

"하하, 아무래도 시간의 흐름 차이에는 당혹감이 적지 않나 봅니다, 드라미나 폐하."

"아니, 이 정도는 식후 운동도 안 된다."

"허세를 부리시는군. 그렇다면 이런 건 어떠실지. 북(北) 흑(黑) 동(冬) 사(蛇) 귀(龜)."

위우의 입술이 차례차례 주술을 읊음에 따라 현미도의 칼날 밑부분에서 칼끝으로 지극히 순도가 높은 힘이 흐르기 시작한다.

위우 본인이 지닌 선력에 더하여 읊조렸던 주술에 맞춰 대지를 뻗어 나가는 지맥에서 방대한 기운이 전해지고, 그것이 정련되어 현미도로 흘러들어 온 결과였다.

"북방 수호신 현무를 본뜬 칼인가!"

"과연 폐하는 박식하시군. 본래는 풍수에 기원을 둔 대의식용의 보패입니다만, 이렇게 지맥의 힘을 다루어 전투에 응용하는 방법도 가능하다고 설명드리지요. 사신(四神)의 일격, 감당할 수 있겠습니까? 현미도요멸단(玄尾刀妖滅斷)!!"

악귀의 길로 타락한 선인의 힘에 더하여 주위 지맥의 힘까지 잔뜩 빨아들이고 좌우에서 들이닥치는 현미도와 함께 클레버도 협공을 위해 마법을 완성시켰다.

"뱀파이어 퀸이라면 육편 하나만 남아도 재생 가능하잖냐. 비틀린 시공과 함께 날아가라! 시공폭렬지옥(時空爆裂地獄)!!"

클레버가 시간의 신기 크로노니드에 속한 권능을 끌어내서 드라미나에게 날린 것은 인간과 비슷한 크기의 투명한 구체였다.

시간의 흐름에 간섭하여 가속과 지연을 불규칙적으로 발생시킬 뿐 아니라 구체의 형상으로 되어 있기에 직격당했다가는 어느 부분은 시간의 흐름이 빨라지고, 다른 부분은 느려지고, 또 다른 부분은 정지하는 등 대상의 몸속에 서로 다른 시간의 흐름이 발생한다.

그 후 본래의 마땅한 시간 흐름으로 돌아오려고 하는 작용이 발생했을 때 생성되는 반동에 의해 대상의 육체 및 혼을 서로 다른 시공간으로 날려버리는 고위 시공계 신성 마법이다.

정면에서 들이닥치는 보패의 칼날과 측면에서 발사된 흐트러진 시간의 폭발에 맞서 드라미나의 대처는 평소보다 약간 늦어졌다.

클레버의 시간 마법 때문에 드라미나만이 시간 흐름이 다른 세계에 사로잡혔던 터라 반응 속도 이전의 문제로 대응이 지체됐던 까닭이다.

그러나 대처 자체가 딱히 잘못되지는 않았다. 아울러 조금 늦었을지언정 아주 늦어버리지도 않았다.

"월야에 선 불멸공, 지크라이너스여!"

뱀파이어의 여섯 신기 중 하나, 수호를 관장하는 전신 갑옷 지크라이너스는 계승자의 의사에 따라 삽시간에 드라미나의 혼 바깥으로 출현한 뒤 소유자의 몸을 덮어서 보패와 흐트러진 시공 폭탄의 직격으로부터 지켰다.

곳곳에 장미 문양이 각인되어 있는 암흑의 갑옷은 보패의 칼날에 가슴 부위를 찔리고도 아주 약간의 파고듦마저 허용하지 않은 채 튕겨 내었고, 시간의 난기류에 맞서서도 완벽하게 철저히 드라미나의 아리따운 신체를 지켜 보였다.

위우는 현미도가 튕겨 나갔던 직후 지크라이너스의 수호를 받아 시간 지연의 감옥에서 탈출한 드라미나가 휘두른 — 본래 속도를 되찾았던 — 발큐리오스의 일섬을 맞고 가슴에 한일자가 그어진 채 붉은 피를 뚝뚝 흘리면서 후방으로 뛰어 물러난다.

클레버도 역시 드라미나가 전신의 힘을 담아 세차게 찌른 그로스그리아의 창끝에서 생성된 눈에 보이지도 않는 찌르기를 감당해야 했다. 즉각 몸을 비틀어서 직격은 회피했을지언정 왼쪽 어깨가 깊숙이 파여 나갔고 피와 살점과 뼈의 파편이 이리저리 흩어진다.

"되게 아프군. 제길, 신기를 더 꺼내다가 쓸 줄이야."

"여섯 신기를 전부 공략해야 한다는 것은 주지의 사실. 적당히 힘을 아끼면서 승리를 거둘 수 있는 상대가 아니다. 고생깨나 하겠군."

이를 악물며 온몸에 치달리는 통증을 견디는 클레버와 달리 가슴에서 복부까지가 새빨갛게 물들었는데도 고통이 느껴지지 않는 표정으로 위우가 답한다.

이쪽은 아직껏 여유가 제법 있는 듯 보였다.

게다가 양쪽 모두가 아직 강력한 수단을 한둘은 남겨 놓았으리라.

"나 또한 귀공들의 실력을 얕보았다고 말할 수밖에 없군. 나의 신기 발큐리오스, 그리고 다른 신기의 권능을 전부 동원하여 귀공들을 처단하겠다."

지크라이너스의 권능 덕택에 시간 마법에 의한 지연은 더 이상 의미를 갖지 못한다.

그렇다면 드라미나의 목표는 신체 능력 및 마력 행사를 현저하게 방해하는 귀신 봉인진을 깨부수기 위해 위우에게 공격을 집중시켜서 격파하는 데 향했다.

드라미나의 의식이 전환되는 동시에 아리따운 신체가 발하는 분위기도 변화한다.

그 여파를 정면에서 받게 된 위우와 클레버의 온몸에서는 얼음물처럼 싸늘한 땀이 잔뜩 분출되었고 장기 및 신경계의 기능에 이상이 발생했다.

이제껏 드라미나의 미모에 취해 넋을 빼앗겼던 바람도, 대지도, 또한 태양마저도, 이 아름다운 가인이 본인의 폭력으로 세계조차 파괴할 수 있는 괴물이라는 사실을 깨달았다.

세계마저도 파괴 가능한 마성의 소유자인 까닭에 이렇게까지 아름다운 것인가, 아니면 너무 지나치게 아름다운 까닭에 세계를 파멸시키는 것인가…….

뇌수를 직접 파헤치는 것 같은 두통이 닥쳐들어서 클레버는 반사적으로 관자놀이를 꽉 눌렀다. 얼굴에서는 짙은 후회가 묻어 나온다.

"이봐, 위우. 대충 10좌까지 녀석들 다 동원해서 포박을 도전하는 게 정답이었던 거 아니야?"

"……후, 정말이지 동의를 표하고 싶군. 초인종이다, 오버 진의 상위다, 우리야말로 오히려 시건방을 떨었던 것 같군. 아무튼, 뭐, 해낼 수밖에 없지 않겠나."

스승에게 받은 드라미나 포획이라는 임무를 완수하기 위해 클레버와 위우의 얼굴에 결사의 각오가 떠오른다.

그런 심정을 알아차린 드라미나도 역시도 본인의 몸에 지크라이너스를 두른 채 오른손에 발큐리오스, 왼손에 그로스그리아를 들고 또 다른 신기의 발현까지 전제로 하는 전력 전투의 준비를 갖추어 완료했다.

만약에 지금 이곳에서 세 인물의 힘이 온전히 해방된다면 가까운 지역뿐 아니라 대륙 규모의 대재해가 발생하는 전개가 예상되는 몹시 긴박한 상황이다.

다만 다행히도 아득히 먼 사방에서 발생한 거대하다고밖에 말할 도리가 없는 힘의 분류와 지맥의 변화에 의해 격돌은 저지되었다.

"뭐냐, 이 힘은?! 이봐, 위우, 지맥이……."

"쳇, 누가 한 짓인지 알 수는 없다만 귀신 봉인진이 부서졌다! 그뿐 아니라 내가 뒤바꿔 놓은 지맥의 흐름도 정상 상태로 되돌아가고 있어. 믿기지 않아. 풍수술의 최고위에 도달한 걸물이어도 이토록 빨리 지맥을 바로잡는다는 것은 불가능할 터. 나 역시 사전에 준비를 한 이후에야 진을 설치했었는데!"

당대 최고봉의 풍수술사이기도 한 위우는 자신을 아득하게 상회한다고 인정할 수밖에 없는 누군가의 수완에 질투로 몸을 불사르면서 사방에 뿜어 올라오는 기운의 불기둥을 올려다봤다.

일반인에게는 보이지 않는 불기둥은 아득히 먼 곳에 위우가 배치한 귀신 봉인진의 요체가 되는 제단이 파괴됨으로써 이동 경로가 바뀐 지맥이 분출되는 현상이다만, 그것도 잠깐 사이에 곧 수습되었다. 진을 부순 인물이 즉각 지맥의 흐름을 바로잡았다는 증거와 다를 바 없었다.

수십 년 동안 풍수에 관한 지식을 익히고 실천을 거듭했던 숙련자 수십 명을 동원하여 오랜 시간을 들여 진행했던 지맥의 조정을 불과 한 순간에 끝마치는 인물이 있다.

클레버와 위우가 동요에 휩싸이는 와중에 귀신 봉인진이 부서짐으로써 본래의 힘이 되돌아온 드라미나는 온몸에서 쓸데없는 힘을 빼내며 온화하가 미소를 짓기까지 했다.

"후후."

"폐하, 어째서 웃으시나?"

드라미나가 흘린 웃음에 의해 찬물을 뒤집어썼을 때처럼 다시 제정신을 차린 위우가 더한 골칫거리의 도래를 예감하며 질문했다.

"귀공들도 감지를 한 듯한데 사방의 진을 부수고 게다가 지맥을 바로잡은 사람은 나와 알고 지내는 분임이 틀림없다. 본래의 힘을 되찾은 나와 그분을 상대해야 하는 처지에 놓인 귀공들이 너무나 가엾기에 절로 웃음이 나오는구나."

클레버와 위우의 경계 태세는 티끌만큼도 흔들리지 않은 데 반하여 드라미나의 입가에 떠올라 있는 온화한 미소와 명백하게 이완된 분위기에 두 사람은 당혹감을 숨기지 못했다.

그리고 상대를 하게 될 자신들이 가엾게 생각된다는 누군가의 존재에서 전율을 느껴야 했다.

뱀파이어의 여섯 신기 전부를 계승해서 사상 최고의 뱀파이어로 올라선 드라미나가 이렇게까지 신뢰를 표시하며 경애하는 인물은 대체?

"오셨네요. 아아, 꿈에서까지 보았죠. 만나고 싶었어요, 정말⋯⋯."

수많은 악기의 소리에 맞춰 춤추고 기뻐하듯 고조되는 드라미나의 목소리에 이끌려서 클레버와 위우는 동쪽에서 흙먼지를 피워 올리며 맹렬한 속도로 가까워지는 슬레이프니르들을 발견했다.

신마(神馬)의 말예가 되는 슬레이프니르들에 발하는 신의 기운은 물론이거니와 선두를 달리는 슬레이프니르에 올라타 있는 소년의 기세에 클레버와 위우의 의식— 아니, 영혼이 빨려 들어가서 헤어 나오지를 못했다.

드라미나의 궁지를 깨닫고 달려와준 저 소년은 말할 나위도 없이 고신룡의 혼을 가지고 있는 드란이다.

지상을 아음속으로 질주하는 슬레이프니르에 올라탄 채 원거리에 있는 결계진의 요체를 사념만 갖고 분쇄하고, 나아가서는 흐트러진 지맥을 삽시간에 조정한 뒤 바로잡은 것도 저 소년이다.

인간의 재주인가 신의 조화인가, 이미 저러한 개념을 따지는 것이 바보짓이라 느껴지는 초절의 기교와 능력이었다. 다만 최고신마저 가볍게 능가하는 영격과 마력을 보유한 드란의 입장에서는 딱히 무엇인가를 해냈다 티를 낼 만한 성과도 아니었다.

인간의 혼이라는 껍데기를 떼어 내고 고신룡의 힘을 언제든 휘두를 수 있는 상태에 들어선 드란의 기세에 노출되자 심신이 모두 얼어붙은 클레버와 위우를 방치한 채 슬레이프니르는 드라미나의 앞에서 멈춰 섰다.

어서 내리라며 콧김을 뿜는 슬레이프니르에게 쓴웃음을 지어준 뒤 드란은 하마해서 드라미나에게 가까이 걸어간다.

다른 슬레이프니르들을 타고 온 세리나와 크리스티나, 레니아도 뒤를 따랐다.

크리스티나는 드라미나의 모습을 보자마자 빼어난 미모와 압도적인 격의 차이에 눈이 휘둥그레졌다.

레니아는 혼의 격만 놓고 보자면 자신이 더욱 우위에 있어 딱히 동요는 하지 않았다만, 드라미나의 몸 안쪽에서 드란의 피 냄새와 힘의 기운을 감지한지라 샐쭉 토라졌다.

마치 사랑하는 아빠를 어디에서 온 누구인지도 모른 여자에게 빼앗긴 딸의 기분이다.

그리고 세리나는 단지 드라미나의 아름다움에 시선을 빼앗기기만 할 따름이었다만, 드란과 가까워짐에 따라 곧바로 피어나는 친애가 가득 차오르는 분위기에서 같은 남자를 사랑하는 여자답게 살짝은 선망의 감정을 품게 되었다.

불룩, 뺨을 부풀리지 않은 이유는 드란과 가장 가까운 곳에 있는 사람은 자신이라는 긍지와 여자로서 가져야 할 최소한의 고집이었다.

"드란, 오랜만이에요. 이렇게 만날 날을 정말로 꿈에서까지 그리워했어요. 이런 형태로 재회하고 싶지는 않았습니다만……."

드라미나는 이제껏 가득했던 희색을 싹 거두며 전투 상황에서 이루게 된 달갑지 않은 재회에 대해 침울해하는 내색을 띠어 보였다. 그러자 드란은 신경 쓸 것 없다고 미소 짓고는 어깨를 살짝 두

드려주며 달랬다.

사실은 허리에 손을 둘러서 꽉 안아주고 싶은 마음이었지만, 엄연히 전투가 벌어지고 있는 상황이라서 나름 자숙을 한 셈이다.

물론 드라미나도 지금 당장 발큐리오스와 그로스그리아를 해제한 뒤 드란에게 안겨 들고 싶어서 몸이 들썩들썩한 터라 피차일반이겠다.

이름뿐 아니라 사고도 꽤 비슷하게 닮은 두 사람이다.

"설령 어떠한 곳, 어떠한 때이더라도. 드라미나, 너와 만날 때 내게는 기쁨뿐이야."

"드란…… . 네, 나도 당신과 만나기만 하면 이 가슴에 기쁨의 샘이 솟아나는 것 같아요. 당신의 얼굴을 이 눈동자로 보고 싶었어요. 당신의 목소리를 듣고 싶었어요. 드디어 원이 이루어졌네요."

대화를 나눌 뿐인데 두 사람만의 세계를 만들어 내는 드란과 드라미나를 본 크리스티나는 설탕을 입안 한가득 채워 넣었을 때의 표정으로 쓴웃음 짓고, 레니아는 이를 드러내며 야생 동물처럼 으르렁거린다.

어찌어찌 애써 평정을 유지하던 세리나도 결국 꺾여서 끙끙끙 얼굴을 선보였다.

한편 완전히 방치되어버린 느낌이 있는 클레버와 위우는 섣불리 움직였다간 드란이 즉각 반응해서 목숨을 거두어 갈 것이라 절감한 터라 한 걸음도 꼼짝하지 못했다.

"흠, 아무튼 드라미나, 대단히 유쾌하지 않은 질문을 해야 되겠는데. 저기 계시는 두 분은 어떠한 볼일 때문에 왔지?"

"아, 클레버와 위우라는 인간들인데요. 나를 생포하는 게 목적이라고 직접 알려주더군요. 마도 결사 오버 진에 속하는 간부급의 마법사들이에요. 드란은 오버 진을 알고 계신가요? 인간들 사이에서도 제법 악명을 떨친 패거리가 아닌가요?"

"오호라, 마도 결사 오버 진인가. 그럼 나하고도 연관이 있군. 일전에 천공인의 유적에서 자르그스라는 천둥벌거숭이 마법사와 일전을 치른 적이 있거든. 언젠가는 결판을 낼 때가 오리라 생각이야 했다만, 드라미나에게까지 위해를 끼치려 하면 파괴하는 것밖에 달리 손쓸 도리가 없겠어."

드란의 말을 귀담아듣던 드라미나는 자신을 노린 적임에도 불구하고 오버 진 소속의 마법사들에게 진심에서 우러나오는 동정을 품었다.

가장 시조와 가까운 뱀파이어로 화했던 지오르를 단박에 처단했고 드라미나에게 터무니없는 힘을 베풀었던 피의 주인이 드란이다. 일단 적이라 인식당한 이상 저자들이 다다르게 될 운명은 이미 결정됐으니까.

"위우, 이봐, 혹시 사도(使徒)라든가 대충 비슷한 건가?"

가능성 중 하나로 드라미나의 옆에 서 있는 소년은 뱀파이어의 창조주가 사랑하는 자식 드라미나를 지키기 위해서 보낸 사도가 아닐까— 클레버는 추측을 한 셈이었다.

"심부름꾼 노릇을 하는 인물이 주인보다 더 강대하다면 앞뒤가 맞지 않는다. 저자가 발하는 기세는 신들의 영역을 초월했잖아? 신들보다 더욱 강대한 존재일 가능성도 고려해라."

으액, 클레버는 혀를 내밀며 당장에라도 구토할 듯한 표정을 지었다.

신들 이외의 종족이며 신조차 상회하는 힘을 보유했다면 단 하나밖에 존재하지 않는다.

천계, 마계, 지상계 중 어디에도 속하지 않은 채 자신들의 세계를 창조해서 그곳으로 이주한 옛 시대의 진정한 용종들이다.

클레버와 위우의 온몸을 구성하는 세포가, 혹은 영혼까지도 날카로운 소리를 질러 대면서 전력으로 도주할 것을 주장하고 있었다.

그런 와중에 드란은 시선을 두 사람에게 향한 채 뒤쪽의 다른 일행들에게 말을 건넸다.

"세리나, 크리스티나 양, 레니아, 저기 두 사람은 나와 드라미나가 마무리 짓겠어. 다들 제자리에서 움직이지 말고 잠깐만 기다려줘."

마법 학원에서 벌어졌던 일전 이후로 시간마저도 파괴 가능한 수준으로 힘을 되찾은 레니아는 어쨌든 간에 라미아의 영역을 이제 막 넘어가고 있는 세리나와 초일류 마법검사인 크리스티나도 눈앞의 두 사람을 상대하기는 버거웠다.

게다가 드라미나에게는 아직 전투를 수행할 만한 여유가 충분한지라 햇빛 아래에 노출된 지나치리만큼 아름다운 신체 곳곳에서 눈에 보이지 않는 투쟁욕이 아지랑이처럼 피어오르고 있다.

클레버 및 위우와 마주하며 역량의 차이를 깨달은 세리나와 크리스티나는 수치와 안타까움을 느꼈지만, 순순히 드란의 말을 따라서 마른침을 삼킨 뒤 이내 재개될 전투를 지켜보기로 했다.

레니아도 떨떠름하게나마 따르겠다는 몸짓은 보였다만, 명백하게 불만이 묻어 나오는 데다가 입이 시옷 자로 비뚤어졌다.

경애해 마지않는 영혼의 아버지와 나란히 서서 어리석은 「인간 유사종」 녀석들을 유린하고 싶었지만, 드란의 지시를 거역하지 않았다.

"자, 오버 진이었나? 만나자마자 곧장 미안한 말이지만, 각오를 다지도록 해라."

드란은 가죽제 검집에서 뽑은 애용품 장검에 마력을 주입하여 용조검(竜爪劍)으로 변환한 뒤 한 걸음, 두 걸음, 클레버와 위우에게 가까이 다가갔다.

클레버와 위우에게 드란의 한 걸음은 죽음 자체가 걸어 다가오는 것과 마찬가지이다. 그리고 두 마법사가 직면하게 된 위협은 드란뿐이 아니었다.

드라미나는 드란이 옆에 함께한다는 현실을 맞아 환희가 폭발하는 지경이며, 그에 동반하여 혼이 만들어 내는 마력의 양은 방금까지와 비교가 안 될 만큼 불어났다.

"드란, 당신은 물론 파악을 벌써 마쳤을 텐데요. 대검을 가지고 있는 사람은 시간을 조작해요. 다른 한 명이 지맥을 조작했던 선인이고요. 풍수를 잘 알아서 사신의 힘을 쓰는 마법사예요. 어느 쪽을 상대하든 간에 당신이라면 걱정은 필요 없겠지만요."

드란의 용조검과 짝을 이루는 형상으로 바뀐 발큐리오스, 원수의 신기였던 그로스그리아를 손에 들고 드라미나는 명랑한 목소리로 드란에게 말을 건넸다.

도저히 전장에 몸을 둔 입장 같지가 않고 행복의 바다에 목까지 푹 잠긴 사람처럼 명랑한 목소리였다.

"흠, 그렇다면 방금 전 결계를 부수기도 했고, 저쪽의 선인분은 내가 상대를 맡도록 하지. 드라미나야말로 괜찮겠어?"

드란은 말이야 걱정하는 듯 건넸을 뿐 어느 쪽을 상대하든 드라미나에게 낭패를 당할 우려가 없음은 잘 알았다.

꿈에서까지 본 드란이 눈앞에 있고, 이렇듯 말을 주고받을 수 있다는 행복을 음미하며 드라미나는 미소 지었다.

그리고 사랑하는 남자의 앞에서 꼴사나운 모습을 보일 순 없노라는 의지의 불꽃이 여인의 마음속에서 활활 타오르고 있었다.

"네, 물론이죠. 당신 앞에서 낭패를 당할 내가 아니잖아요. 드란, 당신이 옆에 있어주기만 해도 나는 세계의 모든 존재가 적으로 돌아선들 승리를 거둘 자신이 가득 차오른답니다."

사랑하는 남자가 아니면 보여주지 않는 평범한 드라미나라는 여자의 웃음에 드란은 똑같이 웃음을 지어주고는 돌아섰다.

찰나의 순간, 두 사람의 시선이 교차하며 백만의 말을 나누는 것보다 훨씬 힘 있게 양자의 의사가 오고 갔다.

함께 지냈던 시간은 불과 며칠인데도 불구하고 벌써 마음속 깊은 부분까지 전부를 이해할 수 있는 관계가 된 셈이다. 이렇게나 기적에 가까울 만큼 상성이 좋은 두 사람인지라 세리나가 숫제 이성을 잃을 지경으로 당황한들 무리는 아니었다.

연애의 관점으로 봤을 때 드라미나는 너무나 강대한 경쟁 상대였다.

"겨우 나의 존재가 네 마음에 용기를 불어넣어준다면 정말 잘된 일이야."

"네."

드라미나는 마음속에 아쉬움을 산처럼 가득 품으면서 클레버를 향해 돌아선다.

시종일관 빈틈을 찾고 있었던 클레버는 검을 휘두르기는커녕 마법을 행사할 틈도 발견하지 못한 채 온몸에 긴장을 가득 담아내며 드라미나가 내뿜는 중압에 견딜 뿐이었다.

"도대체가 말이야, 한창 싸우는 중에 둘이서 알콩달콩 떠드는 게 무슨 짓이래. 이런 경험을 과연 언제나 또 해볼까."

"실례했군. 드란과 재회하기를 일일천추의 심정으로 기다렸던 탓에 무심코. 사죄의 뜻을 담아서 적어도 괴롭지 않게 명부의 문을 지나가도록 도와주지."

드라미나에게 방금 전까지의 벌꿀처럼 달콤한 분위기는 없고, 클레버의 앞쪽으로 나선 인물은 무뢰한을 손수 처단하고자 하는 냉엄한 여왕이었다.

아름다운 여왕, 차갑고 무자비한 단죄자, 월야가 사랑하는 아이이자 태양의 아래에 머무르는 것을 허락받지 못한 군림자, 그것이 지금의 드라미나였다.

"저쪽에 드란이라는 자를 상대하던 때와 분위기가 너무 달라졌잖아. 거참, 적응이 안 되네."

"양쪽 다 거짓이 없는 진실된 나. 적응을 하든 말든 알아서 해라. 그러면 이만, 어서 사라져라."

암야의 갑옷을 두른 드라미나의 다리가 움직인다.

무도회에서 춤추는 신사 숙녀의 환영이 보일 만큼 우아함의 극치라는 말밖에 나오지 않는 스텝이었다.

아름다운 여왕의 동작에 매료되어 망아의 한복판에 있던 클레버가 드라미나의 참격을 맞서 대응하는 데 성공한 까닭은 다만 초인종답게 뛰어난 신체 능력과 시간을 자기편으로 먼저 끌어들인 덕분이었다.

"우오오?!"

클레버는 가차 없이 심장을 꿰뚫기 위해 닥쳐들었던 그로스그리아의 창끝을 좌반신만 후방으로 젖혀서 겨우 피한다. 더욱이 찰나의 틈도 내주지 않은 채 목을 절단하고자 반월의 궤도로 다가드는 발큐리오스의 칼날은 후방으로 뛰어 물러나서 피난했다.

발큐리오스가 일으키는 바람은 시간의 벽에 저지되어 클레버의 살점을 찢어 놓지는 못했지만, 너무나 날카로운 참격은 온몸에 소름을 돋게 만들었다.

이때 클레버에게 무엇보다 골치 아팠던 적은 드라미나가 아니라 본인의 마음이었다.

드라미나와 검을 주고받는 동안에 문득 불현듯 자기 마음이 이렇게 속삭거리는 소리가 들려온다.

—저토록 아름다운 존재가 휘두르는 검이라면 죽어줘도 괜찮지 않겠느냐고.

드라미나의 손을 빌려서 한 목숨을 끝낼 수 있다면 대체 얼마나 멋지겠는가, 이루 형용할 수 없이 감미로운 울림으로 자기 마음이 극구 설득을 하는 기분이다.

클레버 역시 백절불굴(百折不屈)이라는 말로는 부족할 지경까지 목숨이 걸린 수라장을 거쳐 버티고 살아남아온 맹자였다.

마법도 검술도 피를 토하면서 자기의 혈육으로 만들어왔던 남자가 분명 견고했을 정신의 제방에 구멍이 뚫린 채 마음의 최심부까지 미(美)라는 이름의 유혹이 침입하는 것을 허락하고 말았다.

드라미나와 직접 대치할 때까지는 분명한 살의가 마음을 단단하게 굳혀줬는데도 막상 월야의 여왕과 얼굴을 마주하자 거센 파도에 휩쓸린 모래성처럼 허물어져서 치명적인 빈틈을 직접 만들어버리게 된다.

"아이고, 얼굴이 반칙이면 몸놀림도 전부 다 반칙이 되네."

드라미나가 날린 장창과 장검을 이용하는 각각 간격이 다른 연속 공격을 클레버는 한 번 한 번의 공격마다 신경과 수명이 깎여나가면서 계속 버텼다.

지크라이너스를 착용함에 따라 시간 지연의 감옥에서 해방되었고, 아울러 귀신 봉인진이 완전히 무너졌기 때문에 드라미나는 ― 햇빛 아래에 나왔다는 단서는 딸려 있다만 ― 본래의 힘을 발휘할 수 있는 상태였다.

지고의 뱀파이어가 보유한 신체 능력과 스스로 갈고닦은 기술이 서로 어우러져서 드라미나의 공격은 시간의 가속이 아니었다면 한순간에 클레버의 패배가 결정될 만큼 드높은 살육의 기술로 승화되어 있다.

또한 클레버가 반쯤 자포자기하며 외쳤듯 드라미나가 가지고 있는 아름다움이란 단순한 외모뿐 아니라 신기를 휘두르는 동작에도 반영되었다.

하나의 기술을 궁극으로 갈고닦기 위한 길을 태만함 없이 쭉 걸어간 끝에 지극히 일부의 재능 있는 인물만이 다다름을 허락받는 경지가 드라미나의 지금 위치다.

도무지 무술의 형식에 들어맞지 않는 무질서함으로 휘둘러지는 발큐리오스. 깊이 찔렀다가 다시 빼내고 후려갈기다가 다시 내려쳐지는 그로스그리아.

모든 동작들 하나하나가 완벽하고도 철저하게 계산된 무도라도 되는 양 바라보는 자의 눈길을 잡아끌고 마음을 사로잡아 매료시킨다.

단 한 번만 보아도 벅찬 감동에 이후 인생이 달라지는 죽음의 무도가 이쪽의 목숨을 종결지을 때까지 끊임없이 이어진다.

클레버의 마음이 요동쳤다.

드라미나를 앞에 둔 사람들은 아름다움이라는 말로 표현할 수 없는 미모의 함정에 혼이 빨려 들어가서 스스로 단죄를 요청하는 죄인처럼 목숨을 내어 놓고자 다가들게 된다.

이거 진짜로 큰일 났구나……. 클레버는 내심 우는소리를 내뱉고 있었다.

이렇듯 드라미나의 예술적인 살육 무도를 버틸 수 있는 이유는 클레버가 행사 가능한 최대의 가속 시간 안쪽에 몸을 두었기 때문이지만, 머지않아 행사 가능 시간의 한계가 다가들 것이다.

이대로 변화가 없는 상태가 이어진다면 클레버의 패배와 죽음은 확정될 것이다. 위우의 조력을 기대할 수 없는 이상 어떠한 수단을 동원하더라도 자력으로 현 상황을 타파해서 뚫고 나가야 한다.

'미련하게 아끼다가 뒈지면 무슨 소용이냐. 할 만큼 하고, 될 대로 돼라.'

클레버는 드라미나를 쓰러뜨린 이후의 일은 생각하지 않고 눈앞의 지나치게 아름다운 뱀파이어를 무력화한다는 목표 하나에 의식을 집중했다.

정신이 무아의 경지에 다다른 클레버는 5초만 드라미나의 공세를 버티면 된다는 판단으로 사지의 결손 및 반신의 상실 정도는 허용할 각오를 한 뒤 자신이 계약한 시간의 신에게 올릴 기도에 모든 인지를 쏟아부었다.

드라미나는 클레버의 정신이 신의 존재가 있는 상위 차원으로의 회랑을 구축하였으며 시간의 신의 기적이 곧 행사되리라는 것을 예기하고 공세를 무자비하게 가속시킨다.

더욱 깊숙이 발을 디딤과 동시에 내찌르는 그로스그리아의 창끝이 클레버의 오른쪽 옆구리를 도려내서 장기의 일부와 피를 흩뿌렸고, 날쌘 제비 떼처럼 수없이 번드치는 발큐리오스의 칼날은 시간의 벽을 베어 갈라서 클레버의 온몸에 붉은 자국을 새겨 넣었다.

본래부터 파괴에 특화된 그로스그리아는 클레버가 세운 시간의 벽을 관통할 수 있었지만, 발큐리오스의 칼날까지 시간의 벽을 베어 내는 까닭은 드란과 합류함에 따라 드라미나의 정신이 고양되면서 막대한 양의 마력이 온몸 가득히 차오른 까닭이다.

갖가지 모든 공격이 시간의 벽을 능가하는 영역에 다다른 드라미나를 상대해야 할 클레버는 어금니에 얇게 씌워 둔 스위치를 깨물어서 숨겨 놓았던 비장의 수단 중 하나를 사용했다.

물 흐르는 듯한 연속 공격의 동작에 들어갔던 드라미나는 지닌 바 초지각 능력으로 상공으로부터 들이닥치는 위협을 감지한 뒤 즉각 해당 위치를 피해 물러났다.

시선을 상공으로 옮기면 드라미나가 한 순간 전까지 있던 공간을 창공의 아득한 저 너머에서 내리쏟아지는 두꺼운 빛기둥이 관통하더니 순식간에 대지를 증발시키며 깊숙하게 구멍을 뚫는다.

빛기둥은 한 번뿐 아니라 연속해서 두 번, 세 번, 상공의 구름을 관통하며 잇따라 드라미나를 습격했다.

빛의 속도로 날아드는 공격을 어떤 방법으로 감지하는 것일까, 드라미나는 한 발의 피탄도 허락하지 않고 잇따라 피해 냈다.

그런 움직임을 따라 주변의 대지에는 거대한 구멍이 늘어난다.

이 포격은 정지 궤도상에 대기하고 있던 공격 위성에서 발사되었다.

클레버가 스위치를 누름으로써 미리 지정해 둔 공격 대상, 즉 드라미나에게 포격을 개시했을 따름이다.

저 공격 위성은 천공인들이 성인과의 전쟁 때 태양계 안에 흩뿌렸던 물건인데, 9할 9푼 이상은 전쟁 중 손실됐으나 무사히 남아 있었던 몇몇을 오버 진에서 접수하여 안드로이드와 비슷하게 운용하고 있었다.

순수한 물리 현상에 의한 공격이라면 본연의 불사성에 힘입어 회피를 할 필요가 없는 드라미나도 천공인이 만들어 낸 공격 위성은 오직 성인만을 상대하는 수단이 아니라 용종, 신수 따위도 상정해서 제작된 터라 영적 공격력까지 부가되어 있었다.

물론 신기 지크라이너스를 착용한 드라미나라면 설령 100만도의 레이저 포격일지라도 굳이 두려워할 필요가 없었지만, 그럼에도 회피를 계속하는 까닭은 피할 수 있는 공격을 굳이 맞아주는 꼴사나운 모습을 드란에게 보여주고 싶지 않았기 때문인지도 모른다.

흠, 의미심장하게 중얼거린 드라미나는 그로스그리아를 지면에 박아 세워서 왼손을 자유롭게 비운 뒤 발큐리오스를 장궁으로 변형시켰다.

왼손에 옮겨 들어서 본인과 신기의 마력으로 검게 반짝반짝 빛나는 화살을 형성하고 시위에 메긴다.

목표는 아득한 상공, 정지 궤도상에 떠 있는 공격 위성.

살짝 가늘어지는 드라미나의 눈이 무수히 많은 고리에 둘러싸여 있는 사각의 물체를 포착한다.

병기라기에는 어울리지 않는 정밀한 동식물 문양 및 귀여운 천사 조각은 저 위성을 만든 천공인의 취향일 테지.

공격 위성의 원환형 패널에 흡수된 태양의 빛이 증폭 · 흡수되어서 공격으로 화하기 직전, 드라미나는 한계까지 잡아당겼던 시위를 놓았다.

상식으로 생각하면 지상에 있는 인간이 위성 궤도상의 표적을 활로 쏘아서 맞힌다는 황당한 이야기를 한다면 누구라도 취했냐며 코웃음이나 치고 말겠지만, 드라미나에게는 농담의 기색이 전혀 없었다.

포격과 똑같이 빛의 속도로 대기를 관통한 화살은 쌍둥이 여신상이 떠받치고 있는 레이저 포문의 한복판을 꿰뚫었다.

자기 수복 기능을 갖춘 나노 머신으로 구성된 공격 위성이 한순간의 간격을 두고 폭발한다.

한 번의 사격으로 멈추지 않고 드라미나는 새 화살을 메겨서 차례차례 상공으로 발사했다.

가동하고 있는 공격 위성이 달랑 한 기가 아니라 수십 단위로 존재하고 있음을 파악한 뒤 그 전부의 파괴를 노렸다.

발사된 화살 중 몇 대는 공중에서 궤도가 수정되어 혹성의 측면에 존재하는 공격 위성을 꿰뚫었고 커다란 폭염의 꽃을 피워 냈다.

방해물의 배제를 완료한 드라미나는 다시 발큐리오스를 장검 형태로 되돌린 뒤 지면에서 그로스그리아를 뽑아 들자마자 바람으로 화한 것 같은 속도로 클레버에게 달려든다.

공격 위성이 기동됨에 따라 클레버가 번 시간은 6초에도 못 미쳤다.

다만 절반쯤 눈을 감은 채 깊숙이 정신 집중에 들어가 있던 클레버의 입매가 맹수의 어금니를 드러낸다.

"기도가 하늘까지 닿았다네, 여왕 폐하. 어머니의 배 속까지 되돌아가시라고. 시곗바늘이여, 거꾸로 감기는 흐름으로 저 위인의 시간을 거슬러 가라, 시간 회귀(^{타임 리턴})!"

클레버는 시간의 신기 크로노니드를 두 손으로 쥐고 칼끝은 드라미나에게 들이밀었다.

그러자 크로노니드를 중심으로 회전하는 고리를 두른 자그마한 광구가 열두 개 출현했다.

고속으로 회전하는 고리와 함께 광구가 드라미나를 목표로 비상하여 주위를 선회하기 시작하자 이제까지와는 비교가 되지 않는 부하가 온몸을 덮쳐들었다.

시야에 들어와서 보이는 광경이 물에 녹아내리는 물감처럼 흐물흐물 비틀리고, 드라미나는 다시 또 자신이 판이한 시간의 흐름에 사로잡히고 있음을 깨닫는다.

신기 지크라이너스를 착용한 드라미나에게 간섭할 수 있다면 클레버가 기원한 시간 회귀의 기적은 시간의 신 크로노메이즈가 행사하는 기적 가운데서도 지극히 고위에 속한 부류이리라.

뱀파이어의 창조신과 시간의 신에 의한 신격의 대결이 드라미나에게 영향을 끼쳤다고 바꿔서 말할 수도 있겠다.

시간 회귀— 대상의 시간 축을 행사자가 원하는 시간까지 역행시키는 기적이며 대상이 존재하지 않는 시간으로 거슬러 데려가면 어떤 불사성을 갖추었더라도 맥없이 소멸한다.

포박을 위해 드라미나를 태아 상태까지 회귀시키려고 한 클레버에 맞서서 신기 지크라이너스가 저항을 개시한다.

드라미나는 정신의 수면을 바람이 불어들지 않는 밤과 마찬가지로 고요하게 유지했다.

왼손에 든 그로스그리아를 혼의 안쪽으로 회수한 뒤 어긋난 시간의 흐름 안쪽에서 두 손으로 쥔 발큐리오스를 천천히 대상단으로 치켜들었다.

정신력, 기력, 체력 등 거의 전부를 한계까지 다 소모한 클레버는 지면에 박아 세운 크로노니드를 의지해서 서 있었다만, 광구가 그리는 원환의 안쪽에 있는 드라미나에게서 기세의 변화가 나타나자 눈을 부릅떴다.

초인종의 영격이 전해주는 직감이 성대하게 경종을 울리고 있다.

"뭐야, 뭐야. 나의 마지막 기술이라고. 신의 기적 자체를 진짜 감당할 수 있단 말이냐?!"

느릿하게 감겼던 드라미나의 눈꺼풀이 다시 뜨였을 때, 두 눈동자가 무지개색의 광채를 발하는 것을 클레버는 똑똑히 봤다.

또한 드라미나의 온몸에서 쏟아지는 기세와 마력이 얼마 전과는 비교도 되지 않는 영역에 다다랐음을 느낀다.

하늘을 가득 메우며 이쪽을 짓누르고자 하는 터무니없는 압력.

지금 클레버에게 무지갯빛 광채에 감싸인 드라미나는 태양이 빛나는 하늘이나 혹은 은월을 받들어 모시는 밤하늘의 화신이 아닐까 싶을 지경의 초상적 존재로 일변하여 보이고 있다.

다음 순간, 드라미나의 손에 쥐인 발큐리오스의 칼날이 부예지며 주위를 선회하고 있던 광구 중 하나가 두 동강으로 절단되더니 무수히 많은 입자가 되어 허공으로 녹아 사라진다.

드라미나의 팔은 빛의 속도로 움직여서 나머지 열한 개의 광구를 차례차례 베어 갈랐다.

이제껏 클레버가 행사했던 어떤 시간 마법보다도 아득하게 높은 경지에 있는 시간의 신의 권능을 이 세상에 현현시킨 것이 방금 전 광구들이다.

비유하자면 순순한 신의 힘이었다. 그럼에도 베어 냈다는 것은 일시적이나마 드라미나가 크로노메이즈의 힘을 상회했다는 의미밖에 되지 않는다.

"거짓말이지?! 아무리 고위의 신기여도 사용자는 어디까지나 지상의 존재일 텐데. 그런데 대체 어떻게 크로노메이즈의 힘을 공격까지 베어 내나?!"

드라미나는 이미 영격의 측면에서 시조 뱀파이어의 영역까지 도달한 상태였다만, 그 이상으로 크로노메이즈의 힘을 베어 낼 수 있었던 것은 과거에 듬뿍 마셨던 드란의 피 덕택에 누리게 된 은혜에 힘입었다.

드라미나는 극도의 정신 집중에 의해 비록 일시적이나마 이미 육체에 동화되어 있는 드란의 피를 촉발시켜서 폭발적으로 힘의 양과 질을 늘리는 특수 기술을 체득했다.

시간의 신이 허락한 기적 전부를 베어 넘긴 드라미나의 눈동자에서 무지개색 광채가 사라져 간다.

시간 회귀의 감옥에서 해방된 드라미나가 가벼운 도약과 함께 클레버에게 달려들자 나부끼는 드레스의 자락이 큰 꽃송이의 장미가 화려하게 피어나는 것처럼 펼쳐졌다.

클레버는 상단에서 내리 휘둘러지는 발큐리오스를 간신히 크로노니드로 막았다.

그러나 시간의 신기는 칼날이 두 동강으로 잘렸고 클레버의 육체도 또한 똑같은 운명을 따라갔다.

"말도 안 돼, 크아앗, 시, 신기를 절단하다니, 또, 똑같은 신기끼리, 어떻게?!"

클레버는 세로로 양단된 몸의 단면으로 세차게 피를 흘리면서도 두 동강이 난 자신의 신기를 믿기지 않는다는 쳐다본다.

드라미나는 죽음이 찾아들기만을 기다리는 처지가 된 클레버의 의문에 일말의 자비를 베풀어 답을 가르쳐줬다.

"신기에도 격이 있다. 귀공이 보유한 크로노니드는 신이 인간을 위해 하사한 신기. 내가 보유한 발큐리오스는 유래를 찾아가면 신이 신을 위해서 만들어 냈던 것. 인간을 위한 신기와 신을 위한 신기 중 무엇이 우위를 점하는가, 불을 보는 것보다 명백할 테지. 설령 이 발큐리오스가 선조님께 전해졌을 때 족쇄가 채워졌을지라도."

"쿨럭, 쳇, 그, 그러면 어쩔 수 없지. 게다, 가, 사용자의 실력도, 뭐, 많이 달랐고……."

클레버는 자신의 패배에 불만은 없는 모습으로 더 이상 아무런 말도 없이 체념과 납득의 미소를 지은 채 숨이 멎었다.

시간의 신의 기적을 행상해왔던 대가일까, 주검이 급속도로 노화하기 시작한다. 피부에서 탄력이 사라지고, 주름이 늘어나고, 머리카락도 하얗게 물들더니 툭툭 빠져서 떨어진다.

다섯을 헤아리기도 전에 클레버의 몸은 바짝바짝 말라서 허물어지다가 먼지가 되고 말았다.

드라미나는 바람에 날려 가는 먼지의 산을 잠시 바라보다가 위우와 싸우고 있는 드란에게로 시선을 돌렸다.

위우와 드란의 대결은 첫수부터 위우가 최강의 수단을 사용하는 형태로 시작되었다.

대강 이 혹성의 아인종 중 첫째, 둘째를 다투는 존재가 된 드라미나와 비교할지라도 그야말로 「차원이 다른 무언가」를 앞둔 위우에게 정탐전이나 할 여유는 없다.

자칫 가지고 있는 수단을 쓸 틈도 허락되지 않는 사태를 감안하면 위우의 판단은 몹시 타당하다.

위우는 현미도뿐 아니라 아무것도 없는 공간에서 추가로 세 개의 보패를 꺼내 들었다. 더욱이 자기 주위에 인간 모양으로 오려낸 종이를 대략 아흔아홉 장 전개해서 훌륭한 속도로 술식을 구축한다.

드란은 성채와 같은 거대함과 섬세함을 두루 갖춰서 구축된 술식이 천지를 흘러 다니는 기맥에 간섭하는 종류임을 한눈에 간파한 뒤 납득의 혼잣말을 중얼거렸다.

"드라미나가 말했던 대로 풍수술에 해박한 적이군, 흠."

공포나 경계라는 의식이 전혀 없다는 것이 참으로 드란다운 오만함이자 자신감의 표출이기도 하다.

위우의 손에서 현미도가 떨어지더니 곧이어 심홍색 새의 꽁지깃을 쓴 부채, 하얀 호랑이의 모피로 만든 외투, 푸른 비늘을 쓴 목걸이가 사방으로 움직여서 각각 빛을 발하기 시작했다.

그와 동시에 무수히 많은 부적이 드란을 둘러싸고, 드란을 중심으로 지면에 팔괘의 진이 나타나고, 무수히 많은 마법 문자와 범자(梵字), 신성 문자가 난무하며 자색의 팔각기둥이 완성된다.

"흠, 걸음을 묶는 용도의 결계인가, 어디."

자기 눈앞에 빛의 벽이 출현해도 전혀 개의치 않고 드란은 용조검의 칼끝을 쓱 내밀었다.

접촉하면 어떤 반응이 돌아올까 확인하려는 듯 거의 힘이 들어가지 않은 동작이었다만, 단지 그것만으로도 위우가 구축했던 팔각기둥의 진은 허망하게 무산되었다.

"팔자진을, 괴물인가!! —사신초래, 사계순환, 사색교분, 중앙의 다섯이여. 올라오라. 귀하신 몸은 땅의 깊숙한 곳을 달리고, 하늘의 높은 곳을 질주한다. 황색을 머금어라, 비늘을 둘러라, 황룡이여!"

황룡이란 대지 및 천공을 흐르는 기맥을 구현화한 존재이며 이름에 용을 썼어도 엄밀하게는 용종이 아니다.

생물이라기보다도 기맥의 화신이라고 불러야 할 존재이며, 이렇듯 직접 소환하는 것은 이 혹성이 지닌 생명 자체의 힘을 아군으로 끌어들인 셈이나 마찬가지다.

또한 황룡을 상처 입힌다는 것은 이 혹성의 기맥에 상처 입히는 것과 똑같기에 애당초 대결이라는 행위 및 발상 자체가 잘못되었다.

물론 이것은 지상 세계에 서식하는 영역의 존재로 한정되는 이야기. 위우의 앞에 선 드란은 마땅히 예외였다.

위우가 공중에 배치한 네 개의 보패가 공명하며 하늘과 땅에 적, 백, 흑, 청의 네 가지 색깔 선이 뻗어 나간다. 나무뿌리처럼 뻗은 빛줄기는 혹성을 달려 다니는 기맥과 연결되어 그 힘을 단박에 빨아들이기 시작했다.

흠흠, 철저하게 침착한 모습으로 선술의 해석을 수행하고 있던 드란의 눈앞에 황색을 띤 비늘과 다섯 개의 손가락을 지닌 용이 방대한 기의 집합체로서 현현했다.

"가라!"

"대충 이 대륙의 분량쯤 되는 기맥에서 현현했는가. 이것저것 생략한 듯한데도 제법 솜씨가 괜찮군."

하늘을 가득 메워서 대지를 노려보는 거구의 황룡을 앞에 두고도 드란은 안색 한 번도 바뀌지 않은 채 비어 있는 왼손의 다섯 손가락을 갈고리 형태로 구부리더니 마치 벌레를 쫓듯 휘두른다.

그렇게 단순한 손동작만 가지고 대륙 하나 분량의 힘을 머리에서 꼬리에 이르기까지 찢어발겨버렸다.

"아, 무슨 얼토당토않은?!"

제어를 잃은 황룡이 더는 형태를 유지하지 못하는 지라 방대한 기가 주변으로 사납게 날뛰기 직전, 드란은 황룡을 움켜잡듯이 왼손을 허공에 치켜들어 천천히 쥐었다.

손의 움직임에 따라 황룡이 소멸하며 분명 갈 곳을 잃었던 기운들이 일체의 증감도 없이 하늘과 땅으로 환원되어 간다.

지식도 없이 어떠한 준비도 도구도 동원하지 않은 채 단순하게 감각과 사념에 의지하여 황룡이라는 거대한 기운을 완전히 조작해낸 드란을 목격하고 위우는 말을 잃어버렸다.

대륙 규모의 기맥 조작을 실행해서 겨우 현현시켰던 황룡이 일순간 만에 사라져버렸다는 사실을 위우의 이성과 상식은 인정하려고 들지 않았다.

"좋은 실력을 가지고 있군. 어딘가 궁정에라도 소속되었다면 제법 괜찮은 지위까지 올라갈 수도 있었을 텐데. 그러나 악행에 손을 물들인 이상 악귀가 맞이하게 될 결말은 이미 각오했을 테지."

"……네놈은 대체 무엇이란 말이냐?!"

"글쎄, 저세상에서 명부의 신에게 물어봐라. 운이 좋다면 가르쳐줄 테지."

위우는 남은 보패를 다시 움직여서 드란을 요격하기 위해 태세를 갖추고자 하나 이미 늦었다.

대결의 결말을 바란 드란이 우상단에서 내리 휘두른 용조검이 위우의 몸을 저항도 없이 종단했다.

위우는 일순간이나마 고통의 빛을 제 얼굴에 드러냈지만, 용조검에 담긴 고신룡의 마력에 의해 육체의 모든 세포가 철저하게 파괴되어 머리카락 한 가닥, 피 한 방울, 뼈 한 조각도 남김없이 소멸했다.

고위의 초인종이자 선인이기도 한 인물의 결말이라기에는 너무나 맥 빠지는 모양새였다만, 아무튼 상대가 드란이었던 만큼 당연하다고 밖에 달리 말할 도리가 없다.

드란은 드라미나가 무사함을 확인한 뒤 용조검을 해제해서 장검을 허리에 찬 칼집에 다시 집어넣었다.

제4장　드래곤 슬레이어

"흠, 당장의 위기는 지나갔다고 말할 수 있겠군."

달리 주위에 움직이는 인영은 없다. 기다려달라 부탁했던 다른 일행이 무사함을 확인한 뒤 나는 세 개의 신기를 막 수납한 드라미나를 바라본다.

시간의 신에게 힘을 빌려서 휘두르던 클레버라는 청년은 이미 먼지의 산으로 바뀌어버렸다.

클레버와 위우가 숨겨 놓았던 수단을 고려하면 역시 크리스티나 양과 세리나에게는 감당하기 버거운 상대였겠군. 인간이면서 이런 수준의 실력자들을 다수 데리고 있다면 오버 진이라는 조직은 의외로 얕볼 수 없겠다.

아무튼 드라미나의 노고를 위로하는 것이 먼저라는 생각에 말을 건네려고 했지만, 그보다 빨리 드라미나가 먼저 나에게 달려왔다.

본래의 드레스 차림으로 돌아와서, 이제껏 치른 사투 따위는 거짓말이었던 것처럼 만면의 미소를 띠는 드라미나. 경계심을 티끌만큼도 내비치지 않는 모습은 마치 잘 길들인 강아지라든가 어떤 동물 같다는 생각이 든다.

꼬리가 있었다면 획획 온 힘을 다하여 흔들었을 테지.

"드란!"

"일단락됐군."

"네."

숨을 가쁘게 쉬며 — 사실은 전혀 숨이 가빠지지 않았지만 — 달려온 드라미나는 그대로 걸음을 멈추지 않고 나의 가슴에 뛰어들었다.

이런, 이런, 정말이지 대담한 행동을 하는군.

뱀파이어 특유의 차가운 체온과 여성스럽게 부드러운 신체, 그리고 형용할 수 없이 달콤함 향기가 나의 오감을 자극한다.

드라미나에게 상당한 어리광쟁이 기질이 있다는 것은 잘 알지만, 다른 사람의 눈이 있는 장소에서 이렇게까지 티 나는 행동을 취한다는 건 의외군.

드라미나는 내 등에 팔을 둘러서 키 차이가 많이 나지는 않지만, 가슴팍에 얼굴을 세게 가져다 댔다.

흠, 평상복 차림의 나를 포옹하면 애써 차려입은 고운 의상이 지저분해질 테니 면목이 없지만, 그런 부분을 구태여 신경 쓸 여성도 아닌가.

쿵쿵, 귀엽게 콧소리를 내는 드라미나의 등으로 왼팔을 두르고, 오른손으로 햇살의 광채를 받아 반짝이는 은빛 자색의 머리카락과 머리를 쓰다듬어줬다.

이전에 무릎베개를 했을 때 꼭 머리를 쓰다듬어달라는 말을 들었던 터라 지금은 무릎베개가 아닌 서로를 포옹하는 자세이기는 한데 아무튼 실행을 해준 셈이다.

드라미나는 기분이 제법 좋은지 목 안쪽으로 말이 되지 못하는 소리를 내면서 나의 등에다가 두른 팔에 꼭 힘을 주었다.

어리광을 받아주는 것이 좀 지나치다는 생각도 들었다만, 몇 개월 만의 재회이니까 이런 정도는 해줘도 괜찮겠지.

"후우, 드란이에요. 이 냄새도, 목소리도, 손바닥의 온기도, 전부 다 그때 그대로."

진심으로 온도하며 모든 것을 나에게 의지하는 모습의 드라미나에게 부성 비슷한 감정을 자극당한 까닭인가, 나는 입가에 흐뭇한 미소가 지어짐을 느꼈다.

"네게 도움이 되었다면 잘됐군. 편지를 받고 나서 잠깐 지난 사이에 이런 소란이 벌어졌으니까 조금 놀랐어."

"저 무뢰한들에게 나는 여러모로 노릴 가치가 있었나 봐요. 전혀 들어줄 필요도 없는 말이었지만요, 나와 드란의 재회를 방해한다는 것은 용서할 수 없었어요."

드라미나가 나의 가슴에 파묻었던 얼굴 방향을 불쑥 바꿔서 이쪽을 올려다본다. 약간 고개를 내밀면 곧장 입맞춤할 수 있는 거리에서 살짝 토라진 모습으로 입술을 삐죽거리고 있었다.

마치 어린아이 같았지만, 본인 나름의 화가 났다는 표현이었나 보다.

아마도 나 이외의 아무에게도 보여주지 않았을 몸짓인지라 나는 더욱 흐뭇하게 웃었다.

"그랬구나. 너와 재회하기 전에 쓸데없는 싸움을 먼저 마쳐야 했지. 귀찮은 상대였다는 말은 틀림이 없군."

"그러게 말이에요. 나는 이렇게 쭉 드란의 품속에 안기고 싶은데 저것들은 가만히 지나가주지 않는 거예요."

말을 마치자마자 드라미나는 다시 내 가슴팍에 얼굴을 묻고 킁 킁 자그맣게 소리를 내며 냄새를 맡기 시작했다.

가끔 세리나도 비슷한 행동을 하는지라 익숙하다만 무엇이 좋아 이러는 건가?

나야 살짝 간지럽기만 할 뿐이니 얼마든지 가만 받아줄 생각이 기는 한데.

그나저나 드라미나의 앞날을 생각했을 때 오버 진이라는 조직은 역시 어떻게든 결판을 내야겠군.

"……드, 드란!"

내가 상념에 잠긴 동안에 대단히 다급한 분위기로 크리스티나 양의 목소리가 들렸다.

무슨 일인가 싶어 돌아봤더니 사념룡을 반구현화한 레니아가 눈에 휙 들어왔다. 크리스티나 양이 뒤에서 두 어깨를 붙들어 잡고, 그뿐 아니라 세리나가 마비의 마안을 구사해서 죽기 살기로 움직임을 막으려 하고 있다.

"다들 무엇을 하는 건가?"

대강 어떠한 상황인가 짐작은 되었다만, 먼저 당사자에게 사정 이야기를 듣도록 하자.

"끄으읏, 너, 너와 드라미나 씨가 보란듯이 달라붙어서, 레, 레니 아가 인내의 한계를 넘어버린 것 같아. 무, 무슨 힘이지. 내가 전 력으로 강화 마법을 사용 중이고, 세리나도 마안을 써주는데……!"

"드드드드, 드란 씨, 빨리 레니아 씨를 달래주세요~. 솔직히, 저도 드라미나 씨가 부럽기도 하고 질투도 나고 레니아 씨의 마음에 엄청 공감하는데요. 지금 레니아 씨는 좀 위험하다고요!"

크리스티나 양뿐 아니라 세리나도 몹시 다급한 목소리다.

그 원인이 된 레니아에게 시선을 보내니……. 흠, 과연. 지금 레니아는 정말 나찰녀라고 불러줘야 할까, 아니면 귀신인가. 눈은 핏발이 서서 가장자리가 치켜 올라갔고, 입술이 젖혀져서 이빨이 훤히 드러나 있다.

거참, 잠시간 재회의 인사를 나누었을 뿐인데 이렇게 질투의 불꽃을 쏟아 낼 줄이야. 레니아도 독점욕이 대단하군. 평소 나에게 보인 집착의 강한 정도를 떠올리면 오히려 당연한 반응인가.

그런 아이의 앞에서 부주의하게 실수를 저질렀군. 드라미나와 재회한 덕에 스스로도 몰랐을 뿐 제법 들떠 올랐나 보다.

레니아는 크리스티나 양과 세리나에게 붙들려 못 움직이는 와중에도 열화와 같은 질투와 노여움을 마구 흩뿌리고 있다.

한시라도 빨리 달래주기 위하여 나는 왼손으로 가볍게 드라미나의 허리를 토닥이며 신호를 줬다.

내 몸을 놓아달라, 정확하게 의도는 전해졌을 것이다.

"드라미나."

내 가슴에 얼굴을 묻은 드라미나의 귀에 입술을 가까이 가져가서 어린 자매를 타이르듯이 속삭이자 드라미나는 얼굴을 들어 올리고 몹시 아쉬워하는 표정으로 나를 마주 바라봤다.

아니, 단순히 아쉬워하는 것이 아니라 진정 유감스러워서 못 견디겠다는 듯이 비애의 감정이 강하게 떠오른 눈썹과 눈동자, 꼭 오므라든 작은 입술이 말보다 더한 웅변으로 표현해주고 있다.

드라미나는 나와 떨어지기를 거부하며 싫어 싫어, 작게 고개를 흔들었다. 그러나 레니아의 기세가 점점 더 심각하게 흉악해지는 데다가 애써 붙잡아주던 세리나와 크리스티나 양이 궁지에 처했음을 깨닫고 고집을 내려놓아줬다.

끝까지 가득 차올랐을 미련과 함께 드라미나는 얼굴에서 서글픔의 감정을 지운 뒤 살며시 미소 지으며 바람에 날리듯이 내게서 떨어졌다.

그런 다음에야 본인의 행동을 돌아봤는지 뺨을 부끄러움이 담긴 주홍색으로 물들이며 내게서 눈을 돌린다.

"겨우 당신과 만난 기쁨에 조금 어린아이 같은 짓을 저질러버렸어요. 모쪼록 잊어줘요, 드란."

"설마. 이토록 귀여운 네 모습을 어떻게 잊을 수 있겠어. 더구나 나와 만난 기쁨이 이유라면 남자로서 이보다 더 자랑스러운 일은 없지. 그리고, 언제든 네가 원하는 때 포옹 정도야 할게."

내 말에 드라미나는 얼굴에 작은 태양이 반짝 출현한 것처럼 밝은 미소를 띠어 보였다.

흠, 나를 대하며 꾸밈없이 천진난만한 모습을 보여주는 드라미나는 이보다 더 귀여울 수가 없다.

무심코 또 끌어안고 싶다는 충동이 솟구쳤다만, 더 이상 방치했다가는 레니아가 어떻게 될지 알 수가 없어서 잠깐 감정을 마음속 깊이 밑바닥에 밀어 넣었다.

"정말이죠? 드란, 나중에 역시 거짓말이었다는 둥 시치미 떼면 안 돼요. 혹시라도 모른 척하면 나는 울어버릴지도 몰라요."

"그래, 약속할게."

"진짜 약속한 거예요. 믿을게요."

내가 약속을 저버린다면 드라미나는 정말 울어버릴지도 모른다. 스스로 돌아봐도 정말 어찌 이렇게나 잘 따라줄 수 있는가 싶군.

드라미나의 머리를 가볍게 쓰다듬어주고 크리스티나 양이 안간힘을 다하는 표정으로 두 어깨를 둘러 잡아서 저지하고 있는 레니아를 향해 다리를 움직였다.

"레니아."

눈에 핏발이 서서 노여움과 질투를 온몸으로 방출하던 레니아가 나의 주목이 자신에게 향함을 인식하자 조금이나마 제정신을 차린다.

"드드드드, 드란 님! 저 자식이, 저자식이이이이이이이이이 ˝#$%&(˄."

흠, 분노가 과한 나머지 인간의 목에서 나올 수 없는 소리가 터져 나오는군.

"크리스티나 양, 세리나, 이만 레니아를 놓아줘도 좋아."

"끄읏, 그, 그래도, 괜찮은 건가? 지금 당장이라도 드라미나 씨를 덮쳐버릴 기세이다만…….."

크리스티나 양은 전력으로 제압해 두고 있음에도 불구하고 레니아의 터무니없는 힘과 사념의 무시무시함을 느끼며 드라미나의 안전을 걱정해줬다.

그것은 눈동자에 있는 힘껏 마력을 주입해서 마비의 마안으로 레니아의 움직임을 막아주려고 하는 세리나도 마찬가지였다.

"그냥 덮치는 게 아니라 더욱 무서운 짓을 저지를 기세인데요?"

"레니아가 무엇을 하든 곧바로 내가 막을 테니까 문제는 되지 않아. 그보다 두 사람 모두 슬슬 한계가 가까울 텐데. 어서 놓아주자."

"확실히, 너라면 레니아가 상대여도 쉽게 제압할 수 있겠지……. 좋아, 세리나!"

"네, 네엣. 하나, 둘…… 셋."

신호와 동시에 크리스티나 양이 레니아의 몸을 놓았고, 세리나도 역시 마비의 사안을 해제한다.

육체의 자유를 되찾은 레니아는 반구현화시켜 놓았던 사념룡을 해제하더니 걸음을 디딘 지면이 폭발할 것 같은 기세로 도약했다.

그러나 레니아가 표적으로 삼은 대상은 여태 울분을 토했던 드라미나가 아니라 바로 나였다.

세리나와 크리스티나 양은 틀림없이 곧바로 드라미나에게 달려들리라 예상했었는지 레니아가 뜻밖의 행동에 나서자 움찔 놀라며 눈이 휘둥그레졌다.

굶주린 맹수가 먹잇감의 숨통을 끊기 위해서 덤벼드는 듯한 기세였다만, 딱히 나를 해치려는 의도가 있지는 않다.

레니아는 즉각 나에게 몸을 날렸다.

작은 체구여도 기세가 더해졌다는 까닭도 있어서 제법 큰 충격이 내 몸에 덮쳐들었다.

자, 과연 레니아는 나를 어떻게 하고 싶었을까?

그런 나의 의문은 아랑곳 않고 레니아는 가느다란 팔다리를 내 몸에 단단히 옭아매서 강철과 같은 구속력으로 달라붙어 있을 뿐이다.

"레니아?"

드라미나에게 해준 것처럼 머리끝을 깔끔하게 잘라 다듬은 레니아의 흑발을 쓰다듬고 이름을 불러 진정시켜본다. 다만 웬일로 반응은 돌아오지 않고 레니아는 곧바로 내 가슴팍에다가 아픔이 느껴질 만큼 얼굴을 세게 누르면서 좌우로 움직였다.

게다가 아직 만족을 못 하고 팔다리를 재주 좋게 움직이며 온몸을 아득바득 문질러 댄다.

관점에 따라서는 음란한 행위에 열중하는 모습으로도 여겨질 터이나 내가 받은 인상은 좀 다른 부류였다.

……그거다.

개와 고양이 같은 동물이 자기 영역을 주장하기 위해 소변을 보거나 자기 몸을 문질러서 냄새를 묻히는 행위와 거의 비슷하지 않은가?

"으으으으으으으으~~~~~~~."

레니아는 나이에 비해 자그맣고 가녀린 까닭도 있어 머리와 사지를 꽉꽉 가져다 비비적거려도 딱히 이성이라 의식되지가 않을뿐더러 나를 아버지처럼 따라주는 녀석인 만큼 정욕이 자극되지도 않는다.

숨 돌릴 짬도 내던지며 내 몸에 묻어 있다는 드라미나의 냄새를 — 내 견해로는 절대 나쁜 냄새가 아니다 — 열심히 자기 냄새로 덮어 지우려는 레니아에게 나는 어떻게 반응해야 되는지 알 수가 없었다.

아니, 이러한 상황을 맞이하여 올바른 대응이란 것이 애당초 존재할 수 없지 않겠는가.

성대하게 저질러주는 레니아의 기행을 목격하고 드라미나와 크리스티나 양은 멍하니 입을 벌리고 있을 따름이었다만, 세리나는 응응 고개를 끄덕거린다.

나에게 본인 이외의 여성이 묻힌 냄새가 나는 것은 싫다는 점에서 같은 의견인가 보다.

"다른 여자 냄새는 안 돼요. 싫어, 싫어, 싫어요."

레니아는 나의 반응조차 아랑곳 않은 채 흡사 마음에 깊은 병을 앓는 아이처럼 자기 냄새를 꾹꾹 묻히는 작업에 몰두하고 있다.

어디, 이렇게 쭉 레니아가 직성이 풀릴 때까지 가만 놔두든가, 아니면 달리 더 무엇인가 이 아이의 주의를 끌 사태가 발생하지 않는 한 어찌할 도리가 없겠다.

조금이라도 빨리 레니아가 진정하길 바라며 긴 흑발을 쓰다듬고 아기를 달래는 요령으로 등을 가볍게 톡톡 두드려준다.

"저렇게 학을 뗄 만큼 냄새가 심한가요?"

너무나 레니아가 필사적인지라 드라미나는 자신이 정말 냄새가 심한가 신경 쓰여서 본인의 소맷자락이나 옷깃에 코를 가져다 대서 확인하고 있었다.

분명 여성이라면 갑자기 냄새난다는 말을 들었을 때 신경 쓰이는 것이 당연할 테지.

물론 드라미나에게 결코 안 좋은 냄새가 날 리야 없다만, 지금 이 상황에서 굳이 입에 담았다가는 레니아가 또다시 폭발해버릴 테니까 입을 다물 수밖에 없겠다.

이렇듯 다른 사람이 보기에는 영문을 알 수 없는 상황이 잠시 더 이어졌다.

레니아의 냄새 덮어쓰기가 수습 국면에 들어설 때를 가늠하여 나는 가만히 이마에 손을 가져다 대서 얼굴을 들어 올리도록 했다.

"레니아, 이제 좀 마음이 풀렸어?"

나의 물음이 드디어 귀에 들어왔는지 레니아는 새끼 고양이처럼 코를 킁킁대며 내 가슴과 목덜미의 냄새를 확인한다.

"흥흥흥흥……. 이제야 좀 드란 님에게서 싫은 냄새가 얼마간 제거됐습니다, 일단은."

"그런가, 마음이 풀렸다면 다행이야. 슬슬 내게서 떨어져줘도 괜찮지 않을까?"

겨우 광기를 누그러뜨린 레니아에게 떨어져달라고 제안해봐도 더 말을 보탤 여유도 없이 거절이 돌아왔다.

"아니요, 절대 안 됩니다."

레니아는 변함없이 나와 사지를 옭아매는 자세 그대로 나에게서 떨어지라는 말은 천지가 멸망해도 결코 받아들일 수 없다며 표정으로 말하고 있다.

나는 살짝 머리가 아파짐을 느꼈다.

"저렇게 타자의 피를 빨아 마시지 않으면 살아갈 수 없는 기생 생물일 뿐 아니라 왠지 드란 님의 기운마저 풍기고 있는 작자입니다. 방금 전 껴안았을 때 귀하신 몸에 어떤 불상사가 벌어졌을지 짐작도 되지 않습니다. 문제가 없다 확인을 마칠 때까지는 저 레니아, 드란 님에게서 떨어질 생각은 털끝만큼도 없습니다."

제법 야무진 표정을 짓고 말을 늘어놓은들 다른 사람한테는 정말이지 멍청한 장면으로 보일 뿐이란다, 레니아.

드라미나는 다행히 기생 생물 취급에도 기분이 상한 모습은 아니었다. 우선은 냄새 발언에 신경이 쓰이는 듯 세리나에게 다가가서 물어보고 있었다.

세리나는 드라미나와 말을 나누는 한편 이따금 내게 달라붙은 레니아 쪽을 힐끔힐끔 부러워하며 돌아본다.

그러고 보니 크리스티나 양과 레니아가 온 다음부터 세리나는 내 몸을 둘러 감아서 잠드는 것을 자숙했던지라 신체 접촉에 굶주렸을 테지.

흠, 나중에 뜨거운 포옹을 열 번, 스무 번쯤 나눠줘야겠구나, 이래서야.

"레니아, 사실은 단지 이렇게 붙어 다니고 싶어 지어낸 핑계가 아니라고 내 눈을 보면서 진심으로 자신할 수 있을까?"

가만히 큰 눈동자를 바라보면서 묻자 레이나는 자못 찔리는 구석이 있다는 듯한 표정으로 으으, 신음한다.

역시나 당당하게 나를 부둥켜안기 위한 구실인가.

나에게 품은 호의에서 비롯된 행동이라지만, 아이고…….

"으으, 사실은, 그게……. 모처럼 드란 님께서 있는 곳까지 왔는데도, 저기 뱀 여자와 용을 해친 불한당까지 있는 바람에 이렇게 당당하게 붙어서 다닐 수 없었으니까요……."

흠, 세리나와 크리스티나 양 앞에서는 나에게 안겨 들기를 자숙하고자 주의할 정도로는 레니아에게도 부끄러움의 감정이나 상식이 갖춰진 듯하다.

"때와 장소를 잘 분별만 하면 그 정도의 부탁이야 얼마든지 들어 주도록 하지. 그런 정도의 도량은 내게도 있어. 다만 지금은 세리나와 드라미나의 눈이 있잖니. ……게다가 「달갑지 않은 초대」도 받게 되었구나. 그러니까 이만 떨어져주렴."

내가 입 밖에 담은 말에 포함된 불온한 울림을 알아차리고 레니아는 흐물흐물 넋이 나갔던 눈을 칼날처럼 예리하게 다잡더니 내 어깨 너머로 시선을 달려 보냈다.

푸른 하늘과 하얀 구름만이 펼쳐져 있는 저곳에서 무엇인가를 발견한 레니아가 온몸에서 험악한 기세를 피워 올리다가 떨떠름하게나마 나를 놓아줬다.

"분명히 드란 님의 말씀대로 웬 잡것들의 눈이 있습니다. 방금 전까지 벌어졌던 전투도 훔쳐봤겠지요. 거슬립니다."

이쪽으로 가까이 다가온 세리나에게는 레니아가 중얼거린 말이 들리지 않았는지 우리의 굳은 얼굴을 보고 의아하다는 표정을 짓는다.

"레니아 씨, 무슨 일이에요? 드란 씨한테 안겨 있던 것치고는 의외로 기분이 안 좋아 보이네요, 뭔가 문제가 있을까요?"

"흥, 너는 역시나 아직 멀었구나. 이런 꼴이면 언제까지 드란 님을 따라갈 수 있을지 알지 못한다. 봐라, 마음에 들진 않는다만 저쪽의 흡혈귀는 이미 알아차렸다. 아무리 과학과 마법 두 기술로 은폐했다지만, 저런 정도는 꿰뚫어 볼 안목을 갖춰라. 뭐, 저쪽에서 마중할 사람을 보내오는군."

레니아의 말대로 「저것」의 접근을 알아차린 사람은 나와 드라미나, 레니아뿐.

그러나 우리가 경계하고 있음을 알아차린 뒤 세리나와 크리스티나 양도 전투가 아직 끝나지 않았다는 것을 이해하고 새삼 전투태세를 갖췄다.

굳이 설명을 안 늘어놓아도 주변 분위기를 민감하게 감지하여 상황을 파악하는 뛰어난 능력은 세리나도 크리스티나 양도 대단하다고 말할 수 있겠다.

다음 순간, 우리가 올려다보는 하늘 일부가 아지랑이처럼 일렁이며 나무로 뒤덮여 있는 거대한 암석 덩어리 위에 무수히 많은 건물이 쭉 늘어선 성채가 모습을 드러냈다.

우리의 시선이 집중됨에 따라 더 이상은 은폐의 의미가 없음을 알아차렸을 테지.

"으음, 슬라니아와 같은 하늘을 나는 섬인가."

갑작스럽게 출현한 부유성에 놀람을 표시하는 한편 크리스티나 양은 허리에 찬 엘스파다의 자루에 손을 뻗어서 언제든 뽑아 들 수 있도록 대비했다.

"저번처럼 천공인의 유산 같네요. 저렇게 큰 물체를 하늘에 띄우는 기술은 어느 나라에도 없을 테니까요. 슬라니아의 사람들도 마찬가지였지만, 천공인의 유산을 사용하는 걸 봐서 드라미나 씨를 공격했던 아까 전 사람들과 같은 일당이겠죠?"

가만히 머리 위 성을 올려다보며 중얼거린 세리나에게 나는 동의의 말을 건넸다.

"아마도 틀림없을 거야. 방금 전 사내들이 드라미나와 싸울 때부터 저곳에 떠서 상황을 살펴보더군. 오버 진을 없애버릴까 생각하던 참이었는데 굳이 거점을 통째로 들고 나타나줬군. 수고를 덜수 있어서 잘됐어. 자, 초인종이 나오는 건 확정일 테고 무엇이 더튀어나오려나."

잠시 위쪽을 쳐다보려니까 레니아가 발언했던 대로 우리의 눈앞에 부유성에서 마중을 나온 인물이 모습을 나타냈다.

지면 위에 황금색으로 빛나는 마법 문자와 원환이 조합된 마법진이 그려지더니 공간이 비틀리고 구부러져서 한 명의 남자가 출현한다.

올려다봐야 할 만큼 키가 크고, 척추 대신에 강철의 심을 꽂아넣은 것처럼 꼿꼿하게 선 자세. 어깨 너비도 넓고 탄탄한 훌륭한체격에다가 주름 하나 없는 집사복을 둘러 입었다.

온통 새하얗게 물든 머리카락을 빗질해서 뒤로 넘겼고 코 아래와 턱에서 자란 수염도 깔끔하게 손질했기에 그야말로 집사라 말할 수밖에 없을 노령의 남성이다.

"처음 뵙겠습니다. 인사드리지요, 저는 마도사 바스트렐 님을모시고 있는 록퍼드라는 사람입니다. 사전에 양해도 구하지 않고이렇듯 여러분 앞에 방문하게 된 무례를 아무쪼록 용서해주십시오. 저의 주인, 바스트렐 님이 꼭 여러분과 만나고 싶다 말씀하시는지라 자리를 마련했습니다. 여러분께도 달리 일정이 있으실 터이나 부디 방문을 요청드리고자 이렇듯 찾아뵈었습니다."

록퍼드는 하얀 장갑에 감싸인 오른손을 가슴께에 가져다 대서 깊숙이 허리 숙이며 용건을 말했다.

우리는 결코 환영의 뜻이 담기지는 않은 시선을 보냈지만, 록퍼드에게 동요하는 기색은 없다.

주인의 명령이라면 그 결과로 죽음이 찾아들더라도 감수하는 인종인가. 종자의 이상형 중 하나라고 말할 순 있겠군.

"나 한 명이 아니라 이곳에 있는 모두를 말인가요?"

드라미나가 싸늘한 목소리로 의문을 표시한다.

"예. 다만 드라미나 님께서 데려오신 슬레이프니르들은 굳이 초대하지 않아도 무방하다고 바스트렐 님의 말씀이 있으셨습니다. 물론 저희 쪽 시설에서 기꺼이 돌봐드릴 테니 개의치 않으셔도 괜찮습니다."

"드라미나, 난 딱히 상관없어. 이 기회가 아니더라도 조만간에 우리에게 뭔가 행동을 개시했으리란 건 쉽게 상상할 수 있지. 그렇다면 이번 분쟁을 한꺼번에 마무리 짓는 데 마침 적당하군. 세리나와 크리스티나 양은 어떻게 하겠어?"

"물론 따라갈게요. 드란 씨와 함께라면 어디에 가든 무섭지 않아요. 다만……."

세리나는 부유성으로 가는 데 반대의 뜻은 없는 모습이었지만, 무엇인가를 주저하며 말을 흐렸다.

크리스티나 양도 비슷한 마음이었는지 세리나가 머뭇거리던 말을 이어서 꺼냈다.

"나도 따라가고 싶은 마음이기는 한데 이번에는 상대가 아무래도 나나 세리나의 실력으로는 유감스럽게도 걸림돌이 될 것 같아.

이런 처지에서 동행해도 괜찮은가 못내 망설여지는군."

"음, 확실히. 이번에는 숫자야 비록 적지만, 고르네브의 해마나 엔테의 숲의 마병들보다 질이 놓지. 바스트렐의 실력이 클레버나 위우보다 떨어질 리도 없고, 두 사람이 걱정을 먼저 느끼는 것은 당연하겠어. 그러나 괜찮아, 이번에는 별로 힘을 아낄 생각이 없어. 그렇다면 두 사람이 나의 눈 닿는 곳에 있어줘야 오히려 안심할 수 있을 테지."

얼마간 세리나와 크리스티나 양이 듣기에는 불편한 말뜻이 포함되었지만, 그럼에도 두 사람이 같이 따라와야 도리어 대처가 수월해진다.

크리스티나 양은 어느 정도는 체념하고 있던 눈치로 후련하다는 표정을 짓고 쓴웃음을 지어 보였다.

"역시 짐덩어리 신세가 되나. 걸림돌이 되는 건 오랜만에 겪는 체험이야. 두 번 다시 이렇게 되고 싶지 않아서 오늘까지 열심히 노력해왔는데 도무지 잘 풀리지를 않네."

어머니에게 의지해서 살았던 어린 시절의 기억을 떠올렸는지 크리스티나 양의 표정에는 몹시 씁쓸해하는 기색이 묻어 있었다.

"레니아는…… 뭐, 물을 필요도 없나."

"당연합니다. 설령 전쟁신의 본거지일지라도 명계의 최심부일지라도 저는 기꺼이 따라가겠습니다."

"그렇게 말해주니까 기분은 나쁘지 않지만, 역시 너는 나에게 너무 열중하는구나. ……자, 록퍼드 씨, 우리 의견은 정리됐습니다. 주인이 있는 곳으로 안내해주시지요."

모두를 대표해서 내가 말하자 록퍼드는 표정 한 번도 바뀌지 않고 머리를 수그렸다.

그 몸동작은 흠잡을 데가 없는 완벽한 예법이었다.

모시기로 한 주인을 잘못 선택했다는 것 이외에는 훌륭한 집사라고 평가할 수밖에 없겠다.

"삼가 받듭니다. 그러하시면 여러분, 이대로 공간 전이를 사용하여 저쪽에 있는 부유성 에덴 슈바인으로 입성하신 뒤 그다음에는 바스트렐 님이 계신 곳으로 안내해드리겠습니다."

말을 꺼낸 뒤 왼손을 들어 올리는 동작에 맞춰 록퍼드를 중심으로 빛나고 있던 마법진이 순식간에 우리의 발밑까지 뻗어 펼쳐졌다.

부유성 내부로 전이하기 직전, 드라미나가 슬레이프니르들에게 마을로 돌아가도록 지시를 한다.

"우리는 이제부터 저 성으로 이동합니다. 너희는 먼저 베른 마을로 돌아가 있으세요. 그리 긴 시간이 걸리지는 않을 테니까 얌전하게 기다려주도록 해요."

슬레이프니르들은 주인이 위험한 곳에 가려고 함을 알아차리고 항의의 울음소리를 쏟아 냈다만, 드라미나에게 번복할 뜻이 없음을 깨달은 뒤 서글프게 머리를 숙인 다음에 나를 지그시 쳐다봤다.

주인을 잘 부탁하겠다, 뜻을 전하는 녀석들의 눈동자에 나는 고개를 위아래로 끄덕여서 대답해줬다.

내가 동행하는 이상 바스트렐이라는 작자가 상대이더라도 드라미나에게 상처 하나 입도록 놔둘 생각은 없다. 물론 드라미나뿐 아니라 모두 마찬가지다만.

슬레이프니르들이 거리를 벌려 멀어지는 것을 확인한 뒤 록퍼드는 전이 개시를 선언한다.

"그럼 여러분, 준비는 다 되셨습니까? 이제 곧 전이를 시작하겠습니다."

명멸을 반복하는 전이 마법진이 단 한 번 밝게 발광해서 우리를 머리 위쪽의 하늘에 떠 있는 성으로 옮겨 놓았다.

†

우리가 마력의 빛에 감싸였던 것은 글자 그대로 한순간이었다.

혹시 상대가 저마다 다른 장소로 전이시켜서 수작을 부릴까 싶어 경계했었다만, 무사히 전원이 같은 장소로 도착했고 얼굴이 안 보이는 일행은 없었다.

"이리 오시지요."

록퍼드의 뒤에는 장엄하다는 말밖에 할 수가 없는 흑색 화강암 재질의 거대한 문이 우뚝 서 있었다.

우리를 선도하며 록퍼드가 자연스럽게 열린 문 안쪽의 길을 따라서 걸음을 내디딘다.

대형 거인족이나 심홍룡 모습의 바제라도 여유롭게 걸어 다닐 만큼 큰 복도에는 새카만 융단이 깔려 있었고 좌우 벽에는 일정 거리마다 푸른 불꽃을 피워 올리는 황금 촛대가 늘어서 있다.

그 밖에도 마수 및 영수의 박제를 장식해 놨고, 지상계가 아닌 이계의 풍경화를 걸어 두었다. 모두가 마도에 발을 들여놓지 않으면 손에 넣을 수 없는 이계의 분위기가 풍기는 물품들이다.

고요함 안에 숨겨진 이질적인 분위기를 감지해서인가, 어쩐지 세리나와 크리스티나 양은 안절부절못하는 모습이다.

그런 모습을 가만히 보기 어려웠을까, 나의 좌측을 차지하고 있던 드라미나가 뒤쪽에서 걸어오던 크리스티나 양에게 말을 건넸다.

"당신과 만나는 것은 이번이 처음이었죠. 너무 경황이 없어 자기소개가 늦어져버렸던 것을 사죄드려요. 정식으로 인사드리도록 하죠. 드라미나 페이오리르 발큐리오스라고 합니다. 일전에 드란에게 신세를 졌던 뱀파이어예요."

그렇게 말한 뒤 우호적인 미소를 짓는 드라미나에게 크리스티나 양은 살짝은 몸을 굳혔을지언정 곧 부드럽게 미소 지었다.

자신과 동등하거나 더욱 아름다운 뱀파이어 여성을 앞에 두고 긴장한 탓이려나.

"크리스티나 맥시우스 알마디아입니다. 당신에 대한 말들은 드란과 세리나에게 들었습니다. 분명 두 사람이 절찬한 대로 아름다운 분이십니다. 정말로."

크리스티나 양이 웬일로 멍한 목소리를 내는 이유는 드라미나의 아름다운 용모를 빤히 쳐다보고 있는 까닭일 테지.

"고마워요, 당신도 무척 아름다운 분이신걸요. 세리나 씨뿐 아니라 당신 같은 분까지 드란의 바로 곁에 있다니까 마음이 자꾸 불안해지는 기분이네요."

"아니요, 저 따위야 드라미나 씨에게 훨씬 못 미치지요. 그러나 세리나가 당신과 드란의 재회를 두려워하던 이유는 방금 전 분명하게 알았습니다."

"어머, 세리나 씨가 말인가요?"

드라미나는 세리나에게 미움을 받고 있는가 싶어 서글프게 눈살을 좁혔다만, 그것이 오해임을 잘 아는 크리스티나 양은 살짝 재미있어하며 웃었다.

"네. 세리나가 말하기를 당신은 드란을 몹시 사랑하며 무척 사이가 좋기 때문에 방심할 수가 없다더군요. 확실히 아까 본 당신과 드란은 매우 사이좋은 모습이었죠. 가만 옆에서 보기에는 유쾌한 광경이었습니다만 세리나는 꽤 많이 속을 끓였습니다."

"어머, 어머나. 아니에요, 아까 전에는 오랜만에 드란과 만난 기쁨에 나 스스로도 창피한 짓을 저질렀다고 생각하던 참이에요."

진심으로 부끄러워하며 얼굴을 붉힌 드라미나를 보고 크리스티나 양은 자그맣게 중얼거렸다.

"그래, 이건 반칙이지……."

부유성 내부의 이질적인 분위기에 압도되었던 세리나도 같이 대화를 듣던 사이에 완전히 긴장이 풀렸는지 입을 열었다.

"그치만 진짜인걸요. 드란 씨와 드라미나 씨는 엄청나게 상성이 잘 맞으니까 금세 사이가 좋아져버렸단 말이에요?"

열기를 띤 음성으로 소리 높이는 세리나에게 드라미나가 온화하게 미소 띤 얼굴로 대답했다.

"어머, 내가 보기에는 언제나 드란의 곁에 함께할 수 있는 세리나 씨가 부러운데요?"

"그거야 뭐……. 저도 은근히 뿌듯하기도 하고 자랑스럽다는 생각은 드는데요……. 드라미나 씨도 나라에서 볼일을 마친 다음에 오신 게 아니에요? 그럼 이제부터는 드란 씨의 곁에서 계속 머무를 수 있잖아요. 맞아요, 절대 방심하면 안 돼요, 큰일 난다고요!"

레니아는 세 사람의 대화에는 전혀 흥미를 표시하지 않고 묵묵히 걸음을 내디디고 있다.

흠, 그러고 보니 드라미나는 이후에 어떻게 지낼 계획이려나? 내 얼굴을 본 이후에는 다시 고향으로 돌아가는 것인가, 아니면 세계 곳곳을 여행하려나?

이번 전투를 마친 이후로 생각을 옮기던 중에 록퍼드가 어떠한 문 앞에서 걸음을 멈췄다.

천천히 문이 열리자 성 안쪽과는 다른 청정한 공기가 즉각 우리를 둘러싼다.

문 너머에서는 시원하게 트인 푸르른 하늘이 펼쳐져 있었다.

아마 옥외로 나온 듯싶다.

하늘이 비추어서 짙은 푸른색으로 물든 호수의 근처에는 무수히 많은 꽃들 안쪽에 건설한 정자가 있었다.

"바스트렐 님은 저쪽에서 기다리고 계십니다."

록퍼드의 인도를 따라 꽃밭의 안쪽에 깔린 돌바닥 길을 나아간다.

정자에 가까워짐에 따라 그곳에 앉아 있는 인영이 눈에 들어왔다.

끝없는 밤의 어둠을 연상케 하는 싸늘한 인상의 흑발을 등 뒤로 늘어뜨렸고 남자로도 여자로도 볼 수 있을 절세의 미모를 가진 인간이었다.

비단의 광택이 눈부신 하얀 셔츠에 검은 바지를 입었고 그 위에

금사를 쓴 자수가 곳곳에 놓인 푸른색 망토를 두르고 있다.

단지 가만히 머무르기만 해도 세계의 축복과 총애를 한 몸에 받을 수 있을 만큼 아름답다.

그렇다, 아름다웠다. 드라미나나 크리스티나 양과 나란히 서도 광채가 바래지지 않고 유지될 만큼.

아직 스물을 얼마 넘기지 않은 젊은이로 보인다만, 저 몸에서 우러나오는 분위기는 인상에 상반되는 관록과 정체를 가늠할 수 없는 아득함을 같이 지니고 있다.

"바스트렐 님, 손님분들을 모시고 왔습니다."

"수고 많았어요, 록퍼드. 그대는 이만 물러나도록 하시죠. 이제부터는 저희들끼리 대화를 나눠야 할 테니까요."

"분부 받듭니다. 그러면 여러분, 저는 이만 실례하겠습니다. 모쪼록 좋은 시간을 보내시기를 기원하겠습니다."

노집사의 모습이 문 너머로 사라진 다음 온 세상에 악명을 떨친 마법사는 장의자에서 일어나더니 우리의 앞으로 걸어 나왔다.

머리카락 한 올, 손톱의 끝, 시선에 이르기까지 방대한 마력이 깃든 인간형의 강대한 마력 덩어리라고 형용하고 싶어질 만큼 인간의 영역을 초월한 힘의 주인이었다.

"처음 뵙겠습니다, 여러분. 제가 마도 결사 오버 진의 총사, 바스트렐입니다. 아니면 대마도사라는 호칭이 더 익숙할까요? 듣자하니까 여러 나라에서 제게 저러한 호칭을 붙여 싫어하는 것 같기도 하고요. 후후."

의미심장하게 웃는 바스트렐을 상대로 먼저 말문을 연 사람은 드라미나였다.

"굳이 그대의 초대에 응한 까닭은 시답잖은 대화를 나누기 위함이 아니다. 어째서 나를 노렸고, 또한 나뿐 아니라 드란과 다른 일행들까지 초대했는가 그 목적을 묻기 위함이지. 아울러 해명의 내용에 따라서는 지금 이곳에서 그대의 운명을 끊어버릴 수 있다. 말을 잘 골라서 대답하는 것이 좋겠군. 물론 거짓을 늘어놓는다면 자비는 없을 줄 알아라."

절대자 바스트렐과 마주한 뒤 이제껏 온화했던 분위기는 온데간데없이 드라미나는 냉엄한 여왕으로 돌변했다.

다만 이러한 위압감에 정면으로 곧장 노출됐음에도 바스트렐은 마이동풍으로 흘려버릴 뿐 털끝만큼도 태도가 달라지지 않았다.

흠, 과연 대담한 담력이군. 그러나 어째서일까, 바스트렐을 직접 목격한 이후부터 무엇인가 머릿속 안쪽— 아니, 혼이 경계심을 품으라 하고 있다.

경계가 아닌, 혐오인가?

나는 도대체 바스트렐의 무엇 때문에 혐오라는 감정을 느끼는가?

"이런, 놀랍습니다. 자비 깊다며 칭송을 받는 드라미나 여왕 폐하가 웬 무시무시한 말씀을 입에 담으시는군요. 저의 조그만 심장이 당장에라도 멈춰버릴 것 같습니다. 후후, 바라건대 무서운 표정은 거두어주십시오. 여러분도 이미 눈치채지 않으셨습니까? 예, 별것 아닙니다. 지극히 세속적인 목적에 불과하지요. 우선 세상에 있는 신기 중에서도 최상위에 위치하는 뱀파이어의 여섯 신기를 수중에 확보하는 것. 그다음은 시조 이후로 사상 처음으로 여섯 신기를 전부 다룰 수 있는 폐하의 옥체를 손에 넣어서 그 혈육 및 영혼을 낱낱이 조사하는 것. 단순 명쾌한 목적입니다. 후후, 그리고 여러분에게 목숨을 잃어버리고 말았던 제자들의 원수도 갚아주도록 할까요. 제법 쓸모가 있는 충실한 부하들이었으니까요."

바스트렐은 장황하게 말한 뒤 자못 즐거워하며 눈웃음을 지었다.

"다만 제자들에게는 알려주지 않았습니다만, 드라미나 폐하, 당신에게는 개인적인 흥미가 있습니다. 당신이 언제 「그 힘」을 손에 넣었는가……. 저 역시 그런대로 오래 살아왔습니다만, 이제야 간절히 찾던 목표를 발견한 상황인 터라 부끄럽게도 기쁨으로 몸과 영혼이 떨리더군요."

바스트렐은 열기를 띤 목소리로 계속 말했다.

"그건 그렇고 폐하뿐 아니라 저희 동포인 소녀까지 같이 있다니, 제법 재미있는 인과가 있었나 봅니다. 그쪽에 계신 라미아 아가씨도 라미아라기에는 차마 믿기지 않는 힘을 간직하고 있군요. 아울러 무엇보다도 시선으로 죽이려는 듯이 주시하고 계신 흑발의 아가씨와 그쪽의 소년은……. 오호, 대단히 흥미롭군! 당신들은 참으로 유쾌한 집단입니다. 흥분을 자제할 수가 없군요."

"그래, 역시나 그대를 가만 방치하면 안 된다는 것을 잘 이해했다."

드라미나는 탄식을 마음속으로 묻어 두는 대신에 냉엄하기 짝이 없는 목소리를 발했다.

이미 예상을 한 대답이었다지만, 본인의 입으로 직접 듣게 되니까 역시 짜증이 솟구쳐서 기분도 편치 않다.

나는 다시금 바스트렐을 꼭 배제해야 한다는 사실을 인식했다.

"그러시겠지요. 다만 얌전히 제 손에 들어와주신다면 고통은 최소한으로 줄어들 것을 약속하겠습니다."

"헛소리."

드라미나는 여유로운 태도를 무너뜨리지 않고 바스트렐의 말을 타박한 뒤 순식간에 현현시키는 장검형 발큐리오스로 베어버리기 위해 뛰어오른다.

다만 더욱더 빨리 드라미나의 뒤쪽에서 구현화된 사념룡의 팔이 뻗어 나와서 바스트렐을 틀어잡았다.

"아까 전부터 주절주절 말이 많구나. 드란 님께서 듣고 계시는지라 어쩔 수 없이 묵묵히 기다렸다만, 역시나 귀를 기울일 만한 가치가 없는 잡소리였어."

팔짱을 끼고 사념룡의 상반신을 구현화시킨 레니아가 바스트렐에게 쓰레기를 볼 때와 같은 시선을 보내고 있다.

"레니아, 물론 알고야 있을 테지만……."

내가 지적하자 레니아가 작게 혀를 찼다.

"네. 건방지게도 막아 냈군요. 시답잖은 쓰레기 주제에 의외로 실력이 괜찮습니다."

반투명한 사념룡으로 구현화된 레니아의 흉악 무참한 파괴 의사는 바스트렐이 전방에 전개한 원형 방어 장벽에 의해 완전히 꼼짝을 못 하고 있다.

"성질이 급한 아가씨군요. 부모님께서 가정 교육을 안 하셨나. 후후, 아니면 젊은 나이에 벌써부터 항상 전장에 선 전사의 마음 가짐을 다져 놓았다고 칭찬해드려야 할까요."

흠. 카라비스가 달아 둔 족쇄 이외에는 거의 전성기의 힘을 되찾은 상태에 있는 레니아의 일격을 막아 냈나. 이러면 예상 이상으로 만만치 않은 상대인지도 모르겠군.

살짝살짝 잔기술을 시험할 마음은 들지 않는구나.

평소의 나였다면 상대가 전력을 발휘하도록 유도한 뒤 거꾸러뜨려서 마음까지 꺾는 전법을 선택했을 텐데, 바스트렐은 유독 당장에 배제해야겠다는 느낌을 받게 된다.

나는 애용하는 장검을 뽑아 들어서 방대한 양의 고신룡의 마력을 흘려 넣으며 용조검으로 바꿔 놓았다.

"레니아, 드라미나, 물러나도록 해."

바스트렐에게 달려드는 내 동작에 맞춰 레니아와 드라미나는 마음이 연결되어 있는 사람처럼 좌우로 뛰어 물러나줬다.

바스트렐이 전개한 방어 장벽도 손쉽게 베어 가르는 마력이 담긴 칼날은 곧장 바스트렐의 육체를 두 동강으로…… 잘라야 했다.

그러나 내가 혼에서 만들어 낸 고신룡의 힘으로 전신을 강화한 순간, 그에 호응하듯이 바스트렐이 전개해 둔 방어 장벽의 출력이 현격하게 상승하고 말았다.

따라서 내가 휘둘러 올린 용조검은 경질의 물체가 격돌하는 귀청 찌르는 소리를 내며 움직임을 멈췄다.

"흠?"

무수한 마력 입자가 현란하게 흩어져 간다.

방어 장벽 너머로 나와 시선을 교환한 바스트렐은 약간의 놀람으로 한 차례 눈이 휘둥그레지더니 다시 희열의 미소를 떠올린다.

마치 의문이 확신으로 바뀌기라도 한 듯한 웃음이었다.

그렇다 쳐도 제아무리 초인종이라고 하나 바스트렐이 쓴 방어 장벽의 출력은 전개 가능한 한도를 아득하게 뛰어넘었다.

"일순간에 이토록 많은 마력을 만들어 낼 줄이야, 역시 대단하다고 말씀드릴 수밖에 없겠습니다. 기적이라는 생각밖에 안 드는 운명의 만남입니다."

"그 발언은…… 내게 무엇인가 짐작이 되는 사안이 있나 보군?"

"분명 당신이리라는 확신을 갖지는 못했습니다만, 당신들 중 누군가라는 확신은 할 수 있었지요. 지금 막 받아 내었던 일격으로 이렇게 실감할 수도 있었고 말입니다."

"무엇을, 말인가?!"

깊숙이 밀어 넣은 용조검에 더한 마력을 담아 방어 장벽과의 사이에 브레스를 빼닮은 폭발 현상을 일으켜서 바스트렐을 그 안쪽에 집어삼킨다.

효과 범위는 극히 소규모로 좁혀 놓았으나 삼용황급의 실력자여도 치명상을 입을 만한 힘을 담았다.

"이번에도 안 되는가."

"후후, 훌륭한 파괴력입니다. 효과 범위를 좁히지 않았다면 이 성이 통째로 날아가버렸을 테지요. 역시나, **바로** 당신이었습니다!"

"괜히 의미심장한 표정을 지어 봤자 기분만 나빠진다만."

"어라, 실례를 저질렀군요. 제가 얼굴을 보이면 대부분의 사람들은 기뻐해줍니다만, 당신은 마음에 들지 않았다는 말씀입니까. 저러한 미녀를 두 사람이나 데리고 다닌다면 당연한 반응일 수 있겠습니다. 아니면 역시 신의 영역마저도 능가하는 경지에 달한 존재에게는 저희의 얼굴 따위야 길가의 돌멩이와 다를 바 없는 겁니까?"

저 말투, 설마 저 마법사는 내 혼이 진정 누구인지를 알면서도 싸움을 걸어온 건가? 그렇다면 어떤 수단이 있어 승리의 가능성을 점친다는 말인가?

내 마음속에서 혐오와 경계의 감정이 더욱더 격화되는 와중에 바스트렐의 오른쪽 손바닥으로 새롭게 마력이 집중되더니 한 자루의 검이 나타났다.

눈부시게 밝은 은색으로 빛나는 양날의 칼몸을 형성하고 있는 것은 압축된 무수히 많은 별들이고, 방대한 수의 우주에 뒤지지 않는 물리적 · 영적 질량과 힘을 내포했다.

바스트렐의 손에 쥐인 저 검을 본 순간 나는 호흡마저 잊어버렸다.

더욱이 나와 마찬가지로 검을 본 크리스티나 양이 뒤쪽에서 무릎을 꿇고 허물어졌다.

"와앗, 크리스티나 양, 괜찮으세요?"

크리스티나 양은 왼쪽 어깨를 세리나에게 부축받고, 애검 엘스파다를 지팡이 대신 의지해서 간신히 쓰러지지 않은 채 버티고 있다.

다만 얼굴은 핼쑥하고, 땀이 배어나서 온몸을 흠뻑 적시고 있다.

저런 반응이 마땅함을 나는 내심 납득해야 했다.

크리스티나 양이 영혼에 가지고 있는 「용 살해의 인자」는 저 검을 인식함으로써 더욱더 자기 자신을 괴롭히도록 깊숙이 각인되고 새겨져버렸으니까.

"모, 모르겠어. 다만, 저 검을 본 순간, 심장을 무엇인가에 틀어

잡힌 것 같은 기분이, 드, 드는 바람에, 까닭도 없이 괴로워지는 군. 그런데도, 왜 대체 저 검에서 눈을 떼어 낼 수가 없지. 저것에서 눈을 돌리면 안 될 것 같아. ……그래, 그렇군, 저것은, 저것은 우리의, 나의 원죄이니까."

"크리스티나 양?! 정신 차리세요."

너무나 깊숙이 용 살해의 인자가 각인되어버린 탓에 크리스티나 양의 의식이 교감 상태에 빠져서 「드래곤 살해」라는 죄를 떠안은 용사 본인이 된 것처럼 말을 꺼낸다.

안 되겠군. 어떤 의미로 저 검은 나와 비슷하거나 그 이상으로 인과가 깊은 물건이다.

"후후후, 역시, 역시나 눈빛이 바뀌는군요. 그쪽에 계신 동포 아가씨까지 반응하는 것은 예상외입니다만, 그렇습니까, 그랬던 겁니까. 후후후, 어찌 된 일이란 말입니까. 이 시대, 이 순간에, 이렇게나 인연이 깊은 인물들이 모이다니요. 운명의 여신이라도 차마 간섭할 수 없는 존재들임을 감안하면 이것은 이미 신들마저 예견하지 못했을 기적이나 마찬가지!"

나는 왼손으로 자신의 심장 위를 부여잡으며 바스트렐과 저 수중에 있는 검에 줄곧 시선을 집중했다.

내 가슴에 오가는 것은 슬픔과 허전함과 옛 시절의 고독. 그 전부를 끝마쳐주었던 검을 앞두고 나는 그저 오로지 무겁게 한숨을 내쉴 따름이었다.

"인간의 삶 중에 마주치게 될 일은 없을 것이라 생각했다만, 역시 인생이란 어떠한 일이 일어난들 가늠이 되지 않는구나."

"오오, 그러한 말씀이 나왔다는 것은, 우후후, 짐작이야 했어도 흥분을 억누를 수가 없습니다. 그렇습니다. 이 검이야말로 일찍이 시원의 일곱 용 가운데 일좌, 유일하게 지상 세계에 남아 있었던 고신룡의 심장을 꿰뚫어서 해쳤던 사상 최강이자 가장 심대한 죄를 지었던 검. 그래요, 아득한 고대의 인간 용사가 손에 쥐어서 고신룡 드래곤을 해쳤던 진정한 의미의 드래곤 슬레이어!!"

지상에 내려와 있던 고신룡, 나의 심장을 꿰뚫었던 드래곤 슬레이어.

내가 아는 범위에서 최고의 자질과 수련과 영격을 쌓은 용사가 사용했었고, 나를 목표로 휘둘러서 용의 삶을 끝내주었던 검이다.

"말씀도 안 나오십니까? 썩 기분이 좋지야 않으실 테지요. 과거에 본인을 살해했던 검이 눈앞에 불쑥 나타났다면 무리는 아닐 겁니다."

그러나 지금 드래곤 슬레이어를 손에 든 인물은 늘 호감이 가는 웃음을 띤 용사 청년이 아니었다.

남녀노소를 가리지 않고 유혹하여 완전히 매료해버리는 음마가, 도리어 혼까지 바치도록 요구하는 듯 요염하고 아름답기에 남자로도 여자로도 보이는 마법사가 성검을 손에 들고 있다.

"바스트렐……."

"바라신다면 이 진정한 드래곤 슬레이어가 아득한 세월을 넘어 제 손에 쥐이게 될 때까지 쌓인 이야기를 들려드리지요. 어떠십니까? 후후, 다만 저쪽에 계신 아가씨는 제 사연 따위야 딱히 알 바 아니라는 말씀을 하고 싶으신가 봅니다. 제가 오한을 느낄 만큼 사악한 혼이 그 이유일까요. 아무튼 간에 이토록 높은 영격을 보유하셨다는 게 정말 굉장합니다. 악마공, 마왕, 아니요, 하급의 신마저 뛰어넘었습니다. 아무리 윤회를 거듭하더라도 지상에서 삶을 받은 존재가 이렇게까지 높은 경지에 다다를 수 있다는 생각은 들지 않는군요…….'"

바스트렐이 진심에서 우러난 경탄이 섞인 시선을 보낸 대상은 레니아다.

정작 레니아는 자신에게 쏠리는 바스트렐의 시선 따위는 전혀 개의치 않고 드래곤 슬레이어를 쭉 주시하고 있다.

"저 검…….'"

아리땁다기보다는 가련하다는 평이 더 어울리는 입술에서 혼잣말이 새어 나왔다.

레니아의 눈동자는 바스트렐의 손안에 있는 드래곤 슬레이어에 빨려 들어간 채 떨어지지를 않는다.

혼잣말과 함께 레니아가 한 발짝을 내디뎠다. 실이 끊어진 꼭두각시 인형이 쓰러지기 직전 우연히 걸음을 내디디는 듯한 한 발짝이었다.

"이 검이 어쨌다는 겁니까? 당신에게도 인연이 있는 물건일까요.'"

레니아의 혼이 나의 영혼 정보를 이용해서 만들어진 신조마수임을 아는가 모르는가, 바스트렐은 놀리듯 드래곤 슬레이어를 들어 보이며 싱글싱글 레니아에게 묻는다.

그것이 레니아의 내면에 있는 분개와 증오를 불러일으켰다.

또한 이 세상 전체에 재앙을 초래할 것이 분명하다며 만물이 두

려워 전율하는 신조마수의 삿된 감정이 폭발을 일으킨다. 게다가
너무 강력한지라 무표정의 가면을 쓰고 있었던 레니아의 얼굴을
비뚤어뜨렸다.

"그, 검은……. 나와, 아버님을 해쳤던, 가증스러운 검!!"

레니아는 듣는 인물의 혼을 모조리 파괴하는 듯한 부르짖음을
혼에서 끌어내 외치더니 돌바닥을 세게 밟았다.

"**나와 아버님**? 후, 후후후후후, 아하하하하하하하, 그런가, 그
랬던 겁니까! 오늘은 대체 어떠한 인연의 날인가. 과거에 드래곤
을 살해했던 용사와 깊은 인연을 둔 인물, 드래곤을 아버지라 따
르는 인물, 그리고 무엇보다도 드래곤의 혼을 보유한 인물까지 한
자리에 모일 줄이야!"

커다랗게 휘둘러 올린 사념룡의 오른팔이 바스트렐이 치켜든 드
래곤 슬레이어와 정면에서 격돌한다.

레니아의 일격은 단순한 염동력의 파괴 현상이 아니었다.

신조마수가 발하는 고순도의 파괴 의지가 담긴 초자연적 파괴,
또는 상위 차원 존재가 하위 차원에 대해 일으키는 기적의 행위와
다를 바 없다.

한편 바스트렐이 보유한 드래곤 슬레이어는 복수의 우주와도 필
적하는 방대한 영적 질량과 힘을 간직했기에 칼날을 구성하는 미
세한 입자만으로도 숫제 하나의 항성에 필적하리라.

황금 코등이의 중심에는 동그란 원을 그리는 거울 형상의 물체
가 박혀 있었는데, 그곳을 들여다보면 형태도 색깔도 서로 다른
무수히 많은 성운이며 별들을 관측할 수 있다. 그 물체는 지금도

쭉 늘어나고 있는 평행 우주 및 이차원에 연결된 창문이자 문이기
도 하다.

드래곤 슬레이어는 이 수정을 통해 또 다른 차원에 존재하는 세
계에서 힘을 담다가 끌어온 뒤 사용자에게 온갖 측면의 이로운
효과를 부여한다.

이세계를 대상으로 하는 일방적인 힘의 착취는 더 나아간다면 이
세계의 멸망으로 이어질 수밖에 없겠지만, 드래곤 슬레이어의 경우
는 끌어온 힘을 사용자의 영격에 호응하여 제한 없이 증폭시켜서
착취한 분량만큼 본래 세계에 환원하는 기능이 갖추어져 있다.

끌어낼 수 있는 힘의 상한에는 차이가 있을지언정 드래곤 슬레
이어를 사용하는 인물은 무수히 많은 우주와의 연결을 자기 힘으
로 휘두를 수 있는 상태가 되는 셈이다.

물론 수없이 많은 평행 우주 및 고차원 세계를 힘의 원천으로 쓰
는 이 체계는 결국 드래곤 슬레이어에 부속된 덤일 뿐이고 진짜
성능은 저것들을 매개로 사용자의 영격을 일시적이나마 신 살해
및 용 살해를 가능케 하는 영역까지 끌어올려주는 데 있다.

용사는 드래곤 슬레이어의 저러한 기능을 써서 본래부터 인간치
고는 최고의 격에 다다랐던 영격을 더욱 끌어올림으로써 나의 심
장을 꿰뚫는 데 성공했었다.

드래곤 슬레이어는 레니아가 날린 사념룡의 일격을 막아 내고도
미동조차 않는다. 드래곤 슬레이어와 바스트렐의 힘이 융합해서
구축된 반구형의 방어 장벽이 파괴 의지를 흘려 넘긴다.

"아무래도 혼에 족쇄가 걸려 있는 듯합니다만, 사념의 순수성은

이미 신의 영역에 준한 경지까지 도달했…… 아니요, 돌아갔다는 표현이 더 정확할까요. 과연 명망이 높은 대사신께서 낳아 버렸다는 최악의 신조마수. 다만 천공인의 시대보다도 아득히 먼 초선사 문명기에 갑작스럽게 유례가 없는 광란의 난동을 벌임으로써 용사 일당에게 토벌당했던 이유를 이제야 겨우 알겠습니다. 후후, 설마 당신이 고신룡 드래곤을 아버지로 따르고, 그 아버지가 토벌되었다는 분노에 사로잡혀서 날뛰었을 줄이야. 초선사 문명기의 어떤 학자들도 정답을 도출하지 못했었습니다만, 설마 부녀의 정이 해답이었다니요. 참으로 신조마수답지가 않은 이유입니다."

"그 입을 다물지 못할까! 감히 나의 시야에 또다시 그 검을 내보이다니. 용서받지 못할 대죄를 범하였음을 알라, 쓰레기만 못한 인간아!!"

분노와 증오라는 말로는 차마 다 표현할 수가 없는 감정에 떠밀려서 움직이게 된 레니아의 연속 공격은 흐르는 물처럼 끊어지지 않고 바스트렐에게 덮쳐들었다만, 바스트렐은 희대의 성검과 같이 드래곤 슬레이어를 다루며 모든 공세를 차단한다.

물리적 방어는 의미를 갖지 못하며 영적 방어의 수단인들 설령 최고위의 방어 마법일지라도 과연 수비가 가능할까 의문이 드는 레니아의 일격이건마는 드래곤 슬레이어의 칼날에는 흠집 하나조차 만들어 내지 못한다.

"드래곤 슬레이어라면 지금의 레니아와도 맞상대가 가능한가."

나는 일단 바스트렐의 상대를 레니아에게 맡기고, 몸을 웅크린 채 거칠게 숨을 내뱉고 있는 크리스티나 양의 곁으로 달려갔다.

드래곤 슬레이어를 목격한 순간부터 육체뿐 아니라 혼도 비명을 지르고 있다.

"드란 씨, 크리스티나 양이 아까부터 계속 이런 상태예요……. 어떻게든 도와줄 순 없을까요?"

세리나가 눈자위에 눈물을 글썽거리며 애원한다.

크리스티나 양은 안색에서 생기가 다 빠져나간지라 마치 반시체와 같았다.

얼마 전부터 세리나가 쭉 회복 마법을 써주었음에도 불구하고 전혀 쾌유의 조짐은 보이지 않는다.

나는 간절하게 부탁하는 세리나의 머리를 쓰다듬어주고 지면에 수호의 효과를 갖는 용언 마법진을 깔았다.

발밑에 펼쳐지는 마법진에서 달빛을 연상케 하는 하얀 빛이 발산되자 크리스티나 양의 하얀 밀랍같이 파리했던 낯빛에 천천히 희미하게나마 주홍색이 돌아오기 시작했고 호흡도 점점 안정을 되찾아 간다.

크리스티나 양을 덮쳤던 것은 나를 살해한 용사가 「속죄할 수 없는 과오를 저질렀다」라는 자책의 감정에서 일으킨 자기 자신에 대한 저주이다.

이에 대하여 내가 깔아 둔 마법진은 이를테면 용서의 증거라는 의미를 갖는다. 살해당했던 당사자인 내가 그것은 당신의 잘못이 아니라고 잇따라 달래줌으로써 저주를 중화시키는 셈이다.

"미, 미안하다. 이렇게까지 짐덩어리 신세가 될 줄이야. 나 자신이 싫어지는군, 정말……."

핼쑥한 얼굴로 회한과 자신에 대한 분노를 짙게 떠올린 크리스티나 양을 보고 나는 참 성실한 사람이다, 하고 불현듯 엉뚱한 감상을 품었다.

　"크리스티나 양이 떠안게 된 어쩔 도리가 없는 사정 때문이잖아. 자신을 탓할 필요는 없어. 세리나, 수호의 진은 깔아 놓았지만, 이대로 크리스티나 양의 상태를 살펴봐줘. 이후에 어떻게 될지 조금은 불안하니까."

　"네, 맡겨주세요. 드란 씨는 저 나쁜 마법사를 상대하려고요?"

　"그래. 레니아와 드라미나에게 맡겨 놓고 나 혼자만 한가하게 구경을 할 수는 없잖아. 가볍게 박살을 내고 올 생각이야."

　"저기, 드란 씨라면 걱정할 필요가 없다는 건 잘 알지만요, 뭔가 저 검은 엄청나게 안 좋은 물건 같거든요. 그러니까 제발 조심하세요."

　"괜찮아, 세리나. 저 검이 얼마나 위험한 물건인지는 과거에 나 자신이 바란 결과를 통해 잘 알고 있어. 저게 아직껏 이 세상에 현존하고 있었다는 것은 의외였지만 단지 그뿐이지. 누구의 손에도 넘어가지 못하게 부숴버리도록 할게. 아니, 기념품 삼아 챙기는 것도 좋겠네."

　"그래도 저 검은, 저기, 드란 씨의……."

　"그래서 더욱 괜찮다고 자신을 갖고 말할 수 있어. 저 검을 사용하는 건 과거의 용사가 아니잖아. 검을 상대하게 된 내 마음도 지금과 그때를 비교하면 전혀 달라. 지금의 내게 저 검은 결코 위협이 될 수 없어. 다른 성검이나 마검 종류보다 살짝 귀찮은 정도야. 안심시키려는 거짓말이 아니라 진짜로 말이지."

아니, 애당초 전세 때 역시도 저 검은 나에게 있어 진정한 위협
은 아니었다.

용사들이 「드래곤 살해」를 성공시켰던 것은 나 자신이 삶을 등지
고 죽음으로 이어지는 길을 걸어가겠노라 허용했던 까닭에서 비롯
되었을 뿐이니까.

다만 바스트렐의 히죽거리는 얼굴을 보건대 저쪽이 가지고 있는
수단은 저 검이 전부는 아닐 듯싶다. 저 자신감도 근본부터 분쇄
해주리라고 나는 투지를 맹렬하게 불태웠다.

"드란."

막 등을 돌려서 바스트렐과 레니아의 대결에 개입하려던 때 불
현듯 크리스티나 양이 평소의 모습에서는 상상할 수 없을 만큼 연
약한 음성으로 내게 말을 건넸다.

어쩌면 방금 전 바스트렐이 입에 담았던 쓸데없는 소리가 크리
스티나 양의 귀에도 들렸던 것이 아닐까.

언젠가 말을 해줘야 할 문제였다만, 하필 저러한 작자의 입을 통
해서 전달되었다는 것은 원통하기 짝이 없었다.

"방금 바스트렐이 말했던 용사와 인연이 깊은 인물은 바로 나
야. 또한 드래곤을 아버지로 따르는 인물이란 말은 아마도 레니아
를 가리켰을 테고. 그리고 드래곤의 혼을 보유한 인물, 레니아가
따르는 인물은……. 드란, 너였던 거야?"

크리스티나 양이 이런 목소리로 묻는 상황은 바라지 않았다. 이
런 표정을 짓게 놔두고 싶지 않았다. 이런 눈동자로 쳐다보는 것

은 바라는 바가 아니었다.

나는 가슴속에 오가는 갖은 감정을 마음 깊숙한 바닥으로 가라앉히고 크리스티나 양에게 웃음 지었다. 그대가 이런 형태로 상처를 받을 필요는 없다, 당신에게 죄는 아무것도 없다는 것을 전해주기 위해.

그래, 오히려 죄를 저질렀다고 책망 들어야 할 대상은 과거의 내 어리석은 행동이니까.

"크리스티나 양······. 그래, 그렇게 되는군. 이번 삶에서 인간으로 받은 이름은 드란. 그러나 내 혼의 이름의 드래곤이지. 과거에 스스로 몸을 찢었던 시조룡의 심장에서 태어난 고신룡— 그 고신룡의 혼을 가지고 있는 인간으로 태어난 자, 그게 나라는 존재야. 하필이면 저러한 악질 마법사에게 이 사실을 지적받게 되었다는 게 정말이지 유감스러워."

와락, 크리스티나 양의 얼굴이 일그러졌다. 부모와 떨어지게 된 아이가 자신은 홀로 남아버렸음을 깨닫고 울음을 터뜨리기 직전과 같은 얼굴이었다.

"그런가, 네가— 아니, 당신이 드래곤이었나. 나의 선조가 도저히 용서받지 못할 죄를 저질렀다는······."

"크리스티나 양, 그건 지나친 생각이라 말해주겠어. 설마 용사의 자손이 지금에 이를 때까지 줄곧 고뇌하고 괴로워했을 줄은 나는 상상도 하지 못했지. 네 선조가 나를 해쳤던 것은 흔들리지 않는 사실. 다만 그것은 나 자신이 바란 결과이기도 했어. 그때의 나는 살아가는 데 질려서 죽음을 통해 영겁의 안식을 얻고자 했으니까."

내가 드래곤이라는 고백을 크리스티나 양은 티끌만큼도 의심하지 않았다.

바스트렐의 말을 믿었다기보다도 내가 긍정했다는 사실 하나를 의지해서 믿어주었다.

다만 나를 대하는 말투가 바뀌어버렸다는 것은 어찌할 도리가 없이 서글프게 느껴졌다.

"그와 관련된 사실은 구전으로 전해졌습니다. 당신을 토벌했던 먼 선조는 용이 일부러 자신에게 토벌당해주었다고 평생 믿어왔다고 말입니다. 죄 없는 당신을 해쳤던 것, 그리고 무엇보다 당신이라는 존재가 사라진 이후 태고의 세계는 사신과 악마며 온갖 사악한 존재가 들고 일어난 탓에 사람들끼리 싸우고 질서는 사라져서 멸망 직전까지 몰렸습니다. 저희 일족의 처신이 한 차례는 세계를 멸망의 길로 이끌었던 겁니다. 그 죄는 이 세계가 존속하는 한 영원히 저희 일족이 짊어져야 할 과오. 그러나 어떠한 신의 안배인지 이렇듯 당신과 다시 만나게 됐습니다. 아무쪼록 어리석었노라고 비웃어주십시오. 하오나 제발 저희 일족의 죄를 제 대에서 용서해주시기를 청합니다. 만약 용서해주신다면 이 혼도 마음도, 모든 것 전부를 바치겠습니다. 선조가 저질렀던 죄를 속죄하기 위해서라면 영원한 고통도 어떠한 벌도 기꺼이 받아들이겠습니다."

지금 크리스티나 양은 본인이 당장 제물이 돼도 감수하겠다는 각오로 신이 자신의 목숨을 꺾는 순간만을 기다리는 무녀와 비슷했다.

다만 이러한 말과 태도야말로 내게는 가장 큰 슬픔임을 여전히 알지 못한다. 이것 역시도 과거의 내 행동이 초래하게 된 결과인가…….

"그 각오는 훌륭하군. 다만 의욕이 좀 과하다 싶어, 크리스티나 양. 몇 번이든 말해주지. 네게도, 네 선조에게도 죄는 없었다. 용서를 운운할 문제가 못 돼. 나는 용사들을 절대로 원망하지 않아. 오히려 지금껏 이렇게까지 크리스티나 양을 아득한 고통에 빠뜨리고 만 나의 지난 선택을 용서받고 싶다는 마음만 가득 차오르는군. ……정말 미안해. 과거의 내 얕은 생각이 크리스티나 양과 다른 선조분들에게 헛된 고통을 주고 말았어. 아무쪼록 용서해주기를 바라."

성심성의껏 사죄를 청한 나에게 크리스티나 양은 말을 잇지 못했다.

단두대에 목을 올려놓은 사형수와 비슷한 심정으로 마주하던 중 사형을 집행해야 할 당사자가 오히려 참회의 말을 꺼냈다고 생각한다면 무리도 아니겠다.

"저는, 전 단지 당신께 용서를 구하고 싶어서…. 다만, 그 하나뿐……. 어떻게, 제가 어떻게 용서를, 상상한 적도……."

"그런가, 그럼 내가 크리스티나 양과 다른 선조분들을 용서할게. 그리고 크리스티나 양도 나를 용서하자. 이렇게 다 지나간 일로 잊어주면 안 되겠어? 너를 괴롭게 만든 것은 솔직히 말하자면 다른 누구도 아닌 자기 자신이었다고 생각되는군."

"지, 진정, 당신께서 괜찮다고 말씀해주신다면, 제가 올릴 말씀은 아무것도, 없습니다. 그런데, 정말 괜찮으신 겁니까?"

"이렇게 끝내도록 하자. 크리스티나 양이 용사의 자손이었음을 깨달았을 때부터 나는 줄곧 이렇게 생각해왔고, 단 한 조각의 원한도 미움도 가슴에 품은 적이 없었어. 더 이상 일족의 죄를 네가 짊어질 필요는 없군. 지금은 아직 실감이 솟아나지 않을 테지만, 크리스티나 양의 대에서 나를 해쳤던 사태에 대한 죄는 청산되었다고 생각해주길 바라. 일족에 전해 내려오는 죄 따위는 잊어버리고, 벌을 받고 싶다는 마음 따위도 내버리고, 앞으로는 자기 마음이 바라는 대로 자유롭게 살도록 하자. 그것이 나의 진심에서 우러난 바람이니까."

자신의 일족에 부과되었던 원죄라고 할 만한 나와 의도하지 않은 해후뿐 아니라 — 어쩌면 이미 만났었다는 현실과 — 나아가서는 드래곤 본인이 되레 용서를 청하는 상황을 맞이하여 크리스티나 양의 마음은 노도와 같은 전개에 천 갈래 만 갈래로 흐트러졌음을 알 수 있었다.

사고와 감정이 모두 엉망진창으로 뒤섞여서 감격에 찬 크리스티나 양은 무의식중에 눈물을 짓고 말았다.

"이, 이렇게 꼴사나운 모습을."

그렇게 부끄러워하며 눈물을 훔친 크리스티나 양에게 나는 사랑하는 딸을 지켜보는 자애로운 아버지처럼 다정하게 말한다.

의외로 지금의 내가 크리스티나 양에게 품는 감정은 저런 입장과 가장 가까운지도 모르겠다.

"흠, 그렇군, 조건을 하나 붙이도록 하자. 크리스티나 양, 갑자기 경어는 좀 관둬주면 좋겠는데. 조금 어려울 수는 있겠지만, 예전과 똑같이 인간 드란을 상대할 때의 태도로 돌아와주면 안 될까."

"그 말씀은…… 그래도, 당신께서 드래곤임을 안 이상 예전과 같은 언행은 도저히."

"그래도 뜻을 굽혀달라는 거야. 확실히 나는 스스로를 드래곤이라고 인정하곤 있지만, 그래도 지금의 나는 인간 드란으로서 이 세계를 살아가고 있어. 이런 사정을 좀 이해해주면 좋겠군."

완강하게 양보의 뜻이 없음을 알리자 크리스티나 양은 나를 대하는 태도의 변화와 관련하여 스스로도 생각하는 바가 있었는지 찰나 동안이나마 고민에 잠겼다가 포기했다는 듯이 살며시 웃었다.

"알겠습니다, 아니, 알겠다. 용서를 청할 입장에 있는 나에게 선택지는 물론 없겠지. 가능한 한 노력을 해볼 테지만, 당분간은 어색한 태도가 나올 것 같아. 그 정도는 관대하게 넘어가주겠지?"

조금 야유가 섞인 크리스티나 양의 발언이다만, 내가 드래곤임을 이해한 직후보다는 제법 평소와 같은 태도로 돌아와줬다.

그래그래, 이렇지 않으면 곤란하다.

아직 딱딱한 부분은 남아 있지만, 머지않아 예전처럼 돌아와주리라 기대하자.

앞으로 그녀가 줄곧 일선을 긋는 태도로 행동한다면 서글퍼서 견딜 수 없을 것이다.

"물론이야. 크리스티나 양이 충분히 마음 준비를 한 다음 들어야 할 이야기였는데 갑작스럽게 맞닥뜨린 처지니까 혼란스러운 게 당연하지."

"그렇게 말해주니 고맙군. 그나저나……. 세리나는 놀란 눈치가 아니던데, 예전부터 알고 있었던 건가?"

크리스티나 양의 물음에 헉 소리가 들리는 것 같은 움직임으로 세리나는 어깨를 떨었다.

"이, 일단은……. 제가 알게 된 것도 얼마 전이거든요? 크리스티나 양이 베른 마을에 오기 전 엔테의 숲 중심부에 방문했을 때 말인데요. 그때 이것저것 일이 있어서. 저는 이야기 속 드래곤밖에 알지 못했으니까요. 드란 씨가 드래곤 씨 본인이었다는 말을 들어도 전혀 느낌이 안 왔지만요. ……그, 그래도, 크리스티나 양에게 일부러 숨기려던 건 아니랍니다? 드란 씨도 크리스티나 양한테 당신의 선조에게 토벌을 당한 용이 환생한 게 나입니다, 이런 말을 도대체 어떻게 꺼내야 하나 무척 고민하셨거든요……."

으음, 정말이지 어떻게 크리스티나 양한테 말을 꺼내야 하나 꽤 골치가 아팠더랬다.

크리스티나 양도 이 같은 해명에는 납득이 되었는지 깊숙이 고개를 끄덕거렸다.

"하기야, 분명 꺼내기가 어려운 이야기군."

흠, 크리스티나 양도 내 정체를 알게 된 정신적 충격에서 일단은 회복이 되기 시작한 건가.

언젠가 서로 기탄없이 대화를 나눌 필요도 있을 테지만, 지금은 레니아와 드라미나가 상대를 맡은 초인종 마법사를 먼저 처리해야겠군.

나와 크리스티나 양과 레니아의 과거에서 현재에 이르기까지 이어졌던 인과의 끊을 자르기 위해서라도.

"아, 그리고 크리스티나 양의 몸 상태가 급격하게 악화된 것은 바스트렐이 꺼내 든 드래곤 슬레이어 때문이야. 내 심장을 꿰뚫었던 드래곤 슬레이어를 직접 목격한 탓에 크리스티나 양이 계승한 드래곤 살해의 인자가 활성화됐고 혼의 단계에서 죄의식이 솟아 고통을 받게 되었던 거지. 바스트렐을 처단하고 드래곤 슬레이어를 파괴하면 금방 복구될 거야. 빠르게 끝내고 올 테니까 조금만 더 참아주면 좋겠어."

"알겠어. 그건 그렇고 선조가 저질러버린 죄의 상징이 눈앞에 있단 말인가. 어머니가 들려주시는 이야기에 불과했던 드래곤과 저 검을 이렇게 보게 될 줄이야……. 정말 오늘은 무슨 날인가 싶군."

크리스티나 양은 운명의 여신이 끌어당긴다는 실을 떠올리는 듯 감개무량한 표정을 지었다.

"신들이 관여할 수 있는 영역의 이야기는 아니지만, 굳이 말하자면 오늘은 인연을 끝내는 날이 되겠지. 그리고 내일부터는 다시 지난날 이상으로 평온하고 활기찬 나날이 이어질 거야. 그러니 다녀오도록 할게."

나는 전신의 골격과 근육, 장기와 혈관 등 전부를 용종의 수준으로 변환한 뒤 마계에서 장군 게오르그와 싸웠을 때처럼 왼팔에 마력을 씌워 만들어 내는 용종의 팔을 구축했다. 더욱이 서로 다른 색깔의 피막을 가진 여섯 장의 날개와 꼬리가 형성되었다.

대강 반룡반인화라고 불러야 할 법한 전투 형태를 취한 나에게 크리스티나 양이 뚫어져라 시선을 보내다가 숨을 멈춘다.

나는 용종의 마력을 써서 구축한 날개로 대기와 바람의 정령력과 마력, 그리고 에테르를 밀어 헤치며 순식간에 가속했다.

하늘을 막는 먹구름 틈을 지나서 지상으로 떨어지는 번개보다 빠르게 날아가는 나를 레니아 및 드라미나와 교전하고 있던 바스트렐은 놓치지 않고 포착했다.

"아버님!"

맞닿는 전부를 파괴하며 주위에는 눈길도 주지 않는 바스트렐에게 표적이 되어 있었던 레니아가 급격하게 힘을 증폭한 나의 기세와 힘을 감지한 뒤 광기를 엷게 녹이며 이쪽을 돌아본다.

"드란!"

등에다가 검은 박쥐를 연상케 하는 날개를 펼쳤고, 눈동자에는 나와 똑같이 무지갯빛 광채가 깃든 드라미나도 나의 참전을 알아차렸다.

흠, 역시 드라미나와는 심신뿐 아니라 혼의 영역에서 상성이 매우 훌륭하게 좋은 듯싶군. 지난 시간들 중에 고신룡의 피를 육체와 이미 동화시켰을 뿐 아니라 내재된 힘을 끌어내는 방법까지 체득했을 줄이야.

나는 얼마 전 바스트렐에게 막혔을 때와는 격이 다른 힘을 담아서 용조검을 휘둘렀다.

그 일격은 이번에는 방어 장벽이 아닌 드래곤 슬레이어의 백은빛 칼날에 막힌다.

바스트렐은 두 손에 쥔 드래곤 슬레이어를 한일자로 기울인 자세에서 내가 휘둘러 친 용조검을 막고 있었다.

"오오, 참으로 용맹한 모습이로다. 느껴지는 힘도 방금 전과는 차원이 다르군요."

칼날을 통해 바스트렐을 덮쳐야 했을 충격과 마력은 드래곤 슬레이어의 도신에서 코등이의 중심에 박힌 수정으로 흘러들었다가 결국은 다른 세계로 추방된다.

이세계로 이어진 창문이나 문에는 건너편에서 이쪽으로 가져오는 것뿐 아니라 이쪽에서 건너편으로 가져가는 사용법도 있다. 그 기능을 방어에 사용했는가.

"천연덕스러운 얼굴로 막아 놓고는 잘도 말하는군."

흠, 다음은 이세계에 무책임하게 방출되지 않도록 베는 방식을 바꿔볼까.

"후후, 눈치채셨습니까? 제가 당신과 적대했다는 것을 깨달은 순간, 저와 계약을 맺은 신들이 일제히 조력을 거절했습니다. 모두 분신이나 권속만 강림시켜도 이 지상을 파멸할 수 있는 강대한 분들입니다만, 드래곤의 이름은 저런 분들에게도 아주 쥐약인가 봅니다. 정말이지 무시무시한 분이십니다."

"그러면 그 무시무시하다고 떠드는 상대로 대결에 나선 너에게는 승리를 위한 어떠한 수단이 있나? 만용도 자포자기도 아닐 터인데."

"글쎄요? 답은 대결을 치르는 중에 알게 되실 겁니다."

용조검과 코등이싸움을 지속한 채로 바스트렐이 우리에게 막대한 마력을 쏟아붓는다.

주문 영창이나 손가락을 놀려서 마법 문자를 그리는 동작도 없이 머릿속에 술식만 떠올려서 발동을 시킨 셈이다.

영창 파기보다도 더욱 고등한 방식으로 분류되는 마법 행사의 기술이었다.

인간치고는 세계 유수의 마법사인 만큼 심성이야 어떻든 간에 이런 정도는 수월하게 해낼 수 있겠지.

갑작스럽게 바스트렐의 등 뒤에 노란색을 띠고 불타는 불꽃이 피어오르더니 그것은 영토를 넓혀서 나의 시야를 가득 메워버렸다.

마계의 일각에서 지금도 이글이글 타오르고 있는 불꽃이다. 어지간히 고위의 불꽃을 다루는 존재라도 아닌 한에는 닿는 즉각 온몸을 불살라서 없애버리는 흉악한 불꽃이었다.

"당신에게는 미적지근한 불꽃일 테지요, 아무쪼록 이것으로 몸을 덥혀주십시오."

이곳 부유성이 받을 피해를 고려하지 않는 것인가. 주위 일대를 모조리 불태워버릴 때까지 사라지지 않을 마계의 불꽃이 내리쏟아지기 직전, 내가 대처하기보다도 빠르게 드라미나가 움직인다.

혹독한 한기와 같은 울림으로 신기의 이름을 읊조리자 드라미나의 몸에서 새로운 신기의 기적이 발생했다.

"비추어라, 삼라만상의 비추는 자, 마안왕 알베인!"

드라미나의 좌우에 박쥐 날개가 달린 여성과 남성을 본떠서 테두리 장식을 붙인 큰 거울이 각각 하나씩 출현한다.

지지대도 없이 두둥실 공중으로 떠오른 두 장의 큰 거울이 우리에게 덮쳐들려고 하던 마계의 불꽃을 비추는가 싶더니 다음 순간에는 아무것도 비치지 않았다.

알베인의 이름을 가진 큰 거울이 분명 비추었던 마계의 불꽃이 사라지는 순간, 큰 거울의 안쪽뿐 아니라 현실에 존재했었던 마계의 불꽃도 역시 맨 처음부터 없었던 것처럼 획 사라진다.

오호, 거짓됨 없는 감탄의 목소리가 바스트렐의 입술에서 새어 나왔다.

"알베인은 이 세상 만물을 비추는 거울. 알베인이 비추어 내지 못하는 것은 없을지니, 따라서 이 거울에 비치지 않는 대상은 이 세상에도 존재할 수 없다."

그렇게 말한 드라미나에게 바스트렐의 호기심을 숨기지 않는 눈동자가 향한다.

"옳거니, 옳거니. 삼라만상을 비추는 거울인 만큼 안 비치는 대상에 존재하지 않는다는 개념을 강제할 수 있고, 또한 임의로 거울 면에 비치지 않는 대상을 선택하여 허무화하는 겁니까. 과연 뱀파이어의 여섯 신기입니다, 계승자의 영격에 따라 제한은 있겠지만 진정 훌륭하군요."

두려워하는 것이 아니라 훌륭하다며 상찬을 하는 발언에서 바스트렐이 알베인을 위협의 대상으로 간주하지 않음은 명백했다.

"다만 제아무리 신기라 한들 그 거울로는 저와 드래곤 슬레이어를 지우진 못할 겁니다. 이 드래곤 슬레이어는 선과 악 쌍방의 신들을 초월하는 존재, 드래곤을 살해했다는 인과를 보유하고 있습니다. 설령 신들이 직접 나선들 이 인과를 지워 내지는 못할 테지요. 게다가 저도 조금은 유쾌한 내력의 소유자라서 말입니다. 완전히 간섭을 막진 못하더라도 존재를 말소당하지 않을 정도로는 저항이 가능합니다."

알베인의 계승자보다 영격이 떨어지는 대상이면 어지간히 강력한 신기나 인과의 보유자가 아닌 한 문답 무용으로 존재를 말소할 수 있을 터이나 이번에는 상대가 저 조건에서 벗어나버렸다.

"그렇다면 직접 네 목을 쳐서 혼마저도 두 번 다시 전생할 수 없도록 베어주마."

나는 검을 밀어붙여 바스트렐을 날려버린 뒤 자세가 허물어진 놈의 목을 쳐내기 위해 오른쪽 방향으로 용조검을 휘두른다.

설령 바스트렐의 온몸이 고순도의 오리하르콘 덩어리로 대체되더라도 물을 가르는 것처럼 저항 없이 베어버릴 일검을 은빛 바람이 튕겨 낸다.

"죽음을 내린다면야 어쨌든 간에 다짜고짜 혼을 없애버린다면 명부의 신들이 당신께 안 좋은 감정을 갖지 않겠습니까?"

"안됐지만 명계의 삼귀신(三貴神)과는 안면이 있는 사이다. 철저히 더러워진 혼을 하나 소멸시킨 다음은 직접 만나러 가서 사죄를 할 작정이다."

"명계에도 자유롭게 왕래할 수 있는 겁니까. 그야말로 삶도 죽음도 신마저도 초월한 분이셨군요. 후후후후, 후후후후후후."

"무엇이 우습나? 초인종."

"당신의 강대함이 저에게 기쁨을 준답니다."

이 같은 상황을 맞이하고도 저런 대사가 입에서 나올 줄이야, 역시나 아직 더 무엇인가가 있군.

나와 바스트렐의 검이 스무 합을 넘어서 부딪쳤을 때 우리의 전투에 이를 갈고 있었던 레니아가 틈을 발견한 뒤 끼어들었다.

"감히 아버님의 손을 번거롭게 만들다니, 불손한 놈이로다!"

거대한 사념룡의 상반신이 바스트렐에게 덮쳐든다.

"후후, 이 대결을 용납해버린 자신에 대한 답답함을 제게 쏟아 붓겠다면 그것은 화풀이입니다. 이름도 없는 신조마수 씨."

바스트렐의 말이 역린이었는지 레니아는 으득 소리가 들릴 기세로 세차게 이를 꽉 물었다.

그럼에도 살의에는 흔들림이 없다.

나의 일격을 받아 후방으로 튕겨 날아간 바스트렐에게 좌우에서 거대한 사념룡의 두 손이 들이닥친다.

직격을 허용하면 바스트렐의 몸 따위 시공간에서 아예 싹 제거될 만한 위력이다.

방어에 나선 바스트렐이 드래곤 슬레이어의 칼끝을 천공을 향해 치켜들자마자 코둥이의 중심에 있는 수정에서 끌어온 이세계의 힘이 방출된다.

그것은 한 아름 정도의 새카만 구체를 둘 만들어 냈다.

중력의 우물, 나락 구덩이 따위로 호칭되며, 일단 붙들리면 빛도 빠져나올 수 없는 초중력장이다.

이계에서 가지고 온 소형의 나락 구덩이는 좌우에서 닥쳐드는 사념룡의 팔로 날아가다가 시공간을 파괴하는 사념과 격돌했다.

나락 구덩이가 초중력으로 주위의 시공을 일그러뜨리는 한편, 레니아의 파괴 사념이 일그러진 공간과 시간을 파괴한다.

격돌 지점의 빛이 비틀리고 구부러지는 까닭도 있어 구형으로 왜곡되어 보인다.

"잔꾀 부리지 마라. 그따위 수단은 옛날에 질리도록 봤다!"

레니아가 짜증스럽게 내뱉었다.

확실히 나락 구덩이를 이용한 병기 및 마법, 기술의 부류는 — 전세까지 거슬러 올라간다면 — 일정 기준을 넘은 과학 문명이나 마법 문명에서는 별반 희귀한 것도 아니었다.

나와 레니아뿐 아니라 드라미나 또한 지오르와 결전에 나섰을 때 중력 마법의 반복 사용으로 유사적이나마 나락 구덩이를 발생시켰던 만큼 놀라는 모습은 없다.

레니아는 노성과 함께 나락 구덩이를 사념룡으로 쥐어 부수더니 쩍 벌린 커다란 턱 안쪽으로부터 파괴 사념을 응집시킨 브레스를 발사했다.

비스듬하게 아래 방향으로 발사된 브레스는 이대로 쭉 날아가면 부유성뿐 아니라 지각을 관통한 뒤 혹성 반대편까지 뚫고 나가서 사선상에 있는 만물을 파괴할 것이다.

바스트렐은 드래곤 슬레이어를 고쳐 쥐고는 둑을 무너뜨린 탁류처럼 들이닥치는 브레스를 가로로 쭉 선을 그어서 베어 냈다.

칼날이 닿은 부분부터 브레스는 무수히 많은 입자로 분해되며 갖가지 속성을 정화당한 채 단순한 마력으로 바뀌어 간다.

"후후, 몸풀기도 안 되는군요. 어라, 드라미나 폐하, 허를 찔러서 칼을 휘두르다니요. 숙녀의 행동거지가 아니잖습니까. 이것은 어떻습니까? 은하 한 개 분량의 태양광을 모았습니다."

바스트렐이 말을 마치기보다 빠르게 지면을 질주하던 드라미나를 목표로 사방에서 강렬하다는 말로는 이루 다 표현할 수 없는 빛과 열기가 내리쏟아졌다.

드라미나의 주위에만 범위를 좁혀 내리쏟아지는 은하 한 개 분량의 태양광은 드라미나의 몸 안쪽 깊숙한 곳까지 고통을 불러일으키며 뼈도 장기도 뇌도 피부도 모든 신체 부위를 싹 불살라버려서 재와 먼지로 바꿔 놓고자 한다.

"끄으읏?!"

드라미나는 뱀파이어의 본능에 뿌리를 뻗은 태양에 대한 공포를 억누르고 냉정하게 대처했다.

주위에 떠올라 있던 알베인을 조작하여 내리쏟아지는 태양광을 거울 면에 비추이지 않게 함으로써 존재가 없는 현상으로 만들어 낸다.

태양광의 빛이 사그라졌을 때 그곳에는 상처 하나도 없는 드라미나가 있었다. 이런 결과에는 바스트렐도 드라미나에게 아무 상처를 못 주었다는 데서 약간의 놀라움을 느낀 기색이었다만, 변함없이 입가에는 대담한 웃음이 떠올라 있다.

"아버님을 해쳤던 검에 의지하는 주제에 뜻밖에도 귀찮게 하는구나."

"후후, 드래곤과 과거의 당신을 토벌했다는 업적은 허울이 아니라는 뜻이죠."

바스트렐의 말에 레니아의 얼굴에서 표정이 사라졌다.

이제까지는 폭풍을 만나 거칠어진 바다처럼 격렬한 분노였다만, 불현듯 휙 변화하여 흉악함을 정적 안쪽에 숨긴 압박감으로 바뀐다.

"나는 어쨌든 간에 아버님을 해칠 수 있었던 것은 그 검의 힘 덕분이 아니다. 본래 다른 시원의 일곱 용분들을 제외하고 누가 그

검을 사용하든 아버님을 해치기는 어림없었다. 아버님을 해칠 수 있었던 까닭은 아버님께서 몸소 허락하셨기 때문에 다름 아님을 구더기가 들끓는 네 썩은 머리통에 새겨 두어라."

레니아의 혼이 만들어 내는 흉악한 힘이 한 단계 더 불어나며 결국은 카라비스가 레니아에게 달아 둔 족쇄까지 비명을 내지른다.

이대로 레니아가 살의와 분노를 쭉 격화시킨다면 모든 족쇄가 부서지는 것도 시간문제겠군.

다만 이때 내가 주목한 것은 부서져 가는 족쇄가 아닌 레니아와 거의 시기를 같이하여 힘이 불어난 바스트렐이었다.

무슨 일인가 의문이 들어 용안을 더욱더 예리하게 가다듬어서 바스트렐의 육체뿐 아니라 혼의 깊숙한 바닥까지 통찰을 시도한다.

드래곤 슬레이어에 부속되는 몇몇 기능과 본인이 스스로 펼친 은폐의 마법이 바스트렐의 혼에 안개를 쳐서 내 눈으로부터 숨기고자 한다.

그러나 모든 방어를 무시한 채 바스트렐의 본질을 꿰뚫어 보는 것은 싸우기보다 월등히 수월했다.

그리고 나는 보았다— 바스트렐이 숨겨 두었던 힘의 성질과 속성, 혼과 육체가 지닌 기세를.

"그래, 알았다. 그것이 네 자신감의 원천공인가."

"이런……. 후후후, 역시 들켜버린 겁니까. 이렇게 힘을 끌어내서 싸웠는데 어쩌면 당연하겠지요. 당신이 알아낸 사실을 혹시 가르쳐주실 수 있겠습니까?"

유쾌하게 되묻는 바스트렐의 말에 흥미가 솟아서일까, 드라미나와 레니아도 나란히 나를 돌아본다.

"네게서 감지되는 힘은 초인종만의 유래는 아니군. 나와 레니아
의 힘이 미세하게나마 느껴진다. 드래곤 슬레이어가 아닌 너 자신
에게서 말이지."

나의 입에서 흘러나온 말의 의미를 이해하는 데 레니아와 드라
미나는 몇 순간의 간격을 필요로 했다.

드래곤 슬레이어가 아닌 바스트렐 본인이 나와 레니아의 힘을
가지고 있었다는 말의 의미를.

"그럴 수가! 아버님, 그 말씀은 대체 어떠한……."

"후후, 들은 말씀이 맞습니다, 신조마수 아가씨. 조금 긴 이야기
가 되지 싶습니다만. 여러분께서도 흥미가 동한 모습이시고, 잠시
이야기를 해드리지요. 저의 정체가 무엇이며 어떻게 고신룡 드래
곤과 이름도 없는 신조마수의 힘을 가지게 되었는지를."

울컥하는 레니아를 제지한 뒤 바스트렐이 마침내 이야기를 시작
했다. 이제까지와 다른 열기를 머금고 있는 말투는 저자의 흥분
상태를 원하든 원하지 않든 우리에게 전해준다.

"일찍이 일곱 용사가 당신을 토벌했을 때 당신은 스스로의 주검
이 이용당하는 것을 방비하고자 몸소 소멸시켰습니다. 드래곤 슬
레이어의 칼날을 적셨던 피와 살점도 포함해서 말이죠. 그러나 이
검에는 당시 사용자였던 용사도 알지 못하는 「모종의 장치」가 마
련되어 있었습니다. 즉 드래곤의 육체에 상처를 입혔을 경우 유전
자 정보와 샘플, 아울러 영혼의 정보와 마력의 파형을 기록·채집
하여 드래곤 슬레이어 내부에 설치된 폐쇄 공간에다가 보존하는

장치였습니다."

바스트렐은 손에 든 드래곤 슬레이어를 힐끔 쳐다본다.

"일곱 용사들의 시대에서 지배자들은 일부 사신에게 조종당했습니다만, 그 사신들은 당신을 토벌한 것만으로는 안심할 수가 없었나 봅니다. 드래곤 슬레이어에 보존된 당신의 정보를 이용해서 당신의 힘을 보유한 꼭두각시를 만들어 내고자 계획했습니다. 물론이 시도는 지극한 난항을 겪었다고 합니다. 방대한 예산과 인원이 투입되었고, 무수한 실험 시설에서 별처럼 많은 실험을 거듭했습니다. 똑같은 수의 실패를 거듭하며 헤아릴 수 없는 희생이 발생했고, 그럼에도 실험은 속행되었습니다. 우주의 수명이 다할 때까지 되풀이해도 성공을 못 하지 않을까 생각되는 시도였습니다만, 드래곤이 죽은 다음에 얼마 뒤 세계를 붕괴시키려는 기세로 날뛰기 시작했던 신조마수의 토벌을 계기로 크게 약진을 했지 뭡니까. ……그래, 전세의 당신을 말함입니다. 지금은 레니아라는 이름을 쓰는 아가씨."

"나, 때문이라고?"

레니아는 전세에서 겪은 자신의 죽음이 어떤 형태로 이용되었다는 설명에 작게나마 동요의 빛을 보였다.

"예. 일곱 용사가 마지막으로 드래곤 슬레이어를 사용한 때가 당신과 싸운 전투였습니다. 그때 채집했던 당신의 정보를 조사한 결과, 당신에게 드래곤의 영적 정보가 사용되었다는 것이 판명되었죠. 당시의 연구자들에게는 그야말로 기대하지 못했던 행운, 천우신조. 여하튼 자신들이 목표로 했던 결과의 성공 사례와 가까운 정보가 뜬금없이 손에 들어온 입장이잖습니까."

분명 연구자들에게는 대사신 카라비스가 만들어 냈던 신조마수는 더할 나위가 없는 연구 소재였을 테지.

"그렇게 이름도 없는 신조마수를 토벌한 결과, 드래곤의 힘을 부여한 존재를 탄생시키겠다는 연구는 더한 가속을 받아 도약하였고, 결국 연구의 성과가 결실을 맺었습니다. 태어났을 때부터 고신룡과 신조마수의 힘을 두루 보유하고 있는 초생물을 만들어 내는 데 성공했던 겁니다. 그래 봤자 완성된 것은 유전자 정보뿐이었지만 말입니다."

바스트렐은 별것 아니라는 듯이 말하며 넘겼다만, 그 유전자 정보만 확보되면 누구든 나와 레니아의 힘을 함께 보유한 존재를 만들 수 있다. 그것은 신들마저도 눈빛이 바뀌게 되는 성과이다.

"당시 지배자층이 사신들에게 조종당했다는 것을 깨달은 일곱 용사가 저자들을 물리쳤고, 신들의 간섭이 늘어남으로써 전 하위 차원 규모의 혼란과 파멸이 초래되어버렸으니까 말입니다, 무리도 아닙니다. 그렇게 완성된 유전자 정보가 드래곤 슬레이어와 함께 폐쇄 공간에 봉인되면서 당시 발생했던 세계의 붕괴에 휘말리지 않고 무사히 남아 천공인들의 시대가 되어 해석되었습니다. 드래곤 슬레이어를 다루기 위한 조정을 거친 다음에 생산되었던 것이—."

"그것이 바로 너라는 말이구나. 천공인들의 시대에 만들어졌고, 또한 오늘에 이르기까지 긴 세월을 살아왔겠군. 고신룡의 힘과 신조마수의 힘을 더불어 보유했으며 또한 드래곤 슬레이어의 사용자로 만들어진 인공 생물인가. 그래, 대단한 내력이야."

나의 지적에 장광설을 마친 뒤 어쩐지 만족의 기색을 드러내던 바스트렐이 살짝 쑥스러워하며 긍정했다.

어째서 쑥스러워하나?

"후후, 이 사실을 밝히는 것은 당신들이 처음입니다. 자, 가르쳐 주지 않아도 될 사실을 밝힌 이유는 달리 말하자면 보은의 뜻이 있는 셈이지요. 관점에 따라서는 제가 이 세상에 탄생했던 게 당신들 덕분이잖습니까. 어쩌면 저의 뿌리라고 말할 수 있는 당신과 마주한 덕에 기분이 들떠 올랐는지도 모르겠습니다."

"불필요한 마음 씀씀이군. 게다가 단지 우리의 힘을 가지고 있다는 것이 전부 아닌가? 내가 고신룡의 힘을 발휘했을 때, 레니아가 광란 상태에서 힘을 증폭시켰을 때, 드라미나가 내 피를 매개로 고신룡의 힘을 끌어냈을 때, 어떤 경우든 너의 안쪽에서 나와 레니아의 힘이 불어났다. 나와 레니아가 힘을 발휘하면 발휘할수록 네 안쪽에 있는 우리의 힘이 호응하여 동등하게 힘을 불려 나가는 방식일 테지? 그런 것이 아니라면 아무리 드래곤 슬레이어가 있다고 한들 너의 전투 능력은 설명이 되지 않는다."

"후후후후, 아하하하하, 역시 당신은 날카롭군요. 참으로 많은 부분을 내다보십니다. 저 자신도 실제 이렇게 대치할 때까지는 지식으로밖에 알지 못했습니다만, 그 말씀이 옳습니다. 당신들이 힘을 발휘하면 발휘할수록 저의 혈육과 혼을 구성하는 고신룡과 신조마수의 인자가 비유하자면 본체인 당신들과 비례하여 힘을 증폭시켜줍니다. 활성화된 제 안의 인자가 당신과의 사이에 일종의 회랑을 형성해서 암세포처럼 급격하게 성장한다— 이렇게 설명할 수도 있겠군요. 만에 하나라도 당신이 부활할 경우를 대비해서 사신들은 저에게 이런 특성을 부여했을 겁니다. 이 사실을 아는 사람은 저를 제외하면 더는 이 세상에는 없는 저의 창조자들뿐입니다. 그들도 이렇게까지 잘 작동할 줄은 상상을 미처 못하지 않았을까요? 더 빨리 저를 만들어 내서 양산하는 것이 옳았다고 무덤 속에서 아쉬움을 토로하고 있을 테지요. ……자, 고신룡의 힘과 신조마수의 힘을 사용하지 않고 저를 처단할 수 있겠습니까? 제게는 초인종으로서 가지는 힘에 더하여 이렇듯 드래곤 슬레이어가 있습니다. 당신들에게 싸울 수단은 있으십니까?"

"아버님……."

자신의 우위를 의심하지 않는 바스트렐을 앞두고 레니아와 드라미나는 나의 반응을 살핀다.

두 사람의 마음에 배어나기 시작한 불안과 초조함에 대하여 내 입에서 새어 나온 대답은 평소의 말버릇이었다.

"흠, 뭐, 할 만큼 해보도록 할까."

내 말의 의미를 곧바로는 이해할 수 없던 탓이겠지. 레니아와 드라미나는 제자리에서 눈을 깜빡깜빡했다.

"이런, 무모한 도전을 하실 분이라는 생각은 안 듭니다만, 무엇인가 좋은 방안이라도 있습니까?"

"있다고 말은 해 두지. 이것이 너의 마지막 싸움이다. 잘 생각하면서 싸우도록 해라."

나의 태도를 본 바스트렐은 경계의 감정을 훤히 드러내며 그제야 웃음을 거두었다.

"……오호라, 역시 무엇인가 있던 겁니까. 그러나 당신이 혼에 내재된 힘을 쓰면 쓸수록 저 역시도 강해진다는 것을 잊지 마시길."

"그러할 테지. 다만 넌 제법 즐겁다는 표정을 짓고 있구나. 나와 레니아의 힘을 사용할 수 있어서 즐거운가? 아니면 나를 상대하기 위한 대항책이라는 자기의 역할을 완수할 수 있어서 기쁜가?"

"허, 이게 웬 황당한 소리인지— 뭐, 부정이야 하고 싶은데 반은 정답이군요. 저는 천공인도 선사 문명을 파멸시켰던 사신들도 일말의 예외 없이 경멸합니다. 그러나 난처하게도 당신과 만나 투쟁을 원하게 되고, 아울러 멸하려는 지금 상황에는 매우 큰 기쁨이 느껴집니다. 창조자들이 심어 놓은 이 골치 아프기 짝이 없는 본능을 거스를 수가 없어섭니다."

내면의 굴욕감과 희열에 바스트렐의 표정이 복잡하게 비뚤어진다.

"그렇다 해도 꼭 나쁘지만은 않군요. 당신은 이 세상에서 지고의 자리에 오른 존재. 그런 당신의 힘을 취해서 멸할 수 있다면 제가 당신을 대신하여 그 지고의 자리에 오르는 것과 마찬가지. ……후후후. 저 자신이 유일하며 절대의 존재가 될 호기회를 손에 넣었는데도 기뻐하지 않을 만큼 무욕하지는 않단 말입니다!"

다시 싸우기 시작한 나와 바스트렐은 더한 속도와 힘을 쏟아 내면서 거듭거듭 맞부딪친다.

그때 발생하는 충격파 따위는 모두 검에 집어삼켜지기에 여파가 주위에 파괴를 초래하는 등의 피해는 일어나지 않는다.

서로가 쏟는 힘이 생물이 서식하는 혹성의 권내에서는 억눌러야 할 단계까지 다다르려고 했을 때 나는 강행 돌파로 바스트렐에게 이미 몇 번째가 되는 코등이싸움을 요구했다.

"싸우면 싸울수록 당신의 힘이 제게도 반영된다고 말씀드렸습니다. 대결이 오래 지속될수록 제게는 유리하죠. 자, 무엇을 노리는 겁니까?"

"너를 하데스에게 엄벌을 받도록 명계로 보내야 하나, 아니면 윤회의 고리로 돌아가지 못하게 혼을 멸해야 하나. 지금 또다시 망설임이 생겨서 말이다."

"오호, 등골이 얼어붙는 생각을 하고 계셨군요. 그렇다 쳐도 진의를 말씀해주시지 않는다는 게 섭섭합니다. 저는 비유하자면 당신과 레니아 아가씨의 자식이 되는 존재잖습니까."

"만약에 너 같은 자식을 두었다면 가정 교육을 잘못했으니 손수 책임을 져야 했을 것이다."

"엄격한 교육 가치관을 갖고 계시군요. 당신의 자식이 아니온지라 진심으로 다행이라는 생각이 듭니다."

나도 너 같은 자식을 두지 않아서 다행이다. 혹시라도 이렇게 되면 안 되니 자식을 낳았을 때는 정성껏 교육을 하고 애정을 쏟아주도록 하자.

"그것이 서로를 위함일 테지. 그리고 바스트렐, 내내 해주고 싶은 말이 있었다."

"무엇입니까?"

"너에게 그 검은 어울리지 않는다. 분수에 맞지 않는다. 용사 다음의 주인이 하필 너라는 것이 몹시도 역겹구나. 네게서 그 검을 압수하도록 하겠다."

코등이싸움 상태에서 드래곤 슬레이어에 용조검을 얽은 뒤 바닥에 붙박다시피 내리누른다.

또한 뒤쪽에서 용언 마법진 안에 남아 있었던 세리나가 쭉 모아 놓았던 힘을 폭발시켰다.

라미아의 영역을 완전하게 넘은 힘인지라 바스트렐이 시선을 보낸다.

바스트렐, 드라미나, 레니아, 그리고 나 자신이 쭉 힘을 휘둘러온 이 상태는 내게서 용의 정기를 꾸준하게 먹어왔었던 세리나에게도 적잖은 영향을 미치고 있다.

세리나는 지금도 계속 빛나고 있는 용언 마법진 안쪽에서 아예 외양마저도 달라졌다.

심녹색이었던 하반신의 비늘은 나와 똑같이 백색으로 바뀌었고, 등에는 마력으로 구축된 하얀 색깔이 서린 반투명의 날개가 일곱 장 형성되었다. 아울러 푸른 만월을 연상케 하는 눈동자는 무지갯빛으로 바뀌었다.

나의 경우를 대강 반룡반인 상태라 호칭하자면 지금의 세리나는 반룡반라미아라고 불러야 할 모습이었다.

"가라앗~!!"

세리나의 온몸에서 피어오르는 고신룡과 라미아의 힘이 뒤섞인 힘은 고스란히 거대한 뱀의 형태를, 아니, 용의 머리를 지녔기에 용사(竜蛇)라고 불러야 할 법한 형태를 취하며 바스트렐의 등 뒤에서 덮쳐들었다.

수룡 루우의 본래 모습에도 필적하는 거대한 용사는 지상 세계의 용종이라면 어떠한 고위의 존재일지라도 치명상을 가할 수 있는 영역에까지 다다랐다.

"오호라, 묘한 기세가 느껴지는가 싶더니 저 소녀도 당신의 손길을 받은 겁니까. 후후, 제 힘을 높여주는 존재가 또 하나."

그러나 지금 바스트렐은 — 비록 타인의 힘을 빌렸다지만 — 이미 삼용제, 삼용황마저 능가한 채 더욱더 높은 경지에 솟구쳐 올라가고 있다.

아무리 나의 정기로 강화된 세리나가 혼신의 일격을 날렸다고 한들 대단히 유감스러우나 이자는 딱히 방어가 어렵지도 않았다.

바스트렐은 내게 드래곤 슬레이어를 제압당한 자세 그대로 뒤쪽에다가 견고한 마법진에 의한 방어 장벽을 전개해서 커다랗게 턱을 벌리는 용사를 막아 냈다.

"끄응끄으응!"

"후후후, 전혀 박력이 없고 참으로 귀엽게 힘을 담아내는군요."

천연덕스러운 표정으로 세리나의 일격을 막아 낸 바스트렐은 더없이 여유만만하게 웃는 얼굴과 함께 중얼거렸다.

세리나가 귀엽다는 말에는 전면적으로 동의한다만, 너의 방심이 좀 과한 수준을 넘어섰다.

고신룡과 신조마수의 힘을 지니게 되었고 무한하게 존재하는 이 차원에서 힘을 공급받는다…… 기껏해야 저런 수준의 강점을 믿고 용케도 이렇게까지 자만할 수 있구나.

그러니까 세리나가 날린 화려한 용사의 그림자에 숨어서 접근했던 크리스티나 양의 종적을 놓치는 것이 아닌가.

비명을 내지르는 혼과 육체를 정신력으로 애써 제압한 채 크리스티나 양은 귀기가 도는 표정으로 바스트렐의 오른쪽으로 돌아들어서 애검 엘스파다를 치켜들었다.

"오오오!!"

"아하, 라미아 소녀는 미끼였습니까. 그런데 각성도 못한 초인종이 무엇을 할 수 있답니까?"

강화 마법을 최대한으로 써서 달려오는 크리스티나 양을 보고도 바스트렐의 눈동자에는 경멸의 색이 짙다. 상대를 완전히 깔보는 눈동자다.

"어리석기는. 크리스티나 양이 과거의 선조에게서 고신룡 살해의 인자를 이어받았다는 의미가 무엇인가, 내 힘을 지니게 된 지금도 깨닫지 못하는가."

내가 말을 마쳤을 무렵, 엘스파다가 바스트렐의 우측 경부에 내리 휘둘러지며 저 가느다란 목을 절단하고자 하는 은빛이 번쩍인다.

바스트렐은 작은 방어 장벽을 전개해서 세리나의 용사와 마찬가지로 수비에 임했다.

그러나 엘스파다의 칼날이 날쌘 제비처럼 번드치고, 내리 휘둘러지는 도중에 다시 쳐올리는 깔끔한 궤적을 그리면서 바스트렐의 오른쪽 손목으로 향한다.

그럼에도 바스트렐의 입가에는 미소가 떠올라 있었다.

방어 장벽이 없을지라도 단순한 마검에 불과한 엘스파다의 일섬이라면 방비가 가능하다 판단하였을 테지.

그러나 이자는 역시 크리스티나 양에 대한 이해가 충분하지 못했다.

고신룡과 신조마수의 힘이 증폭됨에 따라 완전히 취해버렸기에 크리스티나 양이 접근하면 접근할수록 드래곤 슬레이어의 기능이 저하된다는 사실을 깨닫는 때가 늦어지고 있었다.

드래곤 슬레이어가 크리스티나 양을 과거의 주인으로 오인했을 까, 아니면 바스트렐보다 자신의 주인으로 더 적합하다고 판단했을까.

한때는 용사 셈트의 손에 쥐였던 드래곤 슬레이어가 그의 인과를 이어받은 크리스티나 양이 가까이 온 지금, 바스트렐의 수중에 남아 있기를 거부하듯이 이제껏 전해주던 이로운 효과를 끊어버렸다.

그럼에도 바스트렐은 자신이 갖게 된 나의 힘을 근거로 엘스파다의 칼날이 혹시라도 자신을 베어 내리라는 생각은 꿈에도 떠올리지 못하는 모습이었다.

그래서 어리석다고 말했다.

크리스티나 양은 내 심장을 꿰뚫었던 용사 셈트의 정통한 후계자라고도 말할 수 있는 존재. 이 세상에서 가장 강력한 드래곤 살해의 인자를 보유하고 있는 존재다.

오른쪽 손목이 잘려 떨어지고서야 바스트렐은 간신히 현실을 파악했을 것이다.

피를 흩뿌리며 하늘을 나는 바스트렐의 오른손에서 떨어지는 드래곤 슬레이어가 크리스티나 양의 왼손에 꽉 움켜잡힌다.

그 순간, 드래곤 살해의 인자를 이어받은 소녀의 손에 나를 죽였던 검이 쥐여졌다.

크리스티나 양의 혼과 인과에 드래곤 슬레이어와의 회랑이 형성됨에 따라 드래곤 슬레이어는 과거의 주인이 떠올라서 기쁘다는 듯이, 아울러 그 기쁨보다 더한 서글픔을 드러내며 칼날을 진동시켰다.

"오, 오오오오오오오오오!!"

크리스티나 양은 비단 육체뿐 아니라 영혼까지 괴롭히는 인과에 번민의 목소리를 내지르면서 왼손에 든 드래곤 슬레이어를 바스트렐의 텅 빈 몸통에 때려 박는다.

거짓 주인에게 결별을 고하듯이 드래곤 슬레이어는 무한의 우주에서 담아 온 막대한 힘을 칼날과 함께 바스트렐의 몸통에 작렬시켰다.

극채색의 빛과 다종다양한 힘이 수만에 달한 방어 장벽 및 유전자 단계에서 개조를 받은 바스트렐의 복부를 분쇄하고 장기를 쏟아 내도록 만든다.

마치 거인에게 힘껏 얻어맞은 것처럼 휙 날아가던 바스트렐은 도중에 관성을 무시한 채 움직임을 멈추더니 공중에서 정지했다.

"음, 하하, 이번에는 확실히 제가 방심했습니다. 그래요, 용사 셈트의 인과를 이어받은 소녀라면 드래곤 슬레이어의 주인으로 저보다 더욱 적합할 테죠. 물론 정작 본인은 경황이 없는 상태 같습니다만."

크리스티나 양은 드래곤 슬레이어를 휘두름으로써 기력 전부를 빼앗겨버렸던 탓에 양손을 돌바닥에 짚어 간신히 몸을 지탱하고 있었다.

죽은 사람처럼 핼쑥한 얼굴을 땀으로 흠뻑 적시며, 그럼에도 바스트렐을 쏘아 죽일 것처럼 노려본다.

바스트렐은 피에 물든 자신의 복부를 무사한 왼손으로 가볍게 쓰다듬더니 곧이어 잘려 떨어졌던 오른 손목의 단면도 똑같이 쓰다듬었다.

그러나 보통 사람이라면 이미 즉사했을 상처가 순식간에 아물더니 일절 상처가 없는 상태로 돌아온다.

"드래곤이 살해당하는 것을 허락하지 않았다면 드래곤 슬레이어가 통용될 리 없었듯이 드래곤의 힘을 보유한 저에게도 드래곤 슬레이어는 유효한 타격을 주지 못합니다. 더구나 사용자부터 저토록 헐떡이는 상태잖습니까. 게다가 제가 당신과 레니아 아가씨에게 맞춰서 힘을 증폭시킨다는 것은 바뀌지 않습니다. 이래서야 아무리 오래 싸운들 저를 쓰러뜨리지 못하는 것이 아닙니까?"

"아니, 드래곤 슬레이어를 네 손에서 떼어 놓는 데는 성공했다. 이제부터 너를 쓰러뜨리는 것은 내가 전담한다."

그러나— 계속 말을 이으려고 한 바스트렐의 입을 반응을 용납하지 않는 속도로 품에 파고들었던 내 왼손이 가로막았다.

내가 인간으로 다시 태어난 이후 본 인물 중 가장 아름답고 동시에 가장 추악하며 흉한 안면을 붙잡아서 나는 세리나와 크리스티나 양, 드라미나와 레니아에게 말을 건넸다.

"다들, 조금 멀리 나가서 과거의 내가 저질렀던 실수를 청산하고 오겠어. 금방 돌아올 테니까 잠깐 휴식을 취하도록 해."

제5장 나, 힘을 취하노라

모두의 대답을 기다리지 않고 나는 바스트렐을 동반하여 어느 장소로 전이했다.

더 정확하게 말하면 바스트렐과 결판을 내기 위하여 내가 만들어 낸 특별한 공간으로 장소를 바꾼 셈이다.

그곳은 우주의 색을 반전시킨 듯한— 공간이 하얗게, 별은 까맣게 빛나는 곳이었다.

11차원과 10차원의 간극에 임시로 만들어 놓은 공간이자 이제부터 수행할 바스트렐과의 전투가 다른 세계에 쓸데없는 악영향을 끼치지 않게 차단하기 위함이었다.

나는 바스트렐의 안면에서 손을 떼고 적당히 집어 던졌다.

바스트렐은 우주에서 자세를 가다듬고 나와 정면으로 마주 섰다.

"이, 이곳은……. 설마, 한순간에도 못 미치는 시간에 우주를 만들어 냈단 말입니까?"

"이런 정도는 딱히 고신룡이 아니라 가장 위계가 낮은 신에게도 가능한 능력이다. 자, 나와 레니아의 힘을 취하여 『보아라, 나를 경외하라』라는 듯이 휘둘렀던 마법사여. 네가 의기양양하게 떠벌렸던 너의 신체에 깃들었다는 나의 힘을 나 자신이 확인해주마."

나는 용조검을 해제한 뒤 장검을 칼집에 넣고 바스트렐의 눈앞에서 나의 혼에 각인된 본연의 모습을 현현시켰다.

순백의 눈을 연상케 하는 하얀 비늘에 덮인 사지의 끝부분에는 두껍고 날카로운 발톱이 쭉 돋아나고, 등에서는 색깔이 다른 피막을 가진 일곱 장의 날개가 뻗어 나온다. 얼굴도 용의 형태로 변화했다.

지상 세계용 억제를 푼 내가 발하는 고차 존재의 힘을 오롯이 느낀 바스트렐은 잠시간 망연자실했지만, 곧 나와 호응하며 본인의 육체도 또한 변용을 강제당한다.

눈동자에서 무지갯빛의 빛이 흘러넘치고, 육체가 발하는 힘에 의하여 의복이 찢어지며 두 팔의 어깻죽지와 하반신이 하얀 빛에 감싸인 뒤 다음 순간, 급속도로 체적이 불어나며 팽창하더니 바스트렐의 몸은 나와 똑같은 용종의 신체로 바뀌었다.

등에서는 나와 똑같은 배색의 날개가 일곱 장 자라나고, 인간인 채 변화가 없는 머리에서는 방울져 떨어지는 듯한 흑발을 갈라 세 쌍 여섯 개의 뿔이 피부를 찢고 뻗어 나온다.

육체 자체가 진짜 용종처럼 바뀐 바스트렐은 자신의 육체에 도래한 변용을 잠시 살펴보다가 곧 등뼈가 부러질세라 몸을 젖히며 가가대소했다.

"후, 후후후, 아하하하하하하! 세상에, 어찌 이리도 훌륭한 힘이란 말인가. 이것이, 이것이 고신룡 드래곤의 힘. 신들이 기거하는 영역의 힘, 그리고 바라보는 광경인가! 지금의 나는 인간이 아닌 신에 가깝고, 신이 아닌 용에 가까운 존재로 탈바꿈했다 말할 수 있겠지요."

"기분이 좋아 보이니 잘됐구나. 이 세상에서 마지막으로 맛보는 열락이다. 차분하게 음미하도록 해라."

해마의 신 오크투르와 싸웠을 때 이상의 힘을 온몸에 가득 끌어올린 나를 앞두고 마찬가지로 자연히 힘이 높아진 바스트렐이 갑작스럽게 신의 영역으로 도달한 환희를 모조리 쏟아 내며 대답한다.

"예, 예에, 분명 경험한 적 없는 열락입니다. 이러한 혼의 쾌락이 있었던가! 아아, 더욱더, 더 부탁드립니다. 더욱 제게 맛보여주십시오. 사랑하는 용이여!! 그 탁한 눈동자의 천공인들은 제 힘을 칭찬이야 했습니다만, 단 한 번도 그 칭찬에 가슴이 뛰었던 적은 없었습니다. 놈들이 아무리 저의 가치를 칭송한들 결국 자신들의 문명이 만든 기술에 보내는 찬사였으니까요. 그러나 당신은, 당신은 다릅니다. 당신은 칭송하기는커녕 기피하고 경멸을 하고 계십니다만, 당신이 강대하면 강대할수록 당신이라는 존재에 의해 성립될 수 있었던 저 또한 자신의 힘이 얼마나 강대한지를 알게 됩니다. 하하하하하, 저 스스로도 제게 이렇게까지 큰 가치가 있을 줄은 생각하지 못했습니다. 이 힘이 있다면, 아무렴요, 어떠한 신일지라도 적이 되지 못합니다!"

하반신과 양팔, 등까지 육체 대부분이 고신룡 드래곤— 즉 나의 신체를 쏙 빼닮은 형태를 띠며 변용된 바스트렐은 자기 육체를 살펴보면서 황홀경에 빠져 있었다.

바스트렐은 신들이 몸에 착용하는 견고한 갑옷과 방패마저도 얇은 종잇장처럼 베어 가를 수 있을 손톱을 보고 진심으로 기뻐하며 웃는다.

그러고 나서 변용된 육체가 자기 뜻대로 움직여주나 시험하듯

손바닥을 접었다 폈다가 하며 장난거리를 떠올린 어린아이와 같이 천진난만한 미소를 짓는다.

바스트렐의 오른손 다섯 손가락이 펼쳐지자마자 그 중앙에 어떤 조짐도 없이 새하얀 빛이 발생했다. 빛은 곧 사방으로 영토를 넓힌 암흑에 집어삼켜졌다가 이윽고 안쪽에서 무수히 많은 광채를 반짝이기 시작한다.

"오호라, 우주란, 세계란 이렇게 만들어 내는 겁니까. 이리도 간단하게 만들 수 있을 줄이야. 이제껏 쌓은 수행이 허망하게 느껴지는군요."

바스트렐이 별반 노력도 들이지 않고 손바닥 안에 발생시킨 것은 부정할 여지가 없는 하나의 우주였다.

빛보다 빨리 무궁의 어둠이 영토를 넓히고, 그 안쪽에서 잇따라 새로운 빛이 태어난다.

태양이다. 미처 헤아릴 수 없도록 태양과 뒤를 따라서 무수히 많은 혹성이 형태를 이루어 내고, 그것들은 성운이 되며 은하가 되고, 무수히 많은 은하는 우주를 순식간에 채워 나간다.

그러한 단일 우주의 탄생을 계기로 다수의 우주가 계속 발생하면서 바스트렐이 만들어 낸 세계는 다원 우주의 규모로 팽창하고, 우주를 무수히 내포하여 더욱 광대한 세계를 형성하고 있다.

비록 생명은 아직 움트지 않았다지만, 이대로 시간을 두면 머지않아 생명이 탄생할 테고 나아가서는 삶과 죽음의 개념이 만들어질 것이다.

"이런 경지에 오른 순간을 지금은 지고의 기쁨과 함께 맞아들이도록 하지요.”

신들이 목표로 했던 완전한 생명, 『사람』과 지금의 바스트렐은 정신 면에서 천지를 아득하게 초월한 괴리가 보인다.

다만 육체 면에서는 초인종 중 최고봉의 개체이기에 거의 『사람』과 다르지 않다고 말할 수 있겠다.

언뜻 남자로도 여자로도 인식할 수 있는 저 용모와 음성 따위는 그야말로 저러한 경지의 표출이며 바스트렐의 몸에는 남성과 여성 양쪽의 특징이 함께 갖추어졌다.

저자에게는 유방도 자궁도 남근도 음낭도 전부 다 정상 기능하는 상태로 갖추어졌음이 틀림없다.

자웅동체, 양성구유— 단독 생식이 가능할 뿐 아니라 성별에 따른 정신성의 차이가 존재하지 않기에 성별에서 기인하는 차별 및 사고의 편향도 없는 셈이다.

완전한 인간은 남녀 양쪽의 기능을 두루 보유하며 한편 정신은 남녀 어느 쪽에도 편향되지 않는 상태로 창조되어야 했다.

물론 지금은 인위적으로 부여된 나와 레니아의 인자에 의해 고신룡의 육체를 손에 넣은 이상, 인간도 고신룡도 아닌 존재로 뒤바뀌었다만.

바스트렐의 주위에서 무수히 많은 세계가 거듭 만들어지고 있다.

내가 고신룡의 힘을 행사할 때마다 제 힘과 영격도 더불어서 높여온 바스트렐은 호흡을 하는 것과 다를 바 없이 우주를 만들어내는 경지에 이른 자신의 힘을 음미하고 있다.

“후후후, 죄송합니다. 조금 과하게 들떠버리고 말았군요. 당신에게는— 아니, 당신의 발치에도 못 미치는 신조차 가능한 재주이더라도 보잘것없는 인간에 불과했던 제게는 마음이 춤을 추는 체험이었습니다. 얼마 전 당신의 자식이 아니라서 다행이라는 말을 했습니다만, 지금에 이르러서는 지난 발언을 철회하고 싶은 마음이 가득합니다. 스스로도 뜻밖입니다만 역시 당신은 저에게 있어 어떻게 겉꾸미더라도 의식할 수밖에 없는 존재였나 봅니다. 세계에서 유일하게, 제가 아버지라고 불러도 괜찮겠다는 생각이 드는 분이시여."

나의 시선을 깨달은 바스트렐은 변명 비슷한 말소리와 함께 가볍게 손바닥을 감아쥐었다.

그와 동시에 바스트렐의 주위에서 하늘하늘 떠다니고 있던 무수한 세계가 거품이 터지듯 사라졌다.

"자, 추잡한 물건을 만들어 이 닫힌 세계를 더럽혀버린 행동은 사죄드리겠습니다. 그건 그렇고……. 오오, 천계란, 마계란 이런 세계였습니까. 그리고 용계는, 오오, 오오, 이러한 몸을 지니게 되었음에도 등줄기에 한기가 솟는 힘이 소용돌이치고 있습니다. 제 가슴의 두근거림을 이해해주실 수 있습니까? 저의 이 눈이 지금은 정령계에서 노는 수많은 정령들의 모습을 살펴볼 수 있고, 이 귀는 요정계의 여왕들이 나누는 말을 알아들을 수 있습니다. 날개를 펄럭이면 천계 꼭대기에 다다를 테고, 팔을 휘두르면 마계에 있는 사신들의 목을 손쉽게 쳐낼 수 있겠지요. 모든 것이 당신과 그 아가씨의 덕분입니다. 그리고 저를 만들어 내기 위하여 혈안이 되었던 초선사 문명의 연구자와 그 계획을 추진했던 지배자들에게도 필히 감사의 뜻을 전해야겠습니다."

"그 말도 곧 못 하게 될 테지. 지금 이때나마 만족이 될 때까지 감사의 뜻을 전하도록 해라."

"어라, 섭섭한 말씀을 다 하십니다. 새로운 용종의 동포로 맞이해주시지는 않는 겁니까?"

"나와 레니아의 힘에 호응하여 힘을 높이는 성질은 네가 원해서 손에 넣은 것이 아니다. 따라서 그 성질을 이유로 들어 너를 기피하지는 않겠다. 그러나 그 힘을 다루는 너의 성정이 내게는 용납되지 않는구나. 너의 주위에는 너를 증오하고 원망하며 분노하는 죽은 자들의 사념이 달라붙어 있다. 보통 사람이라면 억 단위를 한 번에 저주하여 죽일 수 있는 증오도 너에게는 자신의 영격을 높이기 위한 재료에 불과하였을 테지. 알고 있는가? 자신의 쾌락을 위해 죄 없는 생명일지라도 환희를 느끼며 희생시킬 수 있는 인물을 두고 사악하다고 말하는 법이다."

나의 대답을 들은 바스트렐은 일순간 어리둥절하다가 곧 조소로 반응을 대신했다.

바스트렐은 나를 바라보며 철없는 어린아이를 달래는 어른처럼, 혹은 어리석은 자를 불쌍하게 보는 현인과 같은 자세로 말을 늘어놓는다.

"후후후, 세상에, 이럴 수가……. 의외로 치기 어린 말씀을 다 하십니다. 이상주의라 말하면 되는 겁니까. 보통은 어딘가에서 벽에 부딪쳐 좌절한 뒤 몸소 내걸었던 주의 주장의 간판을 끌어내리기 마련입니다만, 당신 만한 힘의 소유주였기에 이제껏 줄곧 뜻을 관철할 수 있으셨을 테죠. 드래곤, 극히 강인한 분이시여, 위대한 분이시여. 죄 없는 생명이 이 세상의 어디에 있단 말씀입니까. 태어난 것이 죄, 살아가는 것이 죄, 죽음도 또한 죄, 욕망하는 것이 죄, 강한 것도 약한 것도, 부유한 것도 가난한 것도, 세상만사 모든 행위가 죄라며 수많은 신이 설명하십니다. 어떤 행동인들 죄가 된다면 자기 욕구를 채우기 위해 삶을 걸어가는 것이 훨씬 더 건설적이지 않겠습니까. 이리 말씀은 올립니다만……. 후후, 제 논리도 허다하게 많은 범인들이 입에 담아온 변설이겠지요."

"아무렴. 과거에 나의 앞에 선 자가 수없이 입에 담아서 나의 귀를 더럽혔던 말이다."

"더 이상 말을 나누어본들 당신의 기분만 상하게 만들 것 같습니다. 그러면 슬슬 본론으로 들어가도록 하시지요."

바스트렐의 사지를 뒤덮은 비늘 및 날개, 뿔의 끄트머리에 이르기까지 전부가 유례를 찾기 힘든 강대한 힘으로 가득 차오르자 내가 보아도 강대하다고 말할 수밖에 없는 힘이 발생하기 시작한다.

눈앞의 바스트렐에게 느껴지는 것은 무엇보다도 익숙하고 친숙한 나 자신의 힘과 최근 들어서 막 알게 된 레니아의 힘.

"어찌 이리도 훌륭한가, 고신룡의 힘이란! 그런 고신룡을 토벌하기 위하여 만든 신조마수의 힘은 또 어떠한가! 무한의 감사와 사랑을 바치며 당신과 싸우겠습니다!!"

"감사도 사랑도 필요치 않다. 이곳 폐쇄된 세계를 전별품으로 삼아 이 세상에서 사라져라!!"

나와 바스트렐은 완전하게 동시에 서로를 향해 비상했다.

지상 세계의 속도 개념 따위야 전혀 의미가 없는 빠르기였다.

설령 빛의 속도보다 곱절, 백 곱절, 혹은 무한의 곱절일지라도 우리의 영역에 다다르면 결코 빠르다고 평가할 수가 없다.

유쾌하지 못한 표현이 되겠지만, 저러한 척도는 지상 세계의 삶을 살아가는 생명에게만 적용되는 하위의 개념이니까.

바스트렐이 두 팔을 조류처럼 좌우로 펼쳐 손바닥에 방대한 용의 기운과 마력을 집중시키더니 명확한 살의를 실어서 내리찍는다.

나는 오른손에 모아 둔 힘을 막 들이닥치는 바스트렐의 힘에 때려 박았다.

이 대결을 위해 창조한 폐쇄 공간이 아니었다면 격돌하는 공격의 여파에 의해 허다한 세계가 멸망하거나 또는 탄생했을 것이다.

우리의 중간 지점에서 작렬한 힘은 극채색의 빛과 이글거리는 불길, 충격이 되어 서로의 온몸을 타격한다.

나는 개의치 않고 쭉 전진했다.

바스트렐도 역시 힘의 충돌을 받아 비늘과 살이 타올랐음에도 나를 목표로 들이닥친다.

거리를 좁히는 동안에도 바스트렐이 입은 상처는 봉합되고, 나를 따라서 더욱 힘이 상승한다.

역시 내가 힘을 발휘하면 할수록 이 녀석 역시도 힘과 영격을 높이며 나와 똑같은 영역으로 치고 올라오는가.

우리는 서로의 방어를 뚫을 위력의 수단으로 질리지도 않고 공방을 이어 나갔다.

나의 비늘에 바스트렐이 휘두른 힘이 쏟아지고, 바스트렐도 역시 나의 공격을 받아 잇따라 상처 입는다.

바스트렐의 왼팔이 어깻죽지부터 떨어져 나가고, 복부를 지켜주는 비늘이 터져 날아가고, 등의 날개도 군데군데가 찢어진다.

영혼에 타격을 받아 언어로 이루 표현하지 못할 고통이 분명 끊임없이 바스트렐을 덮치고 있을 텐데도 저 얼굴에 쓰라린 괴로움의 빛은 조금도 없다.

눈동자가 무지개의 빛을 발하며 머리에서는 뿔이 자라나고 목덜미에는 새롭게 흑백의 농담이 있는 비늘을 만들어 내는 바스트렐의 얼굴을 채색하는 것은 그저 오로지 희열의 감정뿐.

기쁘더냐, 유쾌하더냐, 바스트렐.

네가 몽상해왔던 신마저 초월하는 고신룡의 영역에 다다랐다는 것이 그토록 기쁘고 흐뭇하더냐.

이제껏 자신이 매진해왔던 마도의 극의가 보잘것없는 장식품에 불과했음을 알게 되고도 그토록 마음이 들떠 오르는가.

바스트렐의 육체는 머리부터 다리의 관절부에 이를 때까지 부위는 인간의 생김새를 유지하고 있었다만, 요염한 유방의 꼭대기는 꼿꼿이 섰고 고간에서 뻗어 나오는 남성기도 딱딱하게 발기되었다.

성적 쾌락마저 느끼며 바스트렐은 자신의 영혼과 혈육에 생성되는 힘을 휘두르는 유열에 사로잡혀 있다.

"아아, 당신과 만날 수 있어 기쁩니다. 당신을 통해 만들어진 이 몸과 혼을 오늘만큼 기껍게, 또한 자랑스럽게 생각했던 적은 없습니다! 영겁을, 후후, 시간이 흐르지 않는 이 세계에서조차 영겁이라 느껴지는 시간을 함께 보내도록 합시다, 드래곤. 내가 사랑하는 분, 나의 부군! 아아, 나는 지금 틀림없이 당신을 사랑하고 있습니다!!"

"사라지라고 말했을 텐데? 바스트렐이여."

내가 커다랗게 벌린 입에서 발사된 무지개색의 브레스를 맞고 좌반신이 싹 날아갔는데도 바스트렐은 앞에 내미는 오른손의 끝으로 거울을 비춘 것처럼 무지개색 빛의 분류를 발사한다.

시야 전부를 가득 매우며 닥쳐드는 공격성 높은 빛에 대응하여 나는 왼팔을 한일자로 휘둘러 베어 갈랐다.

"이렇게 당신의 힘을 휘두르면 진저리가 나도록 통감하게 됩니다. 시간의 흐름을 지배하는 것, 공간의 비밀을 해명하는 것, 삶과 죽음의 관련성, 인과의 개변에 의한 사상 조작, 이세계와의 연결에 따른 무한한 힘의 행사, 세계 창조의 방법. 과거에 추구했었고 몇몇은 손에 넣었던 비사도 신들의 입장에서는 정녕 이토록 간단하며 싱거운 일이었을 줄은. 지상에서 살아가는 생명은 어찌 이리도 왜소하단 말인가. 신들이 얼마나 강대한가. 그리고 그런 신들마저도 초월하는 당신의 이 힘! 그야말로 이 세상의 정점에 어울립니다."

방금 날아가버린 좌반신의 재생을 마친 바스트렐은 뜨겁게 내게 역설하면서 일곱 가지 색깔로 반짝이는 광탄을 발사한다.

흠, 이런 수준의 힘이라면 바스트렐이 완전하게 제어할 수 있군. 얼마나 내 힘을 능란하게 다룰 수 있을지 불분명하다만, 어디…….

"나는 정점의 자리 따위에 흥미가 없다만, 너는 아무래도 다른 듯하군. 언뜻 보아도 너의 정신성은 여전히 저열하며 고상함은 전혀 느껴지지 않는다."

"후후후, 제아무리 힘을 취하더라도 마음까지는 끌려가지 않는 다고 칭찬해주십시오."

"헛소리!"

내가 또다시 발사한 일곱 색깔의 광탄에 직격을 당한 바스트렐은 복강부터 아래가 싹 날아가서 장기를 흩뿌리면서도 장절하게 웃었다.

―아직도 한참 부족합니다, 더 많이 놀아봅시다, 더 서로를 상처 입힙시다, 더욱 열심히 서로를 죽여봅시다. 그래, 영원히!

바스트렐의 웃음은 저러한 말을 건네는 것 같았다.

†

드란이 직접 만들어 낸 폐쇄 공간에서 바스트렐과 벌인 전투를 지각하는 인물이 몇몇 세계에 존재했다.

우선은 천계에서도 굴지의 권위와 신격의 주인인 대지모신 마이라르.

선한 신들 사이에서도 주신이라 불리기에 걸맞은 몇 안 되는 여신이며 드란에게는 전세를 쭉 통틀어서 최고의 벗이었던 여성이다.

마이라르는 지상 세계의 온갖 환경에서 서식하는 화초 및 나무들, 과실이 여무는 산맥 중턱에 우뚝 선 세계수와 대화하고 있었다.

전 차원에서 세 번째로 오래된 이 세계수는 마이라르의 오랜 벗이다.

세계수의 자손이 드란에게 구원받았다는 화제로 막 꽃을 피우고 있던 참이었는데 분노가 깃든 드란의 힘과 파동을 감지한 마이라르는 일곱 색깔의 꽃들이 뒤덮은 산의 일각으로 시선을 움직였다.

칠흑 같은 어둠을 연상케 하는 흑발을 쓸어 올리며 친구 드란이 놓인 상황에 수심을 드러낸다.

"드래곤이 이리도 큰 분노를 보이는 것이 도대체 얼마 만일까요. 이쪽에 영향이 끼치지는 않는 만큼 이성을 잃는 않았겠습니다만……. 그렇다 쳐도 인간으로 다시 태어나 겨우 살아가기 위한 활력을 되찾았는데 이런 사태가 벌어지다니요."

인자한 어머니라고 말하기엔 너무나 젊은 마이라르의 얼굴에는 친구에 대한 연민과 자비의 감정이 짙게 떠올라 있을지언정 거기에 걱정이나 우려의 빛은 티끌만큼도 없었다.

마이라르 또한 드란과 대치한 적의 힘이 드란에게서 유래되었다는 것은 정확하게 감지할 수 있었지만, 그럼에도 전혀 위험시하지 않는다.

이런 상황에서도 마이라르는 드란이 대치하고 있는 적에게 상처를 입는다거나 패배의 진창에 빠질 것이라고는 꿈에도 생각하지 않는 모습이었다.

†

마이라르 이외에도 천계에서 드란과 바스트렐의 싸움을 지각하는 인물은 있었다.

그중 일좌는 황금빛 만월이 반짝이는 별하늘의 아래에 우뚝 선 높직한 언덕 위쪽에 걸터앉은 청년이었다.

아무 가로막는 것 없이 달빛을 온몸에 받아서 쬐는 그자의 입가에는 상쾌하면서도 사냥감을 앞에 둔 맹수를 연상케 하는 흉폭함 역시 겸비한 미소가 떠올라 있다.

그야말로 싸우는 자가 목표로 해야 할 경지의 극의라고도 말할 수 있을 육체는 압도적인 근육의 질량을 갖추었으며 균형이 잘 잡힌 역삼각형의 상반신과 대지의 아래 깊숙이 뿌리를 뻗은 거목과 같은 하반신으로 구성되어 있다.

웃음을 짓는다면 만인이 진심으로 이끌리게 될 천부의 매력을 갖춘 얼굴은 윤곽이 뚜렷하고 햇볕에 잘 그을렸으며 진짜 황금보다도 반짝이는 금색 머리카락은 마치 사자의 갈기 같았다.

상반신은 훤히 노출한 나신인 반면 하반신에는 가죽으로 만든 듯한 검은색의 두꺼운 바지를 입었고 그 위쪽에 허리 보호대와 다리 갑옷을 착용했다.

옆쪽에는 족히 신장의 곱절은 될 길이의 창이 지면에 박혀 서 있고, 텅 빈 수정제 술병이 잔뜩 굴러다니고 있었다.

만약 달의 시점으로 이 청년을 내려다본다면 주위로 쭉 뻗어 나가는 초원에서 그곳을 가득 메우는 헤아릴 수 없이 많은 석상군을 발견할 수 있을 것이다. 또한 자세하게 관찰하면 석상군으로 보인 물체들 중에 꿈쩍도 하지 않는 생물 비슷한 것을 찾아낼 수 있겠다.

순수 인간종, 엘프 및 랜드러너, 드워프, 도마뱀 인간, 충인, 수인, 심지어 드란이 살고 있는 혹성에는 존재하지 않는 종족까지.

지상 세계에서 사는 인간종의 전시장과 같다.

그리고 석상군으로 보이는 물체 중 몇몇은 거대한 곤충이나 파충류와 비슷한 괴수의 아종이었고, 그 밖에도 인간형의 병기로 짐작되는 물건이나 그것을 탑재하기 위한 목적일 함의 잔해도 있다.

이곳은 천계의 한 구획에 존재하는 전신의 필두, 알데스가 지배하는 영역이었다.

지상 세계의 신자들에게는 발할라, 영원의 전장, 용사의 나라 등 다양한 호칭으로 알려져 있다.

이 청년이야말로 대신 알데스이며 주위에 나동그라진 주검은 그의 권속 및 사후에 이 세계로 초대받은 지상 세계 출신의 주민들이다.

알데스는 내킬 때마다 개최하는 권속들과의 대결을 마친 뒤 투쟁의 고양감을 맛보려는 듯이 마음껏 술을 마시고 달구경을 즐겼다.

지금은 땅에 엎드려 있는 자들도 시간이 흘러가면 상처 하나 없는 모습으로 일어나서 다시 자신이 가진 힘 전부를 휘둘러 싸움을 즐길 것이다.

알데스가 지배하는 세계에서는 그곳에 소속된 인물들이 바라는 한 얼마든지 다시 일어나서 투쟁에 도전하는 행위가 용납된다.

명부에도 수라도라는 싸움의 고통 및 괴로움, 깊은 업보를 줄곧 맛봐야 하는 영역이 존재하는데 발할라에서는 희망에 따라 언제든지 원하는 때 혼의 윤회로 돌아갈 순 있다는 점에서 큰 차이가 난다.

불현듯 알데스가 천천히 일어섰다.

경계하는 의식이 전혀 없어서 무방비하다는 생각밖에 안 드는 분위기다만, 그것이야말로 만 명에 한 명의 재능을 가진 무인마저도 도달할 수 없는 융통무애(融通無碍)의 경지임을 진정한 달인만이 깨달아 전율하리라.

아마 무(武)라는 부분에서는 모든 존재의 정점에 군림하고 있을 알데스의 동작은 단지 일어서는 행위마저도 뭇 사람들의 눈에 신성하게 비친다.

알데스는 창의 날 끝으로 바닥에 굴러다니는 술병 하나를 걸어 능숙하게 왼손으로 받아 들더니 곧장 꿀꺽꿀꺽 소리를 내며 마셨다.

눈 깜짝할 틈에 술병을 텅 빈 알데스는 왼쪽 손등으로 입술을 훔치고 씩 깊은 웃음을 짓는다.

"아핫핫핫핫핫!! 오오, 드래곤이여, 드디어 다시 살아갈 기개를 되찾았구나. 거참, 이리도 오래 기다리게 만들다니. 후훗훗훗."

주위에 거리끼지 않고 큰 소리로 웃는 알데스는 섭섭한 태도를 보이던 놀이 친구와 드디어 다시 놀 수 있음을 알게 된 어린아이와 마찬가지였다.

알데스는 달에 시선을 향한 채 드래곤이 만들어 낸 폐쇄 공간을 들여다보며 그 안쪽에서 벌어지는 투쟁을 분명하게 파악하고 있었다.

드란이 만들어 낸 모든 관념에 근거하여 닫혀 있는 공간의 안쪽에서 벌어지는 일을 정확하게 파악하는 능력은 과연 대신이라고 상찬을 받아 마땅하겠다.

알데스는 빈 술병을 바닥에 집어 던지고 왼손으로 이마에 차양을 만들어서 폐쇄 공간의 안쪽을 재차 잘 들여다보고자 시도한다.

"오호, 오호라, 드래곤 녀석의 기세가 왜 둘이나 있나 싶었더니 또 마계의 녀석들이 열화품이라도 만들었나 보군. 아니, 아니지. 이 기세와 혼의 광채를 보아 짐작하자면 초인종이 어찌어찌 드래곤의 힘을 얻은 것인가. 카라비스의 기세도 느껴지는데 또 뭔가 바보짓을 저질렀을 테지. 그건 그렇고 드래곤 녀석, 꽤 힘이 약해졌군. 그러나…… 지금이 옛날보다 훨씬 더 버겁다. 이래서야 또 호되게 두들겨 맞을 것 같다만, 그렇기에 더더욱 창을 휘두를 보람이 늘어나는 게 아니겠는가. 와핫핫핫핫핫핫!!"

약해졌음에도 버거워졌다─ 언뜻 듣기에 모순되는 말을 한 뒤에 알데스는 다시 주저앉는다.

그 모습에는 드란에 대한 흔들리지 않는 신뢰와 확신이 가득 흘러넘쳤다.

무의 길을 걸어가는 자가 대체로 그러하듯이 알데스에게 자신이 전력을 발휘하고도 끝내 당하지 못할 강적인 드래곤의 존재는 이 세상에서 둘도 없이 귀한 보물이었다.

†

그리고 이곳에도 역시 드래곤과 바스트렐의 대결을 지각한 뒤 동향을 지켜보는 인물이 있었다.

실질적인 용계의 수장이자 천계 및 마계의 신들에게서 시원의 일곱 용 가운데 장형으로 인식되어 있는 고신룡 바하무트이다.

과거에 용계에서 보호했던 어느 별들의 사람들을 본래 있었던 세계로 데려다주고 돌아오는 길의 일이었다.

다섯 개 태양이 반짝이는 성계에서 용계로 귀환하기 위해 차원 간 통로를 열고자 했을 때 10차원과 11차원의 간극에서 쏟아지는 투쟁의 기세를 감지하고 바하무트는 은빛의 눈에 힘을 주면서 그 세계를 보았다.

시원의 일곱 용 가운데 가장 사려가 깊고 시조룡의 지식을 가장 많이 계승한 흑린(黑鱗)의 고신룡은 막 목격한 광경에 대해 잠시 간 말을 아꼈다.

그때—.

"바하항, 야호~."

세계의 진리와 통하는 길을 가로막는 안개에 막 도전하고자 하는 현자처럼 엄격한 분위기를 가볍게 까불거리는 여자의 목소리가 성대하게 깨부쉈다.

우주 공간임에도 불구하고 여름의 한낮처럼 갈색의 맨살을 훤히 드러냈으며 긴 은발이 눈에 띄는 여자— 카라비스다.

카라비스가 이렇게 얼굴을 비추는 일은 몹시도 드물었다.

비록 드래곤의 악우일지언정 바하무트는 이 대여신을 까닭도 없이 싫어했다.

아무러면 마주치자마자 대뜸 일격을 가할 만큼 인내심이 없지는 않았다만, 바하무트는 평소부터 카라비스의 일거수일투족과 발언 한 마디에 이르기까지 전부를 경계했었다.

그러나 그런 바하무트가 이때만큼은 어째서인지 썩 카라비스에게 적의를 드러내지 않았다.

이유 중 하나는 방금 전 카라비스의 목소리가—.

"바바바바바바바바하항, 야, 야, 야, 야호호호오호오~."

이렇듯 한심하리만큼 덜덜 떨리며 명백하게 겁먹은 상태였다는 데서 기인했다.

피로가 배어나는 한숨을 뱉은 뒤 독기가 빠진 바하무트는 카라비스와의 대화에 응했다.

드래곤이 인간으로 전생한 이후 카라비스의 흉행이 뚝 멈췄다는 것을 생각하면 지금의 한심한 꼴은 현재 전투에 임하는 드래곤과 모종의 관계가 있을 테지.

"무슨 일인가, 카라비스. 네가 나에게 말을 걸어오는 것이 도대체 얼마 만이었던가."

"저저, 저번에에에, 드랑이 진짜 죽어버렸나, 무무무…… 물어보러 왔을 때 이후는 첨인가~아?!"

"조금 진정하도록 해라. 아마 드래곤이 발하는 분노의 파동을 받아 평정을 잃은 듯한데, 이 분노는 너를 대상으로 쏟아지는 것이 아니잖은가."

이토록 드래곤을 두려워하는 주제에 수작질을 관두지 않는 이유가 대체 어떠한 심리인지 싶어 바하무트는 내심 기막힘의 산을 쌓아 올리고 있었다.

묘령의 미녀라는 모습을 취한 대사신은 몇 번이고 심호흡하며 우주 공간을 가득 채우는 전자파라든가 에테르 따위를 폐에 가득히 빨아들였다가 내뱉고 표면을 겉꾸밀 수 있을 정도로 평정심을 되찾았다.

"으……. 후유, 어우야아, 겨우 좀 진정이 되네. 아니, 아니, 아니, 꼴나사운 모습을 보여줬네. 바하항."

"너의 꼴사나운 모습을 굳이 보고 싶지는 않다만…… 웬만하면 바하항은 관두지."

"뭐, 어때. 귀엽잖아. 바하항항. 응, 아무튼 이렇게 굳이 지상까지 내려와서 만나러 온 이유 말인데, 솔직하게 말하면 드랑이 많이 화난 것 같거든. 막 당황하게 돼서 말이야. 저거 있잖아, 드랑 있잖아, 뭔가 드랑의 힘을 가진 녀석이랑 싸우는 거 같은데? 바하항은 어떻게 봐? 보여?"

카라비스는 평소 분위기를 되찾아 성가시면서도 쓸데없이 밝고 명랑하게 떠들기 시작했다.

"어떻게 보긴, 드래곤뿐 아니라 너의 힘까지 느껴지는 상대다. 다만 너의 힘은 꽤 희박하군."

"아항, 음~ 있잖아, 전에 있잖아, 내가 만들었달까, 태어나게 해준 아이의 힘이 이용된 것 같거든. 어떤 경위인지 잘 모르겠는데 드랑이랑 그 아이— 아, 이름은 레니아인데 말야, 레니아의 힘도 같이 가졌다는 게 별일이잖아~."

"오호, 신조마수인가. 저번에 드래곤이 말을 꺼냈던 개체인가? 우리의 힘을 보유한 유일의 성공 사례라고 말할 수 있겠으나 그럼에도 우리에게는 미치지 못하는 이상 네가 보기에는 실패인가. 드래곤의 힘이 불어남에 따라서 맞서 싸우는 상대의 힘도 불어나고 있다. 드래곤의 인자를 가지고 있는 까닭인 듯한데, 대결이라는 양상이 성립되는 이유는 그 덕분이군."

"흥흥, 바하항의 말이 맞아. 이게 레니아의 인자도 있으니까 그

몸도 같이 올라간다는 느끼임~? 엄청 부러워라아~."

"카라비스여, 티끌만큼도 생각하지 않는 소리를 입에 담지 말거라."

바하무트의 지적을 받은 카라비스가 히죽, 그야말로 요악한 미소를 짓는다.

"그렇지, 뭐. 확실히 드랑이 힘을 발휘하면 따라서 같이 힘이 늘어난다는 게 반칙 비슷한 특성이지만, 그것만 갖고 드랑한테 이길 수 있다고 나라면 자만하지 않을 거야. 저거 말이야, 뭔가 말이야, 막 드랑이 말이야, 바하항이랑 시원의 일곱 용 가운데서도 어째선지 한 발짝 큼지막하게 앞서 나가잖아. 분명히 완전 팍 약해졌는데 지금도 나는 드랑이 제일 무섭고, 장래의 서방님이라는 사이를 빼고 보아도 역시 가장 강한 건 드랑이라는 생각이 들거든."

카라비스의 말 안에는 본심 말고도 노골적일 만큼 시원의 일곱 용에 대한 정보를 끌어내고자 하는 의도가 여기저기 엿보였다만, 바하무트는 알려져도 상관없다고 판단한 뒤 입을 열었다.

"우리 시원의 일곱 용이 시조룡이 찢어 놓았던 육체 중 큰 부위에서 태어났음은 모두가 아는 사실이다. 나는 머리, 알렉산더라면 어금니라는 식이지. 한데 드래곤만은 다르다. 그 녀석은 심장 이외에도 또 하나를 시조룡에게서 이어받았다. 그것이 시원의 일곱 용 가운데 드래곤만이 돌출된 힘을 보유하게 된 이유이자 그 녀석만이 다른 여섯 용과 다르게 지상 세계에 남아 인간에게 목숨을 내어주고 만 원인이기도 하지."

"흐응? 그게 뭔데, 나 말이야, 쪼끔 신경이 쓰이는데요. 뭐, 여기까지 알려줬으면 거의 다 알아낸 거나 마찬가지지만 말이야~.

드랑의 별난 구석을 떠올려보면, 뭐, 대강 짐작이 되니까. 드랑은 시조룡의 심장인 동시에 「시조룡의 마음」이었다는 소리구나."

"그렇다. 우리는 모두 동등하게 시조룡의 지식 및 기억을 이어받았으나 드래곤만은 시조룡의 마음 자체를 계승했다. 일찍이 시조룡은 고독이 초래하는 외로움을 견디지 못하여 자기 몸을 찢어서 우리를 만들어 냈고 우리가 되었다. 다만 진정으로 「시조룡이 되었다」라고 말할 수 있는 대상은 드래곤. 우리는 하나를 이어받았고 드래곤은 둘을 이어받았다. 따라서 드래곤은 우리들 중 특별하며 특이하지. 그리고 시조룡의 마음을 이어받았던 탓에 드래곤은 전세에서 용사에게 죽어주는 선택을 하고 말았다."

"오호라, 아항, 이제야 밝혀지는 시원의 일곱 용이 숨겼던 비밀이 요거였네? 나한테 말해줘도 괜찮은 거야? 진짜?"

"말해준들 무엇이 딱히 달라지지도 않는다. 또한 달라질 수도 없지. 게다가…… 너는 예전부터 알고 있었던 사실일 텐데. 그리고 지금의 드래곤에 대해서도 말이지."

"으음~ 그야, 뭐. 시조룡도 드랑도 요컨대 마음 안쪽에 쌓아 둔 고독이라는 이름의 독에 침식돼서 죽었던 셈이잖아. 그런데 드랑은 전생의 저주를 받아 인간으로 다시 태어남으로써 그 독을 치료하고 있어. 이제껏 쭉 손상을 입던 마음도 말야. 시조룡의 무렵부터 통틀어 처음으로 마음이 가득 차오른 셈이네. 그런 울트라 고이스 해피 멘털인 드랑이 위기에 처했을 때 얼마나 말도 안 되는 힘을 발휘할지는 솔직히 나도 잘 몰라. 까놓고 말하면 지금 드랑이 전세의 드랑보다 어떤 의미론 강할걸?"

"옳다. 그런데 카라비스여, 적은 그러한 드래곤의 힘에 반응하여 자신의 힘을 끌어올리는 듯하군. 드래곤을 쓰러뜨리기란 비록 꿈속의 다시 꿈같은 바람일지언정 상처 하나 정도는 입힐 수 있지 않겠나?"

카라비스는 바하무트가 어떠한 말을 늘어놓았는지 도무지 못 알아들었다는 듯이 어리둥절하며 가만있다가 얼마 뒤 말의 의미를 이해하자마자 등뼈가 부러질 것 같은 기세로 몸을 젖히며 웃기 시작했다.

만약 이 웃음소리가 전달되어버렸다면 그 소리를 들은 모든 존재에게 대강 인간이 상상할 수 있는 갖가지 재액을 불러일으키는 초차원 규모의 재앙이 벌어질 수도 있었다. 그러나 바하무트는 아주 약간의 의식만 할애해서 전부 상쇄시켰다.

"아하하하하핫하, 우후후후후후후후, 에헤히히히히히히히히, 아니, 뭐야뭐야, 바, 바하, 바하항도 참 재미있는 농담을 하는구나. 에흑, 에흑, 에후후후후후후, 으갸악허헉허헉, 웃다가 죽어버리겠네~. 크후후후후후. 드랑이 위험해진다? 설마, 저따위 바보한테 대체 어떻게 질 수 있겠어! 드랑의 힘을 가지고 있다? 드랑한테 호응해서 힘을 끌어올린다? 응, 확실히 강적이겠네. 굉장한 특성이야. 진짜 대단하네. 그런데 말야, 그것만 갖고 드랑한테 이길 수 있다면 고생 안 하거든. 게다가 지금 드랑이 싸우고 있는 녀석, 드랑의 힘이야 갖고 있다지만 말이야, 그냥 풋내기밖에 안 되는걸. 모조품에 짝퉁이잖아? 결과는 굳이 생각할 필요도 없지!"

"……그러한가. 나도 똑같은 생각이다. 무엇보다 시조룡의 심장에서 태어난 드래곤은 힘이나 흐름이라는 분야를 다루는 데 뛰어나지. 그런 드래곤과 같은 성질의 힘을 쓰는 어리석음을 머지않아 알게 되리라."

애당초 아직 드란뿐 아니라 다른 시원의 일곱 용에게는 카라비스도 알지 못하는 것이 차라리 나을 비밀— 혹은 비장의 수단이 남아 있다만…….

바하무트는 현재 드란의 상황을 궁지에 처했다고는, 하물며 고전한다는 생각은 아주 조금도 가지고 있지 않았다.

✝

카라비스와 바하무트가 드란과 바스트렐이 맞붙은 대결의 승패 및 결과를 단언하고 있던 때 용계에 있는 다른 형제와 동포들도 드란이 전투에 임하였음을 깨달았다만, 어느 두 자매룡만큼은 딱히 반응을 나타내지 않았다.

장소는 고신룡 리바이어던이 거처로 정한 대해.

용인의 모습으로 변화한 리바이어던은 해수면 위에 서 있었고, 또 정면에는 금빛 눈동자와 은빛 비늘을 지닌 고신룡 알렉산더가 용인 소녀의 모습을 취한 채 서 있었다.

진룡과 용신들이 흥미진진하게 드란의 싸움을 구경하는 데 반하여 이곳에 선 두 존재는 긴장된 분위기로 어떠한 대치를 하고 있었다.

여유작작히 팔짱을 낀 리바이어던이 시선 한 번 보내기조차 꺼려지는 위엄과 함께 짤막하게 여동생 용에게 명령했다.

"어디 해보거라, 알렉산더."

항상 오만불손했던 알렉산더치고는 드물게도 긴장이 어린 표정으로 끄덕 고개를 움직이더니 언니 용의 명령에 따른다.

그러나 입을 열자마자 평소와 다르지 않게 형제들 이외 전부를 내려다보며 거리낌 없이 경멸의 감정을 흩뿌리는 얄미운 표정으로 바뀐다.

"내가 특별히 만나러 와주었다. 어떤가, 기뻐해라, 드래곤."

"다음."

리바이어던이 냉담하게 쏘아붙인다.

"벼, 별로 너를 만나고 싶어서 온 것이 아니란 말이다. 착각하지 마라, 드래곤."

"아직 멀었다."

"······야, 야호~ 오빠. 알렉산더야. 만나러 왔어."

"노력은 인정하나 더 힘을 내보거라."

살짝 눈살을 움직이며 리바이어던이 개선을 촉구하자 알렉산더는 원망에 찬 시선을 보낼지언정 곧 의식을 다잡았다.

"오, 오빠, 알렉산더야. 갑자기 이런 소리를 해도 믿기는 어렵겠지만 말야, 알렉산더는 있지, 사실은 오빠가 정말로 좋아. 그러니까, 저기, 그동안 드래곤이라고 이름을 막 불러 대서 미안했어. 앞으론 「오빠」라고 부를게. 그리고 알렉산더를 미워하지 말아줘. 이제부턴 더 착한 아이가 될 테니까. 응?"

"오? 뭐냐, 작정을 하니 제법 잘하는구나. 이러면 드래곤도 분명……."

리바이어던은 상상 이상의 발전을 이룬 여동생 용에게 감탄스럽
다며 슬쩍 웃음을 지은 뒤 이 태도가 실천까지 가능하도록 다짐을
받고자 했다.

그러나 그때 자신의 행동거지를 더는 견디지 못한 알렉산더가
새빨갛게 물든 얼굴을 두 손을 숨긴 채 해수면을 재주 좋게도 데
굴데굴 굴러다니기 시작했다.

"으아야아아아아~~ 싫어어어어어, 으아아아아아아아아아아!!"

"뭐냐, 뭐냐, 알렉산더. 드디어 내가 장담을 해주었건마는. 이리
부끄러워한다면 드란을 「오빠」이라고 부를 순 없겠구나."

"아아아아, 아니거든. 오빵이 아니거든, 오빠거든. 리바 언니는
바보야!"

"언니에게 바보가 웬 말이냐, 바보가. 애당초 그대가 드래곤을
만나러 갈 때를 위해 연습하고 싶다며 말하는지라 일부러 내가 상
대를 해주는 것이 아니더냐."

"그렇긴 한데~ 그렇긴 한데에! 그래도 이건 좀 아니잖아아. 이
런 짓 했다간 오빠는 내 머리가 이상해졌다고 의심할 거야!"

"드래곤의 입장에서 본다면 「알렉산더가 실은 자신과 사이좋게
지내고 싶어 했다」라는 말을 들어도 제일 먼저 그대가 이상해진
것이 아닌가 의문부터 들 테지."

"으으, 그건……. 내가 지금까지 안 좋은 태도로 대한 탓이기는
한데, 좀 어떻게 다른 방법은 없을까?"

"글쎄다. 전생의 저주 문제도 있는지라 드래곤 녀석이 인간으로

누릴 수명을 감안하면 시간의 유예가 썩 길지는 않을 터. 그 짧은 시간에 그대의 참뜻을 드래곤에게 전하자는 것이 결코 만만치는 않으리라. 그야말로 정신이 나가버렸나 생각될 만한 언행을 감행하지 않는 한 알아주지 못하겠지. 이게 전부 다 그대의 지난 행동이 원인임을 잊지 말거라."

"으으~ 으으~ 그렇긴 한데, 그렇긴 한데. 으으, 알았어어, 힘낼게. 그렇게까지 가능할진 자신 없지만, 어떻게든 힘낼게요!"

"마음가짐은 좋으나 남은 것은 어디까지 실현에 가까워지는가가 문제일 테지. 으음, 드래곤 녀석, 대결도 슬슬 끝이 나려는가."

"응? 아, 오빠랑 웬 어중이의 싸움? 리바 언니, 그런 거 신경 쓸 가치도 없어."

"오호, 어떠한 이유가 있어 하는 말이더냐?"

"이유가 다 뭐야, 이런 수준의 힘밖에 없는 자식이 오빠한테 이길 리 없잖아! 어중간한 능력을 갖고 있는 것 같은데 그런 거 오빠한테는 살짝 귀찮기만 하잖아. 이런 능력에 거꾸러진다면 우리 시원의 일곱 용은 벌써 옛날에 전멸했을걸."

"후후, 잘 아는구나. 좋다. 드래곤 녀석은 약해졌다만 강해지기도 했다. 더구나 저런 부류의 능력을 사용하여 드래곤에게 도전해서야 이적 행위와 자살행위를 동시에 저지르는 것과 마찬가지지. 그러면 알렉산더여, 계속 연습하자꾸나."

"으에에엥."

"그런 목소리일랑 제발 거두거라. 방정맞기는."

"네에."

리바이어던과 알렉산더는 드래곤과 바스트렐의 대결 따위야 다 잊어버린 것처럼 간질간질하게 내숭 부리는 방법을 다시 연습하기 시작했다.

제6장 결말의 향방

　―아아, 이 힘, 이 기세. 이것이 당신이란 말입니까. 고신룡 드
래곤! 저를 만들어 내기 위하여 사용되었던 인자, 제가 만들어졌
던 이유가 되는 분.

　당신의 강대하신 힘을 이용한다― 그 욕망에 사로잡혔던 고대의
어리석은 자들이 저를 만들어 내고자 했습니다.

　저를 만들어 냈던 어리석은 자들이 사멸하고도 다른 탐욕을 가
진 자들이 제게 지상에서 살아갈 삶을 주었습니다.

　천공인 과학자며 마법사들이 제게 향하던 눈동자. 실험동물을
보는 불쾌한 눈빛!

　권력 투쟁에 이용하기 위해서, 타 종족을 예속시키려는 무력으
로 쓰기 위해서, 별의 바다 저편에서 찾아온 침략자들을 소탕할 병
기로 쓰기 위해서, 저는 탄생을 강제당했고 이용당해야 했습니다.

　천공인들이 성인들과의 전쟁으로 피폐해져서 멸망한 이후 드디
어 자유를 얻어 마침내 보게 된 이 세계는 어찌나 추악했던가.

　천공인의 지배에서 벗어났다고 한들 지상의 생명들이 저질렀던
행동은 자기 영역을 늘리고, 동포를 불리기 위해 타 종족을 탄압
하고, 유린하고, 모멸하는 만행뿐.

　오오, 그 사악한 마음씨, 비열한 본성이란 어찌나 끔찍하던가.

　인류의 선한 측면, 아름다운 측면도 역시 이 눈으로 분명 보았습

니다. 그러나, 그럼에도 불구하고 악한 측면, 추잡한 측면이 훨씬 더 아득하게 많았더랍니다.

아아, 저는 이토록 큰 힘을 받았음에도 어찌하여 이러한 오탁으로 가득 찬 더러운 세계에서 살아야 하나 잠시도 의문이 들지 않았던 적이 없었습니다.

따라서 저는 추구했습니다. 더욱 고결한 세계, 더욱 청정한 세계를.

천계든 마계든 상관없으니. 더욱 우월한 존재라는 신의 영역에 도달하면 이 추악함으로부터 해방될 수 있으리라는 믿음을 가지고.

영겁이라고도 여겨지는 시간의 흐름 속에서 저는 마침내 비원을 이룰 기회를 얻었습니다.

스칼릿 랜드에서 드라미나 여왕이 싸우는 모습을 원견의 술법으로 훔쳐보았던 와중, 제 안에 내재된 고신룡의 인자가 약간이나마 반응을 보였던 겁니다.

그것은 제가 아닌 고신룡의 인자를 가진 존재가 이 추악함으로 가득 찬 지상 세계에 존재한다는 뜻.

그야말로, 그야말로 이것이야말로 제가 이 세계에 작별을 고하기 위한 천재일우의 호기. 그 사실을 알았을 때의 제 가슴 고동을 어찌나 감미로웠던가요.

그래서 저는 드라미나 여왕 폐하를 노렸습니다. 본래 제2의 시조 흡혈귀라는 경지에 오른 분의 신병과 신기는 노리려했습니다만, 이런 계기로 폐하에게 더한 가치가 발생했습니다. 그분의 몸과 영혼을 파헤치면 그 안에서 저와 똑같은 고신룡의 인자를 발견할 수 있을 것이라 확신했기 때문입니다.

그래서 폐하를 제 수중에 거두려고 했을 때, 저는 당신과 만났습니다! 드래곤, 만물의 위에 올라서는 분이시여. 기대하지 않은 행운으로 얻게 된 뜻밖의 기회 덕분에 저는 기대했던 이상의 높은 경지로 눈 깜짝할 사이에 올라갈 수 있었습니다.

이 몸과 혼에 흘러넘치는 힘의 가공함과 질게 제가 얼마나 큰 쾌락과 고양감을 느꼈을까요. 동시에 이해했습니다. 제가 진정으로 추구한 것이 무엇인지를.

아아, 아아! 드래곤, 지극히 고귀하고 위대한 분이시여. 제 탄생의 이유가 된 분이시여. 당신이야말로 저의 부군, 제 존재의 근원이 되는 분.

부디, 이대로 영겁의 세월을 싸우도록 합시다, 유희를 즐기도록 합시다. 부디, 이대로 쭉 저를 바라봐주십시오. 저는 이곳에 있습니다. 이것이 저입니다.

당신에게 받은 일말의 인자와 정보에서 만들어졌던 사생아를, 저를 부디 미워해주십시오. 부디 경멸해주십시오. 부디 기피해주십시오.

당신이 생각해주신다면 그것이 증오여도 좋습니다. 원망이어도 좋습니다. 경멸이어도 좋습니다.

저를 보십시오!

저를 생각하십시오!

저는 이곳에 있습니다.

저는 당신이 아니었다면 태어날 수도 없었습니다.

그러니까 부디!

서로가 전력으로 날린 오른쪽 주먹이 정면에서 격돌한 순간 흘러들어 온 바스트렐의 사념을 인지하고 드란의 미간에 짧게 한순간이나마 깊은 주름이 새겨졌다.

이제 와서 이러한 기억을 보게 되었다고 한들 바스트렐에게 연민의 정 따위 티끌만큼도 솟아나지 않았다. 기억이 흘러들어 온것은 아마도 드란뿐인 듯 바스트렐은 상태에 딱히 변화가 없다.

드란이 휘두른 꼬리에 정면에서 가격당함으로써 우반신을 완전히 분쇄당한 바스트렐은 혼을 괴롭히는 아픔에 견디며 여유작작하게 날갯짓하는 드란을 올려다봤다.

—이쪽을 노려보는 무지개색 눈동자의 광채는 어찌 이리도 혹독한가.

전신에서 발하는 투지가 실린 힘의 파동은 어찌 이리도 강대한가.

그와 똑같은 힘을 자신도 분명 취했을 텐데 어찌하여 이리도 압도당하나?

분명 자신의 발톱과 어금니와 마력이 드란의 몸을 지키는 장벽을 꿰뚫어서 격중시켰는데도 불구하고 타격을 받은 기색은 전혀 찾아볼 수 없다.

지금에 이를 때까지 바스트렐은 드란에게 허다하게 많은 상처를 입어왔다. 모두 치유했지만 그때마다 마력과 정신력을 소모하며 육체와 혼에 둔통이 남아 몹시도 무겁게 느껴지는 상태다.

양자 사이에 메우기 힘든 힘의 차이가 존재한다면 당연한 결과일 테지.

그러나 드란이 100의 힘을 발휘하면 바스트렐도 역시 100의 힘을 발휘할 수 있다.

그것이 고신룡과 신조마수와 인간의 유전자를 접붙여서 만들어 낸 바스트렐 고유의 특성이니까.

본래 존재했던 실력의 차이는 이 특성에 의해 메워졌을 텐데.

그런데 왜 드란은 일말의 흔들림도 없는 존재감과 강대한 힘을 가지고 상대를 압도하는가. 바스트렐은 왜 땅을 기어 다니다 몸을 웅크리듯이 피폐해지는가.

"뭐하나? 더는 갈잖은 말을 지껄일 여유도 없나?"

그 목소리를 들어서 인식했을 때는 일곱 장의 날개를 지닌 고신룡이 이미 등 뒤를 점한 채 바스트렐의 등에서 뻗어 나오는 일곱 장의 날개를 뿌리째 잡아 뜯고 있었다.

"끄아아아아아?!"

견디지 못해 비명을 지른 바스트렐에게 드란은 가차 없이 추가 공격을 가한다.

잡아 뜯었던 일곱 장의 날개를 바스트렐의 등에다가 때려 박고, 곧이어 일곱 가지 색깔의 마력 광탄을 빗발치듯 박아 넣는다.

착탄과 동시에 일곱 색깔의 빛이 작렬하고, 그때마다 바스트렐의 육편이 흩날리며 소멸해 간다.

날개의 재생은커녕 착탄에 의해 도려지는 육체의 재생도 쫓아가질 못하기에 바스트렐은 이렇다 할 말을 내뱉지도 못하는 상태에서 간신히 드란의 모습을 시야에 포착했다.

드란은 오른팔을 휘둘러 올린 채 이미 눈앞에 있었다!

바스트렐은 비명을 삼킨 뒤 전력으로 방어 장벽을 형성하며 수비하고자 힘을 짜낸다.

그러나 전혀 소용없었다.

"끄하악, 꺼윽."

급히 형성한 용린을 본뜬 장벽은 드란의 오른팔을 찰나도 막지 못했기에 바스트렐의 좌측 쇄골부에서 오른쪽 허리 부분까지가 쩍 양단된다. 또한 절단된 하반신은 드란의 왼손에서 발사된 파멸의 빛의 분류에 집어삼켜져서 흔적도 없이 소멸했다.

"어, 어째서 이렇게까지 당신과의 사이에 격차가⋯⋯."

상처 입은 육체와 영혼의 재생이 전혀 시작되지 않자 더욱더 깊은 의문에 사로잡혀서 답을— 어쩌면 구원을 요청하며 드란을 올려다본다.

"확실히 너는 나와 동등한 힘을 얻을 수 있는 특성을 보유했다. 수행을 쌓아서 혼을 연마하며 비록 영격이야 끌어올렸다지만 그럼에도 고신룡의 힘을 완벽히 다 다루진 못한다. 그러한 높은 경지에 올라가는 도중이니까 말이다. 나와 네가 동등한 양의 힘을 사용하더라도 내가 100의 힘을 100 전부 다루는 데 반하여 너는 지나치게 낭비가 많다. 그런 누적의 결과가 이 꼬락서니지. 그리고 하나 더. 이런 생각은 못 해보았나? 고신룡 드래곤의 힘을 가장 능란하게 다룰 수 있는 존재는 다른 누구도 아닌 고신룡 드래곤 본인이라고."

드래곤이 말을 마치자마자 몸의 대부분을 상실했던 상태의 바스트렐에게서 이제껏 줄곧 증폭해온 고신룡의 힘이 드래곤을 향하여 흘러 나간다.

바스트렐이 어떤 시도를 한들 유출을 멈추지는 못했다.

쭉 높아졌던 영격도 힘도 모조리 다 드란에게 빼앗긴 바스트렐
은 불현듯 고신룡의 특질을 갖고 변이되었던 육체가 몸 한 번 움
찔하지 못할 만큼 무거워지는 것을 느꼈다.

"이것은, 후후후, 과연, 그런 말씀이었습니까. 저는 단지 당신의
손바닥 위에서 춤을 추는 처지에 불과했던 겁니까."

손가락 하나 까딱할 수 없는 몸과 자신에게서 고신룡의 힘을 빼
앗아 더욱 강대한 힘이 가득 흘러넘치는 드란을 번갈아 보고 바스
트렐은 더 이상 분노나 한탄의 감정을 표시할 기운도 나지 않았는
지 그저 오로지 절망과 허무감에 의해 형성된 웃음을 지을 뿐.

"그런 뜻이다. 힘을 취하거나 신을 초월해보니 제법 기분이 좋
았을 테지. 다만 그것도 여기까지. 나의 힘이 없다면 네가 나를 당
할 도리는 없다. 그렇다 한들 네가 더 이상 나의 힘을 휘두르기는
불가능하군. 스스로의 힘과 걸음으로 이 영역까지 치고 올라왔다
면 이렇듯 흉한 모습을 보이지는 않았을 것을."

"그야말로 정곡을 찌르는 말씀이십니다. 반론의 여지도 없군요.
자식이 부모를 넘어설 순 없단 말인가……. 원통하구나."

만감의 감정이 담긴 혼잣말을 무시한 채 드란은 발밑의 바스트
렐에게 시선을 보내다가 직접 만들어 냈던 이 폐쇄 공간 자체마저
붕괴되어버릴 힘을 입에 집약시킨다.

이때 마이라르는 가만히 눈꺼풀을 닫았고, 알데스는 더욱 깊은
웃음을 지었고, 바하무트는 드디어 끝이 났는가 중얼거렸고, 카라

비스는 공포와 사랑에 광희했고, 리바이어던과 알렉산더는 아예 신경도 쓰지 않았다.

"그럼, 작별이다. 대마도사 바스트렐이여!"

드란이 날린 일말의 자비도 참작도 없는 무지개색 빛의 분류를 앞두고 바스트렐은 단지 한 마디의 중얼거림만을 남긴 뒤 소멸했다.

"아…… 버어…… 지…….."

†

어쩐지 이런저런 지인 녀석들이 은근슬쩍 들여다봤던 것 같기도 한데…….

바스트렐과의 전투를 마친 뒤 나는 바스트렐을 격파하는 동시에 폐쇄 공간을 소멸시키고 3차원에 존재하는 부유성으로 돌아왔다.

세리나가 보기에는 아무 전조도 없이 불쑥 내가 나타난 것처럼 보였을 테지.

주위 상황을 확인한 나는 어라, 어리둥절할 수밖에 없었다.

바스트렐과의 전투로 아름다웠던 꽃들은 스러졌고 호수는 두 동강이 났고 지반도 제법 뒤집어졌었다지만, 내가 돌아왔을 때에는 더한 참상이 펼쳐져 있었으니까.

반룡화를 해제한 세리나는 본래의 아름다운 심녹색 비늘을 지닌 라미아의 모습으로 돌아와서 크리스티나 양을 간호하고 있었다.

"아, 드란 씨. 다녀오셨어요."

"드란인가. 역시…… 상처도 하나 없구나."

크리스티나 양은 호흡이 이제 꽤 안정되었으나 안색은 아직껏 핼쑥한 채. 그럼에도 무리해서 미소 짓는 모습이 너무 애처롭고 위태로움이 느껴졌다.

아마도 더할 나위가 없을 정도의 괴로움이 영혼과 심신에 밀려들었을 텐데, 그런 처지에서도 내게 마음을 써줄 필요는 없다만……. 거참, 기특하다고 할까, 굳세다고 할까.

"다녀왔어. 크리스티나 양, 무리해서 말하지 않아도 돼. 드래곤 슬레이어와 동조했던 탓이 상당히 몸 상태가 안 좋을 테지. 세리나, 미안한데 크리스티나 양을 계속 간호해주면 좋겠군. 그나저나 이 참상은…… 레니아와 드라미나가 주된 원인 같다만."

세리나와 크리스티나 양이 내가 설치해 둔 용언 마법진 안에 돌아가 있던 것과 달리 레니아와 드라미나는 부유성의 입구 부근에 서서 원형을 유지하지 못할 지경까지 분쇄된 철 부스러기 및 키메라, 혹은 인간이었으리라 짐작되는 고깃덩어리에 둘러싸여 있다.

흠, 저것들은 미리 부유성에 배치해 놓은 천공인의 방어 병기와 오버진이 제작한 마법 생물, 그리고 바스트렐의 제자들쯤 되려는가.

"아버님! 무사히 귀환하시니 이보다 더 기쁠 수 없습니다."

바스트렐에게 나와의 관계를 폭로당한 터라 레니아는 적어도 이곳에서 나를 아버지라고 부르기를 주저하지 않으려는 듯 반짝이거리며 웃는 얼굴과 함께 나에게 달려온다.

한편 드라미나도 발큐리오스, 지크라이너스, 알베인, 그로스그리아까지 신기를 쭉 전개해 놓은 상태에서 달밤에만 봉오리를 펼치는 환상의 꽃 같은 미소와 함께 조용히 이쪽으로 걸어온다.

"드란, 아니요. 드래곤이라고 불러드려야 할까요. 레니아 씨의 말처럼 무사한 모습을 다시 만나 뵐 수 있어서 가슴의 체증이 내려가는 기분이에요."

양자가 모두 내 모습을 본 순간 투기는 티끌만큼도 느껴지지 않는 평온한 분위기로 바뀐다.

폴짝 뛰어서 목을 끌어안으려 하는 레니아를 가볍게 손짓으로 제지한 뒤 나는 다시금 주위를 둘러봤다.

농밀한 마력이 가득 차 있다는 부분에서도 이쪽에서 역시 사투—라는 표현을 쓰기에는 일방적인 전투가 발생했었음을 확인할 수 있다.

"나도 두 사람이 다치지 않아 다행이라고 생각하던 참이야. 그리고 드라미나, 나는 드란이라고 불러주면 돼. 예전부터 알던 사이는 드래곤이라 부르지만, 지금의 나는 역시 드란이 맞으니까. 그건 그렇고…… 제법 화려하게 저질렀구나. 역시 나와 바스트렐이 사라지자마자 이렇게 됐나?"

"네. 아버님이 그 무뢰한과 함께 자취를 감추셨던 이후 성 안쪽에서 숨을 죽이고 있던 겁쟁이들이 일제히 나타나더니 저희를 습격했습니다. 따라서 보시는 바대로 응보를 내려주었을 따름입니다. 세리나와 크리스티나는 가만히 보고 있기만 했습니다만, 뭐, 저 둘은 몸 상태가 안 좋기도 했고 어쩔 수 없겠지요."

레니아치고는 온건한 평가구나. 나를 앞두고 기분이 좋아져서인가?

"레니아 씨의 말씀대로예요. 고위 마법사들도 있었습니다만, 저와 레니아 씨의 적이 되지는 못했지요. 당신의 손을 번거롭게 만들 상대는 없답니다. 다만, 살짝 말씀드리기 힘든 문제가 있는데요…….”

이때 드라미나는 조심스레 레니아에게 눈길을 보냈다.

평소라면 무슨 짓이냐며 물어뜯을 기세로 마주 노려봤을 레니아가 갑자기 어물어물하며 시선을 이곳저곳으로 옮겨 보낸다.

아마도…… 레니아가 뭔가 저질렀군?

“뭐, 말하지 않아도 대강 예상된다만……. 레니아, 과하게 손을 썼구나?”

딱히 화내는 것이 아니건마는 내게 지적을 들은 레니아는 거하게 어깨를 덜덜거리며 몸이 튀어 올랐다.

으음, 심장이 일순간 정지했군.

“아으으, 그게, 아버님……. 네. 어리석은 잡것들이 아버님의 귀환을 기다려야 할 신성한 시간을 방해하는지라 철퇴를 내렸습니다만, 결과적으로 그게…… 조금 과하게 손을 썼습니다.”

“별로 화내는 게 아니야. 그런 건 너를 낳은 어머니와 알고 지내면서 좋든 싫든 익숙해져야 했거든.”

레니아가 작은 몸으로 숨기려고 하던 뒤쪽을 내다보면 그곳에는 부유성의 중심부를 꿰뚫는 구멍이 뚫려 있었고, 저 멀리 아득한 아래쪽에 있는 지상의 광경이 보였다.

흠, 잘 갈무리된 레니아의 파괴 사념이 부유성을 관통했고, 그뿐 아니라 아무래도 이 성을 공중에 띄우기 위한 기관을 파괴해버렸나 보군.

“곧 부력을 잃고 낙하하거나 반대로 중력 제어에 지장이 생겨 대기권을 돌파한 뒤 별의 바다로 여행을 떠나겠군."

"면목 없습니다, 아버님. 저의 실수입니다."

완전히 풀죽은 레니아의 어깨를 살짝 토닥여주며 다시금 책망할 뜻이 없음을 알려준다.

"뭘, 이런 정도는 어떻게든 처리할 수 있어. 여기에서 해야 할 일도, 꼭 해내야만 했던 일도 전부 마쳤지. 뒤처리를 하고 떠나면 그만이군."

이 부유성은 지금 인류의 손에는 감당이 안 되는 물건일 테니 슬라니아와 마찬가지로 인간의 손이 닿지 못하는 장소에 치워 놓거나 완전히 파괴하는 것이 좋겠군.

내가 생각을 정리하던 때 활짝 열려 있었던 문 너머에서 록퍼드가 나타났다.

주인에게 충실한 집사는 복수를 위해 나섰다기에는 전혀 살기를 드러내지 않는다.

으음, 주인의 뒤를 따를 작정인가.

"여러분, 부유성 에덴 슈바인은 동력 기관에 심대한 손상을 입었을 뿐 아니라 성주의 생명 활동이 정지됨에 따라 머지않아서 자폭을 할 예정입니다. 부디 여러분께서는 서둘러 성 바깥으로 물러나주십시오. 외람되오나 필요하시다면 퇴거 수단을 제가 준비해드리겠습니다."

주인 바스트렐뿐 아니라 제자들까지도 모두 죽음의 바다에 가라앉았는데도 불구하고 이 집사에게는 전혀 감정의 빛을 찾아볼 수가 없었다.

화를 내지도 않고 슬퍼하지도 않고 우리를 마주하며 증오나 원망을 품지도 않는다.

"배려는 필요하지 않아. 그런데 자폭이라면 어떤 형태로 실행되는 건가 물어봐도 되겠나?"

"지상으로부터 일정 거리를 벌린 뒤 성의 구조재 전체가 원자 단위로 붕괴하여 재로 돌아갑니다. 최종 단계에 진입하면 극소 규모의 전이문을 형성하여 성의 자폭으로 발생한 분진 전부를 타 성계에 방출하는지라 지상에 대한 영향은 전무합니다."

"흠, 알겠어. 그럼 우리가 구태여 손을 쓸 필요는 없군. 그나저나 당신은 가만히 이곳에 남아 있을 작정으로 짐작되는데……."

나의 의문에 대해 록퍼드는 조용하게 미소 지었다.

오랜 세월간 바람에 노출되어 둥근 선을 가지게 된 거암이 미소 짓는다면 저런 웃음이 될지도 모르겠다.

"부디 개의치 말아 말아주십시오. 바스트렐 님을 섬기기 시작했던 때부터 저의 묘지는 이곳이라고 마음에 정해 두었습니다."

"당신이 어째서 그렇게까지 바스트렐에게 충의를 지키는 건지 이해하기는 어렵지만, 본인의 소원이라면 뜻대로 맞이하도록 해. 우리에게 당신을 방해할 권리는 없을 테지. 그나저나, 정말이지 당신은 섬겨야 할 주인을 잘못 선택했군."

"감사합니다. 서둘러 퇴거하여주십시오. 별로 시간이 남지 않았습니다."

록퍼드는 흠잡을 데 없는 예법과 함께 우리에게 작별을 고한다.

우리가 등을 돌린 순간에 모든 적의를 쏟아 내는…… 뻔하고 흔한 전개가 벌어지지도 않고 우리는 전원이 다 함께 슬레이프니르들이 기다리는 지점으로 전이해서 부유성을 뒤로했다.

참으로 맥 빠지는 종막을 맞이하게 되었다만, 실로 수많은 사건이 잠깐 사이에 일어났던 농밀한 시간이었음은 분명하겠다.

그나저나 드래곤 슬레이어를 손에 든 크리스티나 양은 용 살해의 인자가 주는 영향이 커짐으로써 지금도 괴로워하고 있고, 평소와 같은 행동거지인 듯 보이는 레니아도 본인을 이용해서 만들어낸 바스트렐에 대해서는 제법 생각이 있는 것 같다.

목을 길게 빼내며 우리의 귀환을 기다리고 있던 — 나에게는 무척 싫다는 표정을 지었다만 — 슬레이프니르에 올라타서 머리 위쪽을 올려다보면 서서히 붕괴하며 천공의 저편으로 상승하는 부유성이 보였다.

몹시 귀중한 천공인들의 살아 있는 유산인 터라 마법 학원의 에드왈드 교수가 알게 된다면 세상의 끝을 맞이한 표정으로 안타까워할지도 모르겠다.

"자, 크리스티나 양이 휴식을 취할 곳이 필요하니까 서둘러 베른 마을로 돌아가자. 곧 해도 떨어지겠군. 드라미나는 어둠을 더 좋아하겠지만 말이야."

"저는 신경 쓰지 않아도 괜찮아요. 직접 햇빛을 받는 게 아니라면 아침이든 낮이든 활동할 수 있는걸요."

"다만 피로가 점점 쌓이잖아? 그런 걸 알아주지 못할 만큼 둔감하지는 않아."

방금 말했던 대로 드라미나는 햇빛이 내리쏟아지는 환경이어도 행동 가능한 규격 외의 개체이다만, 태양을 축복을 받지 못하는 종족의 숙명을 완전 거역할 수 있는 입장은 못 된다.

이렇듯 우리와 대화 나누는 동안에도 태양이 머리 위에 떠오른 시간 동안은 드라미나의 몸과 정신에 앙금과 같은 피로가 축적된다.

내가 곁에 있어줌으로써 정신적인 충족에 의한 회복이 훨씬 더 상회하는 것 같긴 하다만.

실제 드라미나에게 피로는 거의 없다시피 한 상태였지만, 역시 뱀파이어인 드라미나가 햇빛 아래에서 활동하는 모습을 보면 어쩔 수 없이 걱정하는 마음이 든다.

"후후, 드란에게는 아무튼 숨길 수가 없군요. 신사분의 배려를 저버린다면 숙녀라고 자처할 순 없겠죠. 감사히 받아들일게요."

나의 걱정하는 마음을 받아준 드라미나의 말에 나는 살며시 웃었다.

아무래도 나 역시 드라미나에게는 뭔가 숨기거나 거짓말을 못하는 듯싶다. 여하튼 전부 다 꿰뚫어 보는 분위기니까.

각각 슬레이프니르에 나누어 탄 우리는 베른 마을을 향해 출발했다.

잘 가거라 용생, 어서 와라 인생 9

초판 1쇄 발행 2021년 1월 10일

지은이_ Hiroaki Nagashima
일러스트_ Kisuke Ichimaru
옮긴이_ 정금택

발행인_ 신현호
편집부장_ 윤영천
편집진행_ 김기준 · 김승신 · 원현선 · 권세라 · 유재슬
편집디자인_ 양우연
관리 · 영업_ 김민원 · 조인희

펴낸곳_ (주)디앤씨미디어
등록_ 2002년 4월 25일 제20-260호
주소_ 서울시 구로구 디지털로 26길 111 JnK디지털타워 503호
전화_ 02-333-2513(대표)
팩시밀리_ 02-333-2514
이메일_ lnovelpiya@naver.com
ㄴ노벨 공식 카페_ http://cafe.naver.com/lnovel11

SAYOUNARA RYUUSEI, KONNICHIWA JINSEI 9
Copyright © Hiroaki Nagasima 2017
Cover & Inside Illustration Kisuke Ichimaru 2017
Cover & Inside Original Design ansyyqdesign 2017
Korean translation rights arranged with AlphaPolis Co., Ltd.
through Japan UNI Agency, Inc., Tokyo

ISBN 979-11-278-5813-1 04830
ISBN 979-11-278-4192-8 (세트)

값 9,500원

©Tatematsuri/OVERLAP
Illustration Ruria Miyuki

신화 전설이 된 영웅의 이세계담 1~10권

타테마츠리 지음 | 미유키 루리아 일러스트 | 송재희 옮김

오구로 히로는 일찍이 알레테이아라는 이세계로 소환되어
《군신》으로서 동료와 함께 나라를 구하고,
주변 나라들을 정복하여 거대한 제국을 건설했다.
그 후, 히로는 모든 것을 버리기로 각오하고
기억을 잃는 대가로 원래 세계로 귀환한다.
그 후, 매일 행복한 날을 보내던 히로는
무슨 운명인지 또다시 이세계로 소환되고 만다.
그곳은 바로— 1000년 후의 알레테이아?!

**자신이 이룩한 영광이 『신화』가 된 세계에서
『쌍흑의 영웅왕』이라 불렸던 소년의 새로운 『신화전설』이 막을 올린다!**

프리 라이프 이세계 해결사 분투기 1~5권

키가츠케바 케다마 지음 | 카니빔 일러스트 | 이경인 옮김

이세계 생활 3년째인 사야마 타카히로는
해결사 사무소《프리 라이프》의 빈둥빈둥 점주.
하지만 사실은, 신조차도 쓰러뜨릴 수 있는
세계 최강 레벨의 실력자였다!
게으름뱅이지만 곤란한 사람을 내버려 둘 수 없는 타카히로는
못된 권력자를 혼내주거나,
전설급 몬스터에게서 도시를 구하는 등 대활약.
사실은 눈에 띄고 싶지 않은데
개성적인 여자아이들에게도 차례차례 흥미를 끌게 되고?!

**대폭 가필 & 새 이야기 추가로 따끈따끈 지수 120%!
이세계 슬로우 라이프의 금자탑이 문고화!!**

역시 내 청춘 러브코메디는 잘못됐다. 앤솔로지 1~2권

와타리 와타루 외 지음 | 박정원 옮김

청춘 군상 소설의 금자탑 「역내청」 대망의 완결!
지난 9년간의 궤적과 애니메이션 3기 방영을 축하하며 앤솔로지 4권을 연속 출간!!
본작 「온퍼레이드」는 역내청의 개성 풍부한 캐릭터들에게 초점을 맞춘 단편집으로,
히키가야 코마치, 히라츠카 시즈카, 토츠카 사이카, 자이모쿠자 요시테루,
하야마 하야토의 이야기가 온퍼레이드!
시라토리 시로, 다테 야스시, 다나카 로미오, 텐신 무카이, 마루토 후미아키로
이루어진 초호화 작가진에
우카미, 시라비, 토베 스나호, 베니오 등 대인기 일러스트레이터가 합세하고,
원작 콤비 와타리 와타루, 퐁칸⑧도 참여!

전작 미공개 단편으로 구성된 영구 보존판!!

라이트노벨의 새로운 빛! L노벨의 신간은 매월 10일에 발매됩니다. http://cafe.naver.com/lnovel11

중고라도 사랑이 하고 싶어! 1~13권(완결)

타오 노리타케 지음 | ReDrop 일러스트 | 이진주 옮김

"웃기지 마! 이 비처녀가!" 고등학생 아라미야 세이이치는
교내에서 제일가는 불량 학생 아야메 코토코의 말썽에 휘말린 사건을 계기로
아야메 코토코가 끈덕지게 따라다니는 상황에 처하게 되고, 심지어 고백까지 받는다.
그러나 세이이치는 신념에 따라 그것을 거절한다.
"야겜의 히로인 말고는 흥미 없어." 미인이지만 중고라는 소문이 도는
코토코는 아예 논외였다. 그것으로 포기하리라고 생각했건만······.
"반드시 네 이상이 돼주겠어."
그렇게 선언한 코토코는 게임의 히로인과 같은 트윈테일 미소녀로 변신!
이건 대체 무슨 야겜? 인가 싶을 만큼 억지스러운 방법으로 세이이치에게 접근한다!!
불량소녀와 오타쿠.
얽힐 일이 없을 터였던 두 사람의 이야기는 어디로 향할 것인가?!

『소설가가 되자』에서 화제가 된,
「사실은 일편단심 순정 소녀」계 러브코미디!!

변변찮은 마술강사와 추상일지 1~6권

히츠지 타로 지음 | 미시마 쿠로네 일러스트 | 최승원 옮김

알자노 제국 마술학원에는 학생들도 기가 막혀 하는
한 변변찮은 마술강사가 있었다.
그의 이름은 글렌 레이더스.
수업에 뱀을 가져와서 여학생들이 무서워하는 모습을 감상하려다가
오히려 그 뱀에게 머리를 물리질 않나…….
도서관에서 실종된 여학생을 구하러 갔다가, 오히려 본인이 겁에 질려서
파괴 주문으로 도서관을 날려버리려고 하질 않나…….
수업 참관 일에는 웬일로 성실하게 수업을 하나 싶더니 곧 본색을 드러내고……
그런 마술학원에서 벌어지는 변변찮은 일상.
그리고— "……꺼져라, 꼬마. 죽고 싶지 않으면."
글렌의 스승이자 길러준 부모인 세리카 아르포네아와의
충격적인 만남이 수록된 『변변찮은』 시리즈 첫 단편집!

본편 TV애니메이션 방영 화제작!!

피학의 노엘 1~3권

원작 카나오 | 저자 모로쿠치 마사미 | 옮긴이 안수지

노엘 체르퀘티는 항상, 언제나 1등이어야만 한다.
명가의 딸로서 장래를 촉망 받으며 피아노 콩쿠르에 도전하지만,
친구 질리안에게 패하며 우승을 놓친 노엘.
실의에 빠진 노엘은 시장 버로우즈의 유혹에 넘어가
인생을 바꾸고 싶다며, 악마를 소환한다.
"대악마 카론. 소환의식에 따라 찾아왔다."
소원을 들어준 《대가》로 팔다리를 빼앗기며
노엘은 시장에게 속았다는 것을 깨닫는다.
"구해줘."
절망의 늪에서 죽어가는 노엘의 「제2의 소원」을 들어준 카론은,
노엘에게 버로우즈에 대한 복수를 제안하는데—

대인기 호러게임 『피학의 노엘』 대망의 소설화!